i 文庫

〈epi 15〉

〈グレアム・グリーン・セレクション〉

国境の向こう側

グレアム・グリーン

高橋和久・他訳

epi

早川書房

7283

THE OTHER SIDE OF THE BORDER
AND OTHER STORIES

by

Graham Greene

Translated by
Kazuhisa Takahashi and others
Published 2013 in Japan by
HAYAKAWA PUBLISHING, INC.
This book is published in Japan by
arrangement with
VERDANT S.A.
c/o DAVID HIGHAM ASSOCIATES LTD.
through TUTTLE-MORI AGENCY, INC., TOKYO.

目次

国境の向こう側

最後の言葉　The Last Word

高橋和久訳

世俗的な権力と精神的な権力との葛藤、確執はグリーンお得意のテーマの一つで、その流れに位置づけられる一篇。オーウェルやハクスレーの描き出した世俗的ユートピア（もしくはディストピア）を想起させもする〈素晴らしき新世界〉と覚しき未来社会を舞台に、敵同士であることを運命づけられたその統一世界のリーダーと謎めいた老人との関係の帰趨が描かれる。例えば『キホーテ神父』のような長篇と比べると、小道具の配置や舞台設定のせいもあって、奥行きに乏しい感は否めないが、短篇にそれを求めては酷というもの。むしろメッセージ性はより明らかであると言えようか。権謀術数に長けた将軍はイスカリオテのユダもしくはピラトの生まれ変わりの機能を担わされていることはもちろんだが、最後にその脳裏をよぎる疑念は、彼が老人に対して抱いていたある種の敬意の産物なのかもしれない。

（訳者）

1

その老人はもうこの歳になって、不可解な出来事にはすっかり慣れっこになっていた。それで、ほんの少し驚いただけなのだが、見知らぬ男から自分名義ではないパスポート、さらには考えたこともなく、また行きたいと思ったこともない国へのビザと出国許可証を手渡されたのだった。彼は実際ずいぶんと高齢で、人付き合いのない切り詰めた一人暮らしに慣れていた。欠乏状態に一種の幸福感すら覚えていた。日々暮らして眠るための一人用の部屋があり、そこには小さなキッチンと浴室が付いている。月に一度、どこやらから少額ではあるが困らないだけの年金が届けられるのだが、それがどこから送られてくるのか分からない。何年も前の事故に関係しているのかもしれなかったが、それが原因で老人は記憶を失っていた。事故のことで心に残っているのは耳に刺さる音と雷のような閃光、その後の訳の分からない夢の続く長い暗闇がすべてで、ようやく夢から覚めたのがいま住んでいる部屋だった。

「二十五日、空港で同行する人間が待っています」見知らぬ男が言った、「それから飛行機にお乗せする。向こうの空港には迎えがいて、部屋も用意してあります。機内では誰とも言葉を交わさないのが何よりかと思います」

「二十五日？　いま十二月ですよね？」老人は時の経過を意識するのが難しくなっていた。

「そうですよ」

「ではクリスマス当日ということになりますね」

「クリスマスは二十年以上も前に廃止されました。あなたの事故の後です」

老人は訝しむしかなかった——どうやって一日を廃止するのだろう？　男が立ち去ると、老人はそこに答があるかもしれないとなかば期待して、ベッドの上に掛かった木製の十字架像を見上げた。十字架の横木の片方と、それと一緒に磔刑像の腕の片方が取れてなくなっている。それを見つけたのは二年前——いや三年前だったか。一度も声をかけられたことのない隣人たちと共同で使っているごみ箱のなかだった。老人は声に出して言った。「それではあなたも？　あなたも廃止されたのですか？」取れてなくなった腕が「いかにも」と答えているような気がした。老人とその像との間には、まるである記憶を共有しているみたいに、どこか心の通い合うところがあった。

隣人たちと心の通い合うことはなかった。この部屋で生き返って以来、老人はかれらの誰とも口をきかなかった。自分と言葉を交わすのを恐れている気配が感じられるのだ。自分について本人自身は知らない何かを知っているかのようだった。ひょっとすると、暗闇に包まれる前に罪を犯したのかもしれない。通りにはいつも男が立っていた。とてもとなり近所の人間とは思えない。一日おきに人が変わる。そしてその男もまたまったく誰とも口をきかなかった。最上階に暮らす噂話好きの老婦人とさえも。一度、通りでその老婦人が二人を──老人と見張り役の男の両方を──横目遣いで見ながら、ある名前──パスポートに書かれた名前ではない──で呼んだことがあった。実にありふれた名前、ヨハネスだった。

一度だけ、何週間も続いた雨の後の暖かくて晴れ渡った日だったせいだろうか、老人はパンを買いに行きがてら、思い切って通りの男に声を掛けた、「やあ君、神のお恵みを」すると男は不意に痛みが走ったみたいに顔を引きつらせ、背を向けるのだった。老人はそのままパンを買いに行った。パンを主食にしていて、店まで尾行されていることはずっと前から気づいていた。何ともすべてが少しばかり謎めいていたが、老人は格別不安を感じなかった。唯一の聞き手である壊れかけた磔刑像に一度「あなたとわたしは放っておくのが一番と思われているみたいですよ」と声を掛けたことがあった。老人はすっかり満足していた。暗い忘れ去られた過去のどこかでとんでもない重荷を背負っていたのに、いまやそれから解放されたみたいに。

老人がクリスマスだとまだ思っている日がやってくると、見知らぬ男もやってきた――「空港までお連れします。荷造りはおすみですか？」

「荷造りするほどのものは大してないし、それにスーツケースもありませんから」

「取って来ましょう」と男は言って、取りに行った。その間に老人は木製の像を一着だけある予備のジャケットにくるみ、スーツケースが届くとすぐに中に入れて、二枚のワイシャツと数枚の下着でそれを覆った。

「それで全部ですか？」

「この歳になると、何も必要としなくなるものでね」

「ポケットには何が？」

「ただの本だが」

「見せてください」

「どうして？」

「指令を受けていますので」

男は老人の手からその本をひったくり、タイトルページを見た。

「あなたにこの本を持つ権利はありません。どうやって手に入れたんです？」

「子どものときから持っていますよ」

「病院で没収しておかなくてはいけなかったんです。この件は報告しなくてはなりません」

「誰の責任でもないですよ。わたしが隠したんですから」

「あなたは意識のない状態で運び込まれた。隠すことなんかできなかったでしょう」

「わたしの命を救うのにおおわらわで気が回らなかった、ということでは」

「わたしに言わせれば、その不注意は犯罪です」

「誰かにそれは何かと訊かれたような気がしますね。本当のことを言いましたよ。古代史の本だと」

「禁じられた歴史です。これは焼却炉行きになります」

「大して重要な本ではないですよ」老人は言った。「まあ、少し読んでごらんなさい。分かりますから」

「読むなんてとんでもない。わたしは将軍に忠節を誓っています」

「ああ、もちろんあなたのおっしゃる通り。忠節は大切な美徳です。でも心配ご無用。もう何年もろくに読んではいませんからね。お気に入りの箇所はここ、頭に入っています。この頭を焼却することはできないでしょう」

「その点について自信を持ちすぎないことです」男は答えた。それが空港に到着する前に男の発した最後の言葉だった。そして空港ですべてが奇妙に変わった。

2

制服を着た将校が老人を出迎えた。それが丁重極まるものだったので、老人ははるか昔に立ち戻っていくような感覚に襲われた。将校は軍隊式の敬礼までするのだった。彼は言った、「将軍が、快適なご旅行を、とのことです」

「わたしをどこへ連れて行くんです？」

将校はこの問いかけには答えず、護衛役の文官に尋ねた、「これで荷物は全部か？」

「全部ですが、この本を没収しました」

「見せてみろ」将校はタイトルページに目を遣った。「もちろん」彼は言った、「君は君の義務を果たしたわけだ。とはいえやはり、これはお返ししたまえ。今回は特別な事情がある。こちらは将軍のゲストであり、しかもいまとなっては、もはやこうした本に何の危険もないのだ」

「法律が……」

「法律ですら時代遅れになることがある」

老人は質問の形を変えて繰り返した。「どの航空会社で行くのでしょうか？」

「失礼ながら、あなたもいささか時代遅れです。いま航空会社は一つしかありません――〈ワールド・ユナイテッド航空〉だけです」

「それはそれは。ずいぶんと様変わりしたものですね」

「ご心配なく。変化の時代は終わりました。世界は安定し、平和です。変化する必要はありません」

「わたしをどこへ連れて行くんです？」

「別の州に行くだけです。たった四時間の空の旅。将軍の専用機でお連れします」

何とも規格外の飛行機だった。居間と呼んでおかしくない空間に、大きな安楽椅子がわずか六人分だけ並んでいる。必要ならベッドに変えられるというわけだった。通りすがりに、開いたドアから風呂が見えた——老人はもう何年も風呂を見ていなかった（住んでいた小部屋にはシャワーしかなかった）。彼はこれからの数時間、手足を伸ばして温かい湯につかったまま過ごしたいものだ、と強く思った。椅子とコックピットの間にはバー・カウンターが設えてあり、卑屈なまでにぺこぺこするスチュワードが、世界各国のもの——この〈連合世界《ユナイテッド・ワールド》〉において各国などという言葉が使えるのであれば、だが——と思える飲物から選り抜きの一杯を老人にすすめた。老人の粗末な服もスチュワードの敬意を減ずることはないように見えた。どうやら彼は、将軍のゲストとあれば、どれほど不似合いだと思える相手にも、媚びへつらうような態度で接するようだった。

将校は少し離れたところに席を取った。老人が禁書処分の本をひっそり落ち着いて読めるよう配慮したのかもしれなかった。しかし老人はそんなこと以上に安らかさと静けさを求めていた。彼はあれこれの謎めいたことに疲れ切っていた。後にしてきた小部屋にしても、何に由来するのかは神のみぞ知る得体の知れない緊張感にしても、この贅沢な飛行機にしても、そして何よりあの風呂はどうして……。彼の心はいつものように記憶の糸をたぐっていく。それははっとするような鋭くはじける音とその後に続く暗闇のところで途切れてしまう。それは何年前のことだったのか？　ずっと全身麻酔をかけられていたのだが、いまようやくそれが薄まってくるような感覚。突然彼は、この立派な専用機のなかで、恐怖に襲われる――麻酔から覚めたときに自分を待っているのはどんな記憶なのか。彼は本を手にする。長年親しんできたので、自然と諳んじている一節の載ったページが開く――「彼は世にあり、世は彼に由りて成りたるに、世は彼を知らざりき（ヨハネ伝一章十節）」

スチュワードの声が耳もとで聞こえた。「キャビアを少々いかがでしょう？　それともウォッカになさいますか？　辛口の白ワインの方がお好みでしょうか？」

老人は読み慣れたページから目を上げずに答えた、「いや、結構です。お腹も減っていないし、喉も渇いていないので」

スチュワードの片付けるグラスの音が記憶を一つ呼び戻した。老人の手が前のテーブルに何かを置こうとするようにひとりでに動く。そして少しの間、自分の前で大勢の見知らぬ人々が頭を垂れている姿を認めるが、辺りを包む深い静寂が例のはっとするような鋭くはじける音で破れ、その後には暗闇が……。

スチュワードの声で老人は我に返った。「安全ベルトをお締めください。五分で到着いたします」

3

タラップの下には別の将校が待っていて、老人を大型の車の方へと先導した。出迎えは格式ばった特別待遇の贅沢極まるもので、それが隠されていた記憶を刺激する。老人にもう驚きはなかった。こうしたことはすべて何年も昔に経験したような気がした。無意識のうちに手が相手をなだめるように動き、「我はしもべたちのしもべ（「（神の）しもべたちのしもべ」はローマ教皇の自称）」という句が口をついて出た。そして言い終わらないうちに車のドアが閉まった。

車はいくつかの店の前に行列ができているほかは人通りのない街路を進んだ。彼は再び「我はしもべ」と口にしそうになった。ホテルの玄関前で支配人が一行を待っていた。彼は一礼して老人に言った、「将軍の私的なご招待客をお迎えすることを誇りに思います。ご滞在中は何ひとつ気兼ねなくお過ごしいただけますように。何でもお申し付けくだされば……」

老人は驚いて十四階建ての建物を見上げた。彼は尋ねた、「どれくらい滞在する予定になっているのでしょう？」

「ご予約は一泊でございます」

将校があわてて口を挟んだ、「明日、将軍にご面会いただくためです。こちらまでご足労いただきましたので、今夜はゆっくりお休みくだされば、とお考えです」

老人が記憶を探ると、一つの名前が蘇ってきた。記憶がいくつもの破片となって戻ってくるみたいだった。「ミーグリム将軍？」

「いえ、いえ。ミーグリム将軍は二十年近く前に亡くなりました」

ホテルに入る一同に制服を着たドアマンが敬礼した。コンシェルジュが鍵の束を持って待っていた。将校が言った、「わたしはここで失礼しますが、明日の朝、十一時にお迎えに参ります。将軍は十一時三十分にお目にかかることになっております」

支配人が老人に付き添って、エレベーターへと向かった。

二人がすっかり遠ざかると、コンシェルジュが将校に向かって言った、「あの方はどなたなんです？　将軍のお客様ですか？　お召し物からはずいぶんと貧しい方のようにお見受けしますが」

「ローマ教皇だよ」

「ローマ教皇？　ローマ教皇って何です？」とコンシェルジュが尋ねたが、将校は何も答えずにホテルを出て行った。

4

支配人が出ていって一人になると、老人はひどく疲れていることに気づいたが、それでも部屋の調度を見て回り、驚愕するのだった。大きなダブルベッドの厚くてとても柔らかいマットレスの感触を確かめさえした。バスルームのドアを開けて覗くと、小さな瓶がいくつもきれいに並んでいる。荷解きの手間をかけたのはあれほど注意深く隠しておいた木製の彫像だけ。老人はそれを化粧台の鏡に立てかけた。服を椅子の上に脱ぎ捨て、それから命令に従うかのように、ベッドに横になった。いま何が起きているのかを少しでも分かっていたなら、眠ることなどとてもできないと思ったかもしれないが、しかし老人には何も分かっていなかったので、柔らかなマットレスに身体を沈めることができた。するとすぐに眠りが訪れ、同時に現れた夢の一部は目が覚めたときにも憶えていた。

彼は話をしていた——すべてがはっきりと見えた——そこは何もないだだっぴろい建物で、聴衆はせいぜい数十人。一方の壁に、破損した木製の十字架に磔になった片腕の欠けた人物像が掛かっている。彼がスーツケースに隠したものに似ていた。何を話していたのかは思い出せない。なぜなら、使っている言葉が彼の知らない、もしくは思い出せない外国語――それも一つではないかもしれない――なのだ。巨大な建物が次第に小さくなって、後にしてきたあの小部屋くらいの大きさになり、彼の前で小さな女の子を連れた老婦人が跪いていた。女の子の方は跪いたりはせず、軽蔑のこもった目で彼を見ていて、その目は彼女の思いをはっきりと伝えている。「あなたの話すことは、言葉一つも分からない。どうしてきちんと話せないの?」と声に出して言っているのと同じだった。

老人は目を覚ますと、とんでもない失敗をしたという感覚に襲われた。目が覚めたままベッドを動かず、何とか夢に戻る道を見つけて、あの子が分かる言葉で話さなくてはと必死になった。思いつくまま、いくつかの言葉を口にさえした。「平和《パクス》」と声に出してみたが、彼女には聞き慣れない言葉だろう。かつての自分にとってもそうだった。もう一つ、「愛」と言ってみた。口にするのはずっと簡単だが、これはいまでは反対の意味を持つあまりに手垢のついた言葉のように感じられる。気づいてみれば、この言葉が何を意味するのか、自分でも分かっていないのだ。それが何であるか、自分で実際に経験して知っていると確信を持って言うことができない。ひょっとすると

——後に続く暗闇のなかで奇妙な音がはじける前に——兆候くらいは感じ取ったのかもしれない。しかしもし愛が何がしか本当に重要な価値を持っているなら、そのわずかな記憶くらいは残っているはずではないか。

客室係が部屋に入ってきて、老人の不安な思索は遮られた。コーヒーといろいろなパンやクロワッサンをトレーに載せてきたのだった。老人の食事はもっぱらパンだが、その提供元であるあの小さなパン屋では一度も見かけたことのないものばかり。

「大佐から改めて確認のご伝言です。十一時にお迎えに上がって将軍のところにご案内する、また、ご面会用の服は洋服ダンスに用意してある、とのことでございます。ご出発時は慌ただしかったとのことですので、お忘れになった場合に備えて、剃刀やブラシ類のほか、必要なものはすべてバスルームに備えております」

「わたしの服は椅子の上にあるよ」彼は客室係に言って、親しみを込めた冗談を付け加えた、「ここまで真っ裸で来たわけではないからね」

「それは片付けるようにと言われております。ご入用の服はすべてそちらに」客室係は洋服ダンスを指差した。

老人は上着とズボン、ワイシャツと靴下に目を遣った。そして、これが初めてというわけではないが、客室係が怖いものでも触るようにそれらを用心深く拾い上げる様子から、たしかに洗濯する必要があると思い至るのだった。この何年間、少ない年金をたとえ少額でも洗剤に費やす理由など、ついぞなかった。いつも会う人間と言えばそのパン屋と監視役の男たちで、時に遭遇する隣人は、老人の方に目を向けないようにして、彼を避けるために通りを渡りさえするのだった。ほかの人間にとって清潔な服は人と付き合うために必要なのだろうが、老人に人付き合いは無縁だった。

　客室係が去ると、老人は下着姿のまま立ちつくし、謎めいた事の推移に思いを巡らせた。それからドアがノックされ、老人をここに連れてきた将校が入ってきた。

「なんだ、まだ着替えていらっしゃらない。それに食事も手つかず。将軍は時間通りに待っておられますよ」

「客室係がわたしの服を持って行ってしまったので」

「あなたの服は洋服ダンスのなかにあります」彼がタンスの扉をさっと開けると、そこに白いサープリス（カトリック教会などの儀式で聖職者が着る袖の広い上着）と白いケープの吊るされているのが老人の目に入った。老人は言った、「どういうことです？　わたしにどうしろと？　とてもそんな資格は……」

「将軍は礼を尽くしたいとお考えです。ご自身も正装用の制服をお召しになるでしょう。儀仗兵まで待機しております。あなたにも制服を着ていただかなくてはなりません」

「わたしの制服？」

「急いで髭をお剃りください。全世界に報道するために写真を撮ることになるのはまず間違いありません。〈ユナイテッド・ワールド・プレス〉がね」

老人は言われた通りにしたが、混乱していたので何カ所か剃刀傷を作った。それから不承不承、白い礼服とケープを身につけた。洋服ダンスの扉には長い鏡がついていて、老人はぞっとしたような叫び声を挙げた――「まるで司祭だ」

「あなたは司祭でした。その礼服一式は今回のために〈世界神話博物館〉から借り出されたものです。さあ、手を出して」

老人は言われるがままに従った。権力が意志を語り始めていた。将校は彼の指に指輪を滑り込ませた。「博物館は」彼は言った、「この指輪をわれわれに貸すことを嫌がったのですがね、将軍がぜひとも、ということで。こんなことは二度とないですから。さあ、参りましょう」二人が部屋を出ようとしたとき、化粧台の上の木製の像が将校の目に留まった。彼は言った、「あなたがこんなものを持ち込むのを許可したはずはないんだが」

誰かに迷惑をかけるのは老人の望むところではなかった。「慎重に隠しましたから」彼は言った。

「構いませんよ。博物館が喜んで収蔵するでしょう」

「手放したくないんですよ」

「将軍と面会した後もそれが必要になるとは思えませんね」

5

　二人を乗せた車は奇妙に人気のない通りをいくつも抜けて、大きな広場に着いた。かつては宮殿だったとも思える建物の前に兵士たちが一列に整列し、そこで車は停まった。将校が老人に言った、「ここで降ります。怖れることはありません。将軍は元国家元首としてのあなたに正式の軍葬の礼をお見せしたいのです」

「国家元首？　わたしには何のことだか分からないのですが」

「さあどうぞ、お供いたしますので」

　老人は服の裾に足をとられて危うく倒れそうになったが、将校が腕を摑んで支えてくれた。体勢を立て直したとき、耳をつんざくような音がして、老人は再び倒れそうになった。かつて、長い暗闇に幾重にも包まれる前に耳にしたあの鋭くはじける音が十倍にも増幅されたような音。その音によって頭が二つに割れ、割れ目に生涯にわたる記憶が流れ込んでくるような感覚があった。彼は繰り返した、「わたしには分からない」

「あなたへの礼砲です」

老人が足許に目を落とすと、サープリスの襞が見えた。手に目を遣ると、指輪が見える。金属の当たる音。兵士たちが捧げ銃の姿勢を取っていた。

6

将軍は丁重に老人を迎えた。そして単刀直入に話を切り出した。彼は言った、「わたしがあなたの暗殺計画にいささかも関与していなかったことをご理解ください。あれは前任者の一人、ミーグリム将軍なる人物が犯した大きな過ちでした。革命の後期にはえてしてそうした過ちが生まれるものです。世界国家と世界平和を築くのに百年を要しました。あの男はあの男なりに、あなたとまだあなたを信奉していた少数の人間を怖れたのです」

「わたしを怖れた？」

「そうです。お認めいただかなくてはなりませんが、あなたの〈教会〉は歴史全体を通じて多くの戦争を惹き起こしました。ようやくわれわれが戦争をなくしたのです」

「しかしあなたは将軍でしょう。外に大勢の兵隊がおりました」

「世界平和の維持軍として残っているのです。もう百年もすれば、存在しなくなるかもしれません。あなたの〈教会〉がもう存在しないのと同じようにね」

「それはもう存在しないのですか？　記憶がずっと前になくなっておりまして」

「あなたが生きている最後のキリスト教徒なのです」将軍は言った。「歴史に名を刻む人物ですな。そういうわけで最後に敬意を表したいと考えたわけです」

将軍はタバコケースを取り出して、老人にすすめた。「ご一緒にいかがです、ヨハネス教皇。申し訳ない、何世であったかは忘れてしまいました。二十九世でしたか？」

「教皇ですって？　失礼、タバコは喫いません。どうしてわたしを教皇などと呼ぶのでしょう？」

「最後の教皇です、しかし教皇であることに変わりはありません」将軍はタバコに火を点け、言葉を続けた。「これはぜひとも分かっていただきたい、われわれはあなた個人に対して何ら恨みを持つものではありません。ただあなたは重要なポストに就いていた。あなたにはわれわれと共通するところが多々あった。ミーグリム将軍があなたを危険な敵と看做した理由の一つです。信奉者がいるかぎり、あなたはわれわれに従わないという選択の可能性を体現する存在だった。選択の余地があるかぎり戦争は起こるというのが世の習いですから。あの男の取った手段には賛成しませんよ。あんな風に極秘裏に射殺しようとするなんて。あなたがあれを捧げていたときを狙ってね——あれは何というのでしたか？」

「祈り、ですか？」

「いや、いや。当時すでに法律で禁止されていた公開の儀式でした」

老人は答に窮した。「ミサですか？」彼は尋ねた。

「そう、そう。ミサだったと思います。あの男の企てのどこが問題かと言うと、あなたを殉教者にしてしまい、われわれの計画を少なからず遅らせてしまいかねなかったのです。たしかに、そこに集まったのはほんの十人程度の——何でしたか？——ミサでした。しかし彼の取った手段は危険が多すぎた。ミーグリム将軍の後継者はいずれもその点を悟りました。そしてわたしもそれに倣って、より穏やかな方策を取ってきたのです。われわれはあなたを生かしておいた。報道機関があなたや世間との交渉を断ったあなたの静かな独居生活に触れることは、どんな些細なことでも認めませんでした」

「あまりよく分かりません。お許し願いたい。やっと記憶が戻り始めたところで。あなたの兵隊がいましがた礼砲を撃ったときに……」

「あなたを生かしておいたのは、あなたがキリスト教徒を名乗ることを止めぬ連中の最後の指導者だったからです。ほかの連中は大して苦労せずに諦めましたよ。何とも妙な名前が並んでいましたな――エホバの証人、ルター派、カルヴァン派、聖公会などとね。それも年とともに一つずつ消えていきましたよ。あなたの一派はカトリックなどと名乗って、まるでキリスト教徒全体を代表すると言わんばかりでした（「カトリック」には「普遍的な、万人に及ぶ」の意味がある）。他の宗派と対立して戦ったというのに。歴史的に見ると、どうやらあなた方が最初に組織を作って、あの神話上のユダヤ人大工に付き従うと言いだしたのですね」

老人が言った、「どうしてあの片腕が取れてしまったのだろう」

「あの片腕？」

「失礼。取りとめもないことを考えておりまして」

「あなたに残ったものは最後まですべてそのままにしておきました。あなたには少数ながらまだ信奉者がおりましたし、あなたとわれわれにはいくつか共通の目的がありましたから。世界平和とか貧困の撲滅とかね。ある時期、あなたには利用価値があった。より大きな全体のために自国意識を消すのに利用できたのです。あなたはすでに現実の脅威ではなくなっていた。ですからミーグリム将軍の講じた措置は必要なかった——或いは時期尚早だったのです。こんな無意味なことがすべて終わり、すっかり忘れ去られて、いまわれわれは心から満足しています。あなたに付き従うものはもうおりません、ヨハネス教皇。この二十年間、あなたを厳重に監視させてきました。接触を図ろうとしたものは一人としていなかった。あなたには何の権力もなく、世界は一つになって平和そのもの。あなたはもはや恐るべき敵ではない。お気の毒に思いますよ、この間、あの仮住まいで何と長く退屈な日々を過ごされたことか。或る意味で、信仰は老齢に似ています。永遠に続くわけではない。共産主義は老齢化して死にました。帝国主義も同様。キリスト教もまた死んでいます、あなたを唯一の例外として。歴代の教皇と比べれば、あなたはよい教皇だったのでしょう。そうしたあなたに敬意を表して、このような侘しい状態にこれ以上留め置くのを止めて差し上げたいと思うのです」

「ご親切なことです。お考えになるほど侘しい日々ではありませんでした。友だちが一人おりましたから。話ができたのです」

「いったい何のことです？　あなたは一人だった。パンを買いに外出したときでさえ一人だった」

「戻ってくると待っていてくれました。あの片腕が取れてしまっていたのが残念でなりません」

「ああ、あの木製の像のことですな。〈神話博物館〉が喜んで収蔵品の一つに加えるでしょう。しかし真面目な話をする時が来ました。神話の話ではなくて。ほら、こうして銃を机に置きます。人が不必要な苦しみを味わわされることがいいとは思えません。あなたを尊敬しているのです。わたしはミーグリム将軍ではない。尊厳死をかなえて差し上げたいのです。最後のキリスト教徒ですから。これは歴史的瞬間です」

「わたしを殺すおつもりですか？」

「そうです」

老人が感じたのは安堵感だった。恐怖ではない。彼は言った、「この二十年間、たえず行きたいと思っていたところに送ってくださるのですね」

「暗闇のなかに？」

「いや、わたしの知っている暗闇は死ではない。光の不在に過ぎません。あなたはわたしを光のなかに送り出してくれる。心から感謝します」

「最後の食事をご一緒していただきたいと願っていました。一種のしるしとして。敵同士に生まれた二人の友情のしるしです」

「申し訳ないが、空腹ではありません。どうぞ遠慮なく処刑を」

「せめてワインをご一緒に、ヨハネス教皇」

「ありがとう。それはいただきましょう」

将軍は二つのグラスにワインを注いだ。それを飲み干す彼の手が少し震える。老人は乾杯をするみたいにグラスを掲げた。低い声で、将軍にはよく聞き取れない言葉、彼の知らない国の言葉を呟く。「コルプス・ドミニ・ノストリ……（「われらが主の身体」の意）」敵である最後のキリスト教徒がワインを飲むと、将軍は銃を撃った。

引き金を引いてから弾丸が破裂する一瞬の間に、それまで感じたことのない、そして恐ろしい疑念が将軍の心をよぎった――この老人の信じたことはひょっとして真実なのだろうか？

英語放送

The News in English

若島 正訳

「英語放送」は《ストランド》誌の一九四〇年六月号に掲載された。長篇『密使』とほぼ同時期の作品であり、グリーンと諜報活動との深いつながりを想わせる。伝記によれば、グリーンは妻となるヴィヴィアンと交際中に、よく暗号でラヴレターを送っていたという。そして結婚してからは、離ればなれになるときには秘密の手紙を書き送るのがならわしになっていたという。つまりこの「英語放送」は、たえず世界各地を旅して、一所に長いあいだとどまることがなかったグリーンがヴィヴィアンに宛てた、秘密のラヴレターであり、かつ巧妙な言い訳であると想像してみても楽しい。

（訳者）

ツェーゼンのホーホー卿（第二次大戦中ドイツから英国に向けて宣伝放送をしたウィリアム・ジョイスの渾名）が放送をやめた。イングランド全土で新担当者の声が聞き取れた。それは、堅苦しく生気のない、典型的な英国人大学教師の声であった。

第一回の放送で、その男は自分のことを「新生ドイツ全土にふたたびみなぎる活気」に共感するくらい気が若い人間だと言ったが、そのために――学者らしい口ぶりとあいまって――たちまち臆病博士という渾名を頂戴した。

悲しいことに、こうした人間が天涯孤独であったためしはない。

クロウバラにある家で若いビショップ夫人がツェーゼン放送にダイヤルを合わせたとき、姑の老ビショップ夫人は暖炉のそばで編物をしていた。編んでいる靴下はカーキ色で、まるで一九一八年に編み目を一つ落としたところからまた編みはじめたようだった。陰気ではあっても居心地のいいその家が面していた通りは、雪におおわれた唐檜《とうひ》や月桂樹がどこまでも続く並木道で、隠居した老人たちの足音しか聞こえない。若いビショップ夫人はそのときのことを生涯忘れることはできなかった。アッシュダウン・フォーレストを吹きぬけて灯火管制が敷かれた家の窓に叩きつける風、上機嫌で編物をしている姑、そしてすべてがこの瞬間を待ちかまえているという雰囲気。まさしくそのとき、ツェーゼンから話の途中の声が部屋の中に流れ、姑のビショップ夫人が「あれはデイヴィッドだわ」と断言したのである。

メアリー・ビショップは、「まさか」と望みなき口答えをしたが、内心では本当だとわかっていた。

「あんたが自分の亭主の声を忘れても、あたしにゃ自分の息子の声ぐらいわかるんだよ」

信じられないことに、声の主には二人のやりとりが聞こえないらしく、ひたすらしゃべり続け、何度聞かされたかしれないいつものでたらめを繰り返していた。あたかも、自分のことを知っている人間はどこにもいない——妻や母親もいない、とでも思っているかのように。

姑は編物の手を休めていた。「みんなが書きたてている男だろう――臆病博士とか」

「そうですわね」

「デイヴィッドだよ」

声の主はいかにも自信たっぷりに工学技術の具体的な話を事細かに語っていた――デイヴィッド・ビショップはオックスフォードの数学教師だったのだ。メアリーはラジオを切って姑のそばに座った。

「世間は誰だか知りたがるだろうよ」と姑が言った。

「教えちゃいけないわ」とメアリーは言った。

老夫人の指がふたたびカーキ色の靴下の上で動いていた。「義務だからね」。義務なんて老人病だとメアリー・ビショップは思った。人と人との絆の力を感じなくなり、しまいには愛国心と憎悪の大波に押し流されてしまうのだ。メアリーは言った、「あの人、無理にやらされているのよ。どんな脅しをかけられているのか――」

「そんなことは問題じゃないよ」

メアリーは弱々しく繰り言を口にした。「こんなことになる前に帰ってこられたらよかったのに。あんな出張講義に行くなんて、わたしは反対だったのよ」

「あの子はいつも頑固だったからね」と老ビショップ夫人が言った。

「戦争は起こらないって言ってたのに」

「電話をかしておくれ」

「でも、そんなことしたらどうなるかわかってるでしょ」とメアリー・ビショップは言った。「反逆罪で裁判にかけられるかもしれないのよ、もしわたしたちが勝ったら」

「勝つにきまってます」と姑が言った。


二人のビショップ夫人の記者会見が行なわれ、デイヴィッド・ビショップの前歴に関するちょっぴり揶揄をこめた小記事が出たあとも、彼の渾名は変わらなかった。戦争が起こりそうだと前々から知っていて、ドイツに行ったのも兵役を免れるためで、妻と母親を爆撃下に置きざりにしたのだと今では憶測されるようになった。メアリー・ビショップは、無駄と知りつつも必死になって、夫が脅迫や拷問によって強制的に宣伝放送をさせられているかもしれないということを報道陣に認めてもらおうとした。だがその成果は、たとえ脅迫されたにせよデイヴィッド・ビショップはきわめて反英雄的な行為をとったと一紙が書いただけだった。我々は英雄を稀な人間として賞讃するが、そのくせ英雄心に欠ける人間がいるとついこれを非難してしまうものである。

かくして臆病博士という渾名は定着した。

しかしメアリー・ビショップを最も苦しめたのは姑の態度だった。姑は毎晩九時十五分になると傷口にナイフをねじ込んだ。ラジオは必ずツェーゼン放送に合わされ、そこに姑は腰かけて息子の声を聴きながら、マジノ線で戦う誰だか知らない兵士のために靴下を編むのだった。メアリーにとってはこうしたすべてが不可解だった――とりわけ、耳ざわりがよくて考え抜かれた巧妙な嘘をしゃべっている抑揚のない学者風のその声が。今ではクロウバラの町中へ出るのもこわかった。郵便局ではひそひそ話が聞こえるし、図書館では老人たちの顔がこっそりとこちらを見ているのだ。ときどき、夫を憎く思うことさえあった。どうしてデイヴィッドはわたしをこんな目にあわすのだろう？　どうして？

そして思いがけなくも、彼女はその答を知った。

あるとき、声の主は珍しいことを口にした。「英国のどこかで、わたしの妻がこの放送を聴いているかもしれません。ラジオをお聴きの皆さんはわたしのことをご存知ないでしょうが、わたしが嘘をつくような人間ではないことは妻がよく知ってくれているはずです」

自分だけに語りかけられるのは耐えられなかった。メアリー・ビショップはこれまで姑や報道陣に面と向かってきたが、夫に面と向かうことはできなかったのだ。彼女は泣き出して、ラジオのそばにすがった。その姿はまるで、修理のしようがないほどに壊れた人形の家のそばでぼんやりしている子供のようだった。夫は彼女のすぐかたわらにいるかのように語りかけていたが、今では別の惑星みたいに遠くて手が届かない国にいるのだった。

「実のところ……」

講義でここは大切だぞと強調するみたいにゆっくりとこう言ってから、彼は話を続けた——主婦の生活に関する事柄を。食料品の安い値段、店に肉がどれほど豊富にあるかという話。彼は詳細にわたり、数字をあげ、マンダリンオレンジだとかおもちゃのシマウマだとかいった唐突で無関係に思えるものを話題にした——おそらくは贅沢な品がたくさんあるという印象を与えるためなのだろう。

突然メアリー・ビショップは眠りからさめたようにぎくりとして座り直した。「まあ、あの鉛筆はどこだったかしら？」と言って探しているうちに、彼女はそこかしこに置いてある装飾品のひとつをひっくり返してしまった。走り書きを始めたら、もはや声の主は「熱心なご愛聴を感謝いたします」と言っており、ツェーゼン放送はとだえた。「遅すぎた」と彼女は言った。

「何が遅すぎたんだい？」と姑が厳しい口調でたずねた。「なんで鉛筆が要ったんだね？」

「ちょっと思いついただけ」とメアリーは答えた。

翌日、彼女は陸軍省の暖房のない寒い廊下をあちらこちらと案内された。二部屋に一部屋は中の設備が運び出されて空だった。奇妙にも、デイヴィッド・ビショップの妻だということがここでは役に立った――たとえそれが好奇心と多少の同情を呼びおこしたからにしても。しかしもう同情はご免だった。そしてやっと彼女は目指す人物にたどりついた。

その人物は非常に丁寧な態度で話に耳を傾けてくれた。軍服ではなく、上等のツィード地のスーツを着ていて、まるで戦争をなんとかするために一日か二日、田舎からこちらへやってきたところだという風に見えた。メアリーが話し終わると彼は言った。

「かなり途方もない話ですなあ、ビショップさん。もちろん、あなたにとって大変なショックだったとはお察ししますが――今回のご主人の、その、何と言うか、なさったことは」

「わたしは誇りに思っております」

「以前あなた方がそういう暗号を使っておられたというだけで、本当にそんなことを信じておられるとでも――？」

「主人が出かけていて、〝実のところ〟と電話してきたら、それはいつも〝ここから先はまったくの作り話だが、これからしゃべる言葉の頭文字をつなぎあわせてくれ〟という合図なんです。それでどれほど主人が退屈な週末を過ごさずにすんだか、大佐、あなたにわかっていただけたら――というのも、ほら、いつでもわたしに電話できるでしょ、たとえそのお宅のご主人がいる前でも」。彼女は涙声だった。「そうしたらわたしが主人宛に電報を打つんです……」

「なるほど。それにしても――今回は何も得られなかったのでしょう？」

「遅すぎたんです。鉛筆がなくて。これだけなんですの――訳がわからないのは承知してますけど」。彼女は紙切れを机の向こうにさしだした。「〈キキピック〉。偶然なのかもしれませんけど――たしかに何かの言葉みたいに見えるんです」

「奇妙な言葉ですな」

「男の人の名前じゃないかしら？」

ツイードを着た将校が、まるで珍種のキジでも眺めるように、その言葉をいかにも興味深げに見つめていることに彼女は突然気づいた。「ちょっと失礼」と言って彼は席を外した。別の部屋で誰かに電話している様子だった。ベルがかすかに鳴る音、沈黙、そして聞きとれない低い声。それから大佐が戻ってきたが、その顔から万事解決したことがうかがえた。

大佐は着席して万年筆をもてあそび、見るからに気恥かしそうな様子だった。何かを言いかけて言葉をのみこみ、それから申し訳なさそうに声をつまらせてやっとの思いで言った。「ご主人になんとお詫びしてよいやら」

「何かの暗号でしたの？」

明らかに大佐は厄介で異例な事柄をどう処理しようかと考えあぐねているところだった――彼は外部の人間に機密を漏らしたことがなかったのだ。しかしそれを言うなら、メアリーはすでに外部の人間ではなくなっていた。

「ビショップさん、ぜひお願いしたいことがあります」

「ええ。なんなりとおっしゃって下さい」

大佐は決心がついたらしく、万年筆をもてあそぶのをやめた。「ピック号という中立国の船が今朝四時に沈没し、二百人の命が奪われました。つまり〈危機ピック〉ですよ。もしご主人の警告を事前に入手しておれば、駆逐艦隊を派遣できたんですが。実はさきほど海軍省と話をしておりまして」

てて。メアリー・ビショップは声を荒らげた。「新聞はデイヴィッドの悪口ばかり書きたてて。みんな、これほど勇気がないくせに――」

「そこが申し訳ないところなんですがね、ビショップさん。新聞には書き続けてもらわないと困るのです。こちらとあなた以外の誰に知られても困るのです」

「主人の母親は?」

「たとえお母様であろうと、おっしゃってもらっては困ります」

「せめて主人の記事が出ないようにしていただけませんか?」

「今日の午後、わたしは各社に対してキャンペーンを強化するように要請するつもりです――同情意見をおさえるためですが。反逆罪の法的解釈についての記事を書かせます」

「もしわたしが黙っていられないとしたら?」

「ご主人の生命がどうなってもいいとおっしゃるのでしょうか?」

「とすると、このまま放送を続けるよりないんですの?」

「ええ。このまま」

放送は四週間続いていた。メアリーは、毎晩ツェーゼン放送にダイヤルを合わせるたびに、新たな恐怖をおぼえた——夫が放送をやめるのではないかと。暗号は子供だましなのに、どうして見破られないのか不思議だったが、ともかくそれが現実だった。複雑な頭脳の持主は簡単な手にだまされることがあるものだ。そしてメアリーは姑の告発にも毎晩つきあわされた。息子が子供の頃にどんな恥ずべき行為をしたかという話をあれやこれや聞かされるのだが、そのどれもが取るに足らない出来事なのだ。前の戦争では、女たちは自分の息子を「捧げる」ことに一種の誇りを感じた。それも、ゆがんだ愛国心という祭壇に捧げる供物であった。しかし今、メアリー・ビショップは涙を見せずにただじっと耐えた——夫の声が聞けるだけで救いだったのだ。

夫が情報を伝えることはさほど多くなく、「実のところ」という言葉が使われるのは稀だった。その情報は時として、ベルリンを通過する連隊の数だったり、休暇をもらった兵士の数だったりした。どれもごく些細な事柄で、情報局には価値があるのかもしれないが、およそ生命を賭けるほどのものとは思えなかった。せいぜいそれくらいの働きしかできないのなら、いっそ抑留されたほうがましではないか？

ついにメアリーは我慢できなくなって、ふたたび陸軍省を訪れた。ツイードの男はまだそこにいたが、今度はなぜか喪服を想わせるような黒の燕尾服に黒の襟飾りという姿だった。葬儀に参列してきたのだろうと思うと、メアリーはいっそう夫のことが心配になった。

「ご主人は勇敢な方です、ビショップさん」と彼は言った。

「そんなこと、わざわざおっしゃっていただかなくても」。彼女はさめざめと泣いた。

「ご主人が最高の勲章を受けられるようにとりはからいましょう」

「勲章だなんて！」

「ビショップさん、あなたは何をお望みなのですか？　ご主人は義務を遂行されているのですよ」

「誰でもそうでしょ。でも、休暇をもらって帰ってくるじゃありませんか。いつかは。主人が永久にあのまま続けられるわけがありません。そのうちきっと見つかるはずですわ」

「それで、わたしたちにどうしろとおっしゃるのですか？」

「連れ戻してやってほしいんです。もう充分な働きをしたじゃありませんか」

大佐は静かに言った。「わたしたちの力ではどうすることもできません。だいたい、どうやってご主人と連絡をとることができるでしょうか？」

「スパイがいるでしょう」

「それだと二人の生命が失われることになります。ご主人がどれほど厳しく監視されているか想像できないのですか？」

そのとおりだった。メアリーはその姿をはっきりと思い描くことができた。休日を何度もドイツで過ごしたことがあり――これは新聞社も嗅ぎ当てた事実だった――いかに人間が監視され、電話が盗聴され、食事を共にした人間があとで尋問されるかという実態を知りつくしていたのだ。

大佐は言った。「もし連絡をとる何らかの手段があるとすれば、ひょっとするとうまくいくかもしれません。ご主人に対してはそれぐらいの恩義はありますから」

大佐が心変わりしないうちにと、メアリーはすばやく言った。「あの暗号は逆に送ることもできますわ。実のところ――！　こちらにドイツ語でニュースを流す番組があるでしょう。もしかして、夫がいつかそれを聴くかもしれません」

「なるほど。可能性ありですな」

メアリーはその作戦に関与することになった。というのは、今回も彼女の協力が必要だったからだ。メアリーの口癖を使って彼の注意をひくのが狙いだった。年に一度、二人が休暇で旅行するときにはお互いドイツ語で会話するようになってから、もう何年にもなるのだ。鍵となるその言葉は放送ごとに変えることとし、どれも同じ指令となるような一連の暗号が入念に作成された――その指令とは、ケルン＝ヴェーゼル線のある駅に行き、これまでに男性五人と女性二人のドイツ国外脱出を手助けしている鉄道員に会えという内容であった。

メアリー・ビショップはその場所をよく知っているような気がした——田舎の小さな駅で、おそらく近所には数十軒の家と、昔は人々が静養のために滞在した大きなホテルが一軒あるだけだろう。そこで鉄道事故があったという手の込んだニュースを流す——多数の死者——破壊活動——逮捕者。これで夫に脱出の機会が与えられた。この機会をつかんでさえくれればいいのだ。ドイツが敵艦沈没の虚報を繰り返し流すように、このニュースはしつこく報道されたが、相手も激怒してそんな事故はなかったと反論した。

メアリー・ビショップにとって、毎晩のツェーゼン放送は以前にもましておぞましく思えた。声は部屋の中に流れていても、夫は自らの生命を賭けた情報がはたして本国に伝わっているのか知るよしもないし、メアリーのほうも夫への連絡が届かないか気づかれないまま途絶えたのかどうか知るすべがなかったのだ。

「さてと、今晩はデイヴィッドなしで過ごそうかね」と姑のビショップ夫人が言った。これは姑が見せるつれない態度の新たな変化であった——今や彼をまさしく消し去ろうというのだ。メアリー・ビショップは、いやどうしても聴きたい、声を聴けばとにかく夫が元気だとわかるから、と言って反対した。

「病気にでもなりゃ天罰だよ」

「わたしは聴きますからね」とメアリーは強情に言った。

「それじゃ、あたしは部屋を出ていくよ。あの子の嘘はもう聞きあきた」

「あなたはあの人の母親なんでしょう？」

「それはあたしのせいじゃないよ。あんたみたいに、あたしはあの子を選んだわけじゃないんだ。言っとくけど、絶対に聴かないからね」

メアリー・ビショップはダイヤルを廻した。「だったら耳をふさぐがいいわ」と彼女は思わず怒って言った。そのとき、デイヴィッドの声が流れてきた。

「帝国主義者集団である英国の報道機関はデマを流しております。英国のラジオ放送が執拗に繰り返し述べている場所では、鉄道事故すら起きていませんでした——ましてや、破壊活動などあろうはずがありません。明日、わたしはその事故現場とやらに出むいて、あさってのこの番組では客観的な眼で見た現場レポートをお伝えし、破壊活動で射殺されたと伝えられている鉄道員本人の声を録音してお聞かせすることをお約束いたします。そういうわけで、明日のわたしの放送はお休みです……」

「ああ神様、ありがとうございました、ありがとうございました」とメアリー・ビショップは言った。

姑は暖炉のそばでぶつぶつつぶやいた。「そんなに神様に感謝することがあるのかね」

次の日、さほど信心深くはないメアリーも一日中祈った。彼女は「ライン川沿いでヴェーゼルからそう遠くはない」というその駅を思い浮かべた。そこはオランダとの国境からもそう遠くはない。国境を越える手段がなにかきっとあるはずだ——その見知らぬ鉄道員の協力によって、たとえば冷蔵貨車の中に隠れたりして。どんなに途方もない空想も実現可能のように思えた。なにしろ、これまでにうまく脱出した人たちがいるではないか。

その日の間ずっと、彼女は夫の行動を空想の中で追った。朝は早く出発するだろう。夫が飲む代用コーヒーのカップ、そして夫が乗る、戦時中でののろのろ走る南西行きの列車。夫の恐怖を、そして夫の興奮を、彼女は想像した——夫はわたしのもとへ帰ってくるのだ。無事に帰還すれば、なんとすばらしい日になるだろうか！　新聞は前言を訂正せざるをえなくなるだろう。もう臆病博士と呼ばれることもないし、息子を愛していない姑とこんな場所に二人きりで暮らすこともなくなるのだ。

昼頃には、もう駅に着いているはずだと彼女は思った。夫は鉄道員たちの声を録音するための黒いレコード盤を持っている。監視の目が光っているだろうが、それでもなんとかチャンスを見つける――そしてもう一人きりではなくなる。助けてくれる誰かがついているのだ。適当な口実をつけて、夫は帰りの汽車を乗りすごす。貨物列車が入ってくる――おそらく、駅の外で信号を見てその列車は停止する。冬の闇が早くも訪れ、灯火管制が敷かれるなかで、メアリーはそうした光景を鮮明に見た。そして夫が白のマッキントッシュを持っていたことを思わず感謝した。それを着ていれば、雪の中で列車を待つときに人目につかずにすむだろう。

彼女は空想を駆けめぐらせた。夕食時には、夫はすでに国境へと急いでいる途中に違いないと思った。その夜、臆病博士の放送はなく、歌をうたいながら入浴していると、姑が怒って二階で寝室の床をどしどしと踏みつけている音が聞こえた。

ベッドの中で、彼女は夫が乗っている列車の重々しい動きに合わせて体が震動するような気さえした。彼女は外を通り過ぎる景色を見た――夫が隠れている貨車にはすきまがあるはずだから、どれほど遠くへきたかはわかるだろう。外の景色はクロウバラそっくりだった。雪をかぶった唐檜、フォーレストと呼ばれている広く荒涼とした土地、暗い並木道──彼女は眠りこんだ。

眼を覚ましたときもまだ幸せな気分だった。おそらく夜になる前にオランダから電報が届くだろうが、もし届かなかったとしても、戦時中にはあれやこれやで遅配になることがあるのだから心配しないでおこう、と彼女は考えた。電報はこなかった。

その夜メアリーがラジオをつけようとしなかったので、姑のビショップ夫人は作戦をふたたび変更して言った。「おや、亭主の声を聴かないのかい？」

「今日は放送に出ないわ」。もうすぐ高らかにこう言ってやれるんだ──ほら、ずっと前からわかっていたのよ、わたしの主人は英雄だって。

「それは昨日の晩の話だろ」

「今日も放送しないのよ」

「どういうことだい？　ラジオをつけて聴いてみようじゃないか」

自説の正しさが証明されるのも悪くはないので、メアリーはラジオをつけた。

ドイツ語でしゃべる声が聞こえてきた──事故とか英国のでたらめとか言っているようだったが、彼女は耳を傾けようとはしなかった。すっかり有頂天になっていたのだ。「ほら、言ったとおりでしょ。デイヴィッドじゃないわ」

そのとき、デイヴィッドが話しはじめた。

「只今お聴きいただいたのは、ドイツ警察によって射殺されたと英国放送が伝えている人々の生の声でした。これをお聴きになって、おそらくみなさまは現在のドイツ国内の様子についての大袈裟な話がデマであると納得されたことでしょう」

「ほら」と姑が口をはさんだ。「言ったとおりだろ」

メアリーは思った。もうこれからずっと、世界中がわたしにこう言い続けるのだわ——臆病博士と。夫にはメッセージが伝わらなかったのだ。もう永遠に戻ってこない。デイヴィッドは奇妙に急いだ荒い声で言った、「実のところ——」

彼はまるでいつ放送を中断されるかと恐れているように二分間ほど早口でしゃべったが、その内容はさして問題がないように思えた——食料品がたくさんあるとか、イギリスの一ポンドでどれくらい物が買えるかというものいつもの話で、数字が再三あげられた。しかし今度ばかりは、あまりに途方もなさすぎる実例をあげたりして、いくらドイツ人の頭でもどうも変だと勘づくだろうと思うとメアリーは恐ろしくなった。よくも夫はこんな原稿を上司に見せたものだ。

鉛筆で書き取るのが追いつかないほど彼は早口だった。メモ用紙には文章がひとりでに形作られた。「ユーボート　ゴセキ　ネンリヨウ　ホキユウ　キヨウ　シヨウゴホクイ五三・二三　トウケイ一〇・五。シンライスジ　ノ　ジヨウホウ　ヴエーゼル

ヨリ　モドル。ホウソウ　ケンエツ　ウケズ。オワリ」

「若くて我慢強い妻たちは毎日夜遅くまで」――彼はためらった――「皿に残ったライスとバターを――」声は次第に小さくなり、完全に消えた。メアリーはメモ用紙を見た。「ワガツマヨサラバ――」

オワリ、サラバ、オワリ――弔鐘のように言葉が耳の奥で鳴り続けた。彼女はまた以前みたいに座りこんでラジオに寄り添いながら泣きだした。姑のビショップ夫人は嬉しそうな様子さえ浮かべて言った。「あの子は生まれてきたのが間違いだったんだよ。あたしも生みたくはなかったんだ。あの臆病者」。こう言われてはメアリー・ビショップもこらえきれなくなった。

少し暖房がききすぎて、家具を置きすぎたクロウバラの部屋でのうのうとしている姑に向かって、彼女は叫んだ。「ああ、あの人が臆病者だったらよかったのよ、ほんとに。でも、あの人は英雄なのよ、どうしようもない英雄なのよ、英雄だなんて、英雄だなんて……」彼女はやみくもに叫び続けた。部屋がぐるぐると廻るようだった。そして、押し寄せる苦痛と恐怖のために薄れゆく意識の中で、ぼんやりとこう思った。いつかわたしも、他の女たちのように、きっと誇りを感じずにはいられなくなるのだろう。

真実の瞬間 The Moment of Truth

高橋和久訳

死と犯罪を結びつける冒頭の一文が印象的である。家族や友人に告白してそれまでの安定した関係が壊れるのを恐れながら、しかし誰かに告白したいという衝動がいつまでも心のなかでくすぶるような秘密を抱えている人はおそらく少なくない。そしてその秘密が近づきつつある死であれば、人はその誰かを街角の出遇いに求めるのかもしれない。しかし告白の衝動が強いと、自分の周囲の何かが見えなくなって、その代わりに、偶然遭遇した相手の目にありもしない幻を見るというのもきっとよくある話。「真実の瞬間」に異常増殖したその幻が砕け散るなら、それこそが、癌にもまして、死をもたらすとどめの一撃となるだろう。タイトルの "The Moment of Truth" は闘牛での「とどめの一突き（の瞬間）」を意味する常套句でもある。なおこのメモが「真実の瞬間」を捉えそこなったものであることは言うまでもない。

（訳者）

死期が迫っていることは、友人や仕事仲間に告白するのは恥ずかしいが、それでいて誰かに――例えば街頭で出遇った見知らぬ人にでも――打ち明けたいという気持ちが消えない犯罪に似ている。アーサー・バートンはあちらこちらを回って調理場へと行ったり来たりしながら、胸に抱えた秘密を運んでいた。それは客の注文を聞いて回り、料理を抱えて運ぶのと同じようなもので、彼は長年ケンジントン（ロンドンの西部地区）にある〈シェ・オーギュスト〉という名のレストランでその仕事をやっていた。その店でフランス風と言えば店名とメニューだけで、メニューにはイギリス料理にフランス語の名前が付けられ、それぞれの料理名の下に長々と英語の説明が並んでいた。

一週間に二日、アメリカ人の男女が決まって隅にある窓辺のテーブルを予約していた。男は六十歳前後、女は四十代後半くらい――いかにも幸福そうな二人連れだった。

初めて出遇ったときにすぐに好きになる客というものがあるが、かれらもそうした客だった。注文する前にアーサー・バートンにお薦め料理を尋ね、食事が終わると、おいしい料理を教えてもらってありがとうと礼を言った。ワインについてさえ彼の薦めに従うほどだった。二度目にやってきたとき、彼個人のことについてちょっとした質問をした。自分たちと同じ店の客に、その人のことをもっと知りたいから訊いてみたといった塩梅だった。

「こちらには長いんですか?」ミスター・ホグミンスターが尋ねた（アーサー・バートンは予約の電話で彼の奇妙な名前を知っていた）。

「二十年ほどになります」バートンは答えた。「わたしが来たときは、〈ザ・クイーンズ〉という名前の別のレストランでした」

「その頃の方がよかったですか?」

アーサー・バートンは誠実に答えようとした。「よかったとは申しません。もっと気取らない店でした。好みは変わります」

「フランスの方ですか――こちらのご主人は?」

「いいえ。でもフランスには何度も行っていると思います」

「あなたに助けてもらえてラッキーです。メニューのフランス語がまったく分かりませんから」

「でも英語の説明がついておりますよ」

「どうやら、あの手の英語もだめみたいでしてね。いずれにしても、明日また寄らせてもらいます。同じテーブルをお願いできれば、アーサー。たしかそういうお名前ですよね、ご主人がそう呼んでいるのを耳にしたような気が」

「はい、アーサーです。テーブルは手配しておきます」

「それからあなたの助けもね」ミセス・ホグミンスターが言った。

ファースト・ネームで呼んでもらい、ミセス・ホグミンスターが本当の友だちのように笑顔で話しかけてくれたことに、彼は感激した。長年ウェイターとして働いてきたが、そんな経験をしたことは一度もなかった。

アーサー・バートンはうわべだけであれ客を観察する癖がついていた。それは、いまさら変えようにも手遅れになったこの仕事に興味を繋ぎ止めるためだけのことだったかもしれない。ずっと独りで、みずからすすんで変化を求めようとは思わなかったし、求めてももう手遅れだということがよく分かっていた。死という罪がすでに彼を捉えていたのだった。

夜、家に戻ると――共有シャワーに寝室兼居間のワンルームが家と呼べるならの話だが――よく思い出される客というものがあった。つまらなそうに一緒にランチを食べる夫婦ものが何組かいて、かれらは入ってきた新しい客が熱心に語り合ったりすると、その様子を羨ましげに見つめる。一目で恋人同士になったばかりと分かるカップルは自分たちのことに夢中。ときには結婚している若い女性が（彼はいつも左手の指を確認した）不安げな様子で、ずっと年上の男と連れ立ってくる。隣のテーブルに客が座ると彼女は声を落とし、話すのを止めてしまうことさえある。アーサー・バートンは隣のテーブルを空いたままにしてやれたらと思うのだった。そうすれば二人は誰にも遠慮せずに自分たちの問題の解決を図ることができるだろう。

その夜帰宅したとき、彼の考えたのはホグミンスター夫妻のことだった。もっと話をすればよかったという気がする。あの夫婦は信用できる、街頭で出遇う見知らぬ他人と同じだ、と思う。少なくとも仄めかすことくらいはできたのではないか。支配人やコックや他のウェイターや皿洗いたちと自分を隔てている罪について――もちろん仄めかすだけ。あの二人を悲しませたくはなかった。

翌日、夫妻は予約の時刻を三十分過ぎても現れなかった。そのテーブルを希望するほかの客がいたので、支配人はそちらに席を譲ってほしいと言った。「今日はお見えにならないよ」支配人は主張する、「それにテーブルはまだ三つ空いているから、そこから選べるわけだし」

「でもこちらのテーブルがお気に入りなんです」アーサー・バートンは言った、「それにこの席をご用意するとお約束しましたから」彼は「優しいいい方たちなんです」と言い添えたが、もしそのときかれらがやって来なかったら、おそらく支配人に従わざるを得なかっただろう。

「まあ、ごめんなさいね、アーサー、すっかり遅れてしまって」夫人が名前を覚えていてくれたことに彼は感動した。「お買い得セールがあったのよ、アーサー。それでわたしたち夢中になってしまって」

「夢中になったのはこの人さ」ミスター・ホグミンスターが言った。

「あら、明日は我が身って言うでしょ」

アーサーは「紳士用服飾店の並ぶ一帯からは、ここより近いところにレストランがいくつもございます。ジャーミン・ストリート（紳士用服飾品街として有名）そばの一軒はお薦めできるかと」

「ああ、でもわたしたちはシェ・オーギュスティンがお気に入りなの」

「シェ・オーギュストだよ」ミスター・ホグミンスターが訂正した。

「それにアーサーよ。わたしたちにぴったりのものを選んでくれるもの。悩まないで済むわ」

秘密を抱えた男はとても孤独な男である。それで秘密のほんの一端でも漏らすことができるようになると、アーサー・バートンは気持ちが楽になった。彼は言った、「申し訳ありません、奥様。明日はお休みさせていただきます。でもその代わり支配人が……」

「お休みなの？　一大事だわ！　どうして？」

「病院へ行かなくてはなりませんので」

「えっ、アーサー、大変じゃない。どこがお悪いの？　深刻なご病気？」

「検査です、奥様」

「それは賢明だ」ミスター・ホグミンスターが言った。「検査するのはいいことだと思うよ」

「主人は四回検査を受けたわ、いえ、六回だったかしら」ミセス・ホグミンスターが付け加える、「検査を楽しんでいるみたい。でもこちらはいつだって心配になるわ。何の検査なの？」

「検査は終わっておりまして。結果を聞きに行かなくてはならないんです」

「そうなの、きっと大丈夫よ、アーサー」

「この店を贔屓にしていただいてありがとうございます」

「とても気に入っているわ。あなたのお蔭よ」

アーサー・バートンは本心から言った、「お別れしなくてはならないのが残念です」

「あら、そんなこと――まだ早いわ。木曜日にもう一度お邪魔しますから。明日はお薦めに従って、紳士用品の専門店街近くの店で食べることにするけれど、明後日は戻ってきて、シェ・オーギュスティンで最後の食事をいただきます」

「シェ・オーギュストだよ」とミスター・ホグミンスターが再び訂正したが、彼女は気にも留めない。

「金曜日にはニューヨークに発つけれど、木曜日には必ずお会いして、いい知らせを伺うわ、アーサー。きっといい知らせよ。あなたのことを心にかけて、幸運をお祈りするわ。でも大丈夫、いい知らせに決まっているもの」

「わたしは六カ月ごとに検査を受けていましてね」ミスター・ホグミンスターが言った。「結果はいつも問題なし」

「木曜日には何か特にご所望の料理がございますか？　コックに頼んでおくことも……」

「いえ、いえ。あなたのお薦めの品をいただくわ。ではまたね、大丈夫よ、アーサー」

アーサー・バートンには、自分を待ち受けているのは大丈夫な宣告ではないことが分かっていた。検査を受ける前から、口を濁す医者の様子で分かっていた。死刑判決がまだあった時代、被告席にいる男には陪審員たちが法廷を退出する前から、かれらの下す評決が予知できたのだろうか。こんな宣告をすることになってという気まずさが発散されるのを感知できたのだろうか、と思う。しかし彼はほっとしていた。少なくとも罪の一部を告白したのに彼女から愛想を尽かされることはなかったのだ。もし彼の考えている通り評決が死だった場合でも、医者は専門用語を駆使して希望があるかのように言いくるめようとするだろうが、彼女であれば、すべてを告白できる街頭で出遇った見知らぬ人になってくれるのではあるまいか。二度と会うこともない。彼女は金曜日にはニューヨークに発ってしまう。こんな罪を噂話の種にする共通の友人もいない。彼は彼女に対して奇妙ないとおしさを感じた。

その夜、アーサーは彼女の夢を見た。性的な夢でも愛の夢でもない。ごくありきたりの夢で、彼女は単なる脇役として現れただけなのだが、ここ何ヵ月も味わったことのないくつろいだ気分で目覚めたのだった。打ち明けてみると、彼女は何がしか慰めのことばをかけてくれ、おかげで恥ずべき真実を明かそうとしている敵に立ち向かう勇気が出た、とてもいった気分だった。

外科医との面談は夕方五時以降ということだったが、彼は一日休みを取った。しかも行ってみると一時間近くも待たされた。お座りくださいと言った外科医の声に憂慮のこもった思いやりの響きがあったので、それに続く報告がどのようなものなのか、間違えようもなく予測できた。「緊急手術が必要です……そう、癌です。でも癌と聞いても怖れてはいけません……あなたと同じくらい進行した癌の事例をいくつも知っています。……手遅れにならずに処置すれば、治癒の見込みは間違いなくあります……」

「手術はいつがいいのでしょう？」

「明日の朝入院し、翌日に手術というのが望ましいですね」

「入院は午後にしてもらうと助かるのですが。何分――明朝は仕事に戻ることになっておりまして」彼の頭にあったのは仕事のことではなく、ミセス・ホグミンスターのことだった。彼女はきっと知らせを待っているだろう。

「ぜひともベッドで一日は安静にしていて欲しいのですがね。でも……六時に麻酔医と一緒に様子を見に来ましょう」

その日の晩、ベッドで横になりながらアーサー・バートンは考えた。内科医にしても外科医にしても、必ずしも優れた心理学者ではない。かれらの関心はもっぱら肉体に向けられて、心のことは忘れているから、声の響きが患者にどれほど多くのことを悟らせているかが分からないのではないだろうか。かれらは「治癒の見込みは間違いなくあります」と言うが、患者には「治癒の見込みはまずありません」と聞こえるのだ。

彼が死を怖がっているというわけではなかった。誰にも死という万人共通の運命を避けることはできないが、世界中の人すべてが恐怖におののいているわけではない。アーサー・バートンの望みはただ、自分だけが知っている秘密を他人にも知ってもらいたいということだけだった。妻や子ども——彼にはどちらもいなかった——のようにすっかり悲しみに沈んでしまうのではなく、優しく気遣うことばを掛けながら、「死刑宣告を受けている」という秘密の罪を分かち合ってくれる他人に。ミセス・ホグミンスターはまさにそうした女性だった。彼女の目を見て、彼はそれを読み取っていた。明日、検査結果を尋ねられたら、何とかうまく真実を伝えよう。彼女の夫を自分の罪に巻き込むようなことばは使いたくない。彼女はこう尋ねるだろう、「お医者さま何て言ったの、アーサー？」どう答える？　いや、ことばはだめだ。肩を少しだけすくめればいい。「万事おしまいです。お心にかけていただきありがとうございます」という気持ちは十分伝わるだろう。そうすると、こちらを見返す彼女の目が、同じように慎み深く、あなたの秘密を分かち合いましたよ、と告げるだろう。

未来に向けて自分一人ではなくなるのだ。

「あのテーブルを押さえておく必要はないよ」支配人が言った。「あのアメリカ人夫妻が昨日来店して、その席の方がずっとお気に召したようだから」

「昨日ご来店に？」

「そうとも。本当にここがお気に入りらしい」

「紳士洋品のお買い得セールにいらっしゃるものと思っていました」

「そんなことは知りたくもないね。君は客相手に話をしすぎると思うね、アーサー。自分たちだけの気分に浸りたい人も少なくないからね」

支配人は慌てたようにドアの方に向かった。ホグミンスター夫妻を出迎えるためだった。夫とともに店内の隅にある一つだけ離れたテーブルに向かいながら、ミセス・ホグミンスターはアーサーを見て頷き、微笑んだ。その席から外の通りは眺められないが、たしかに支配人が言っていたように、夫妻は自分たちだけの方がいいのかもしれない。そしてまた、支配人自身に給仕してもらう方がいいのかもしれない。

二人の食事が終わり、精算が済んではじめて、ミセス・ホグミンスターが調理場に向かう途中の彼に声をかけた。「アーサー、こっちに来てちょっと話を」

彼は急に気持ちが晴れて、いそいそと夫妻の席に向かった。

「アーサー、あなたに給仕してもらえなくて残念だったわ。でも支配人がとても親切で、気分を害して欲しくなかったものだから」

「ランチはお口に合いましたでしょうか、奥様」

「もちろん。でもシェ・オーギュスティンではいつだってそう」

「シェ・オーギュストだよ」ミスター・ホグミンスターが言った。

「お買い得セールに行くならジャーミン・ストリートがいいって、本当におっしゃる通りだったわ。夫はパジャマを二着、それに——信じられる？——ワイシャツを三枚、三枚も買ったのよ」

「もちろん選んだのは家内だよ」ミスター・ホグミンスターが言った。

アーサー・バートンは失礼しますと言って、そのまま調理場へ入った。うまく伝えられるかと心配していた面倒な事態には立ち至らなかったが、そう思ったところで、秘密を抱えたままの憂鬱が軽くなるものではなかった。支配人には何も言う気がなかった。明日、出勤しないだけのこと。もし死んだら、いや生きながらえても、そのうち病院の方から連絡するだろう。

彼は店内を回る時間を極力減らした。とはいえ、他のウェイターがホグミンスター夫妻の世話をし、かれらと話をするのを目にするのは苦痛だった。

半時間ほどすると支配人が調理場に入ってきて、彼に声を掛けた。手紙を手にしている。彼が言った、「ミセス・ホグミンスターがこれを君に渡してくれとのことだった。空港に向かわれたよ」

アーサー・バートンはその封筒をポケットにしまった。気持ちがすっかり軽くなる。もちろんミセス・ホグミンスターの振舞いが正しい。他人の耳がある店内では、自分の秘密について語り合うことなどできるはずもなかった。この秘密に関する彼女の思いやりのこもった質問を病院まで持って行けるし、明日、麻酔をかけられる直前に、もう一度読むことができる。もはや自分一人ではない。街頭で出遇った見知らぬ人の手を握っていくのだ。彼女は「お医者さまに何て言われたの？」という質問への答を受け取ることはないだろうが、彼女はそう問いかけてくれた。そこが肝心なのだ。

病院のベッドの上の明かりを消す前に、彼は封筒を開いた。驚いたことに、最初に一ポンド紙幣が三枚出てきた。

ミセス・ホグミンスターは記していた、「アーサーさま、飛行機に乗る前に感謝の気持ちを一言書いておかねばと思いました。シェ・オーギュスティンには本当に楽しくお邪魔させてもらいました。いつの日か必ずまた寄せてもらいます。それからお買い得セール、わたしたち二人してとてもいい掘出し物が買えました――ジャーミン・ストリートがいいというあなたのことば通りでした」

手紙にはドリー・ホグミンスターと署名してあった。

エッフェル塔を盗んだ男

The Man Who Stole the Eiffel Tower

桃尾美佳訳

表題「エッフェル塔を盗んだ男」は、換喩でもなければ隠喩でもない。世界一有名なあの鉄塔をパリから文字通り盗み出すという、荒唐無稽な話なのである。エッフェル塔の姿を目に入れるのが嫌さに塔内のレストランに入り浸った作家の逸話は有名だが、本作の語り手は逆に塔への偏愛が嵩じて、ついにアルセーヌ・ルパンばりの大仕掛けの絵図を描き、鉄塔を市外へ拉致してしまう。都市の象徴を略奪されたパリの反応や如何に。白昼夢のごとき幻想をシュールな筆致で綴った小品と読むべきか、それとも辛辣な風刺精神に満ちた一幕の笑劇と解するべきか、曰く言い難い読後感を残す掌篇である。

（訳者）

私にとって、エッフェル塔を盗み出すこと自体は、さほどの難事業でもなかった。誰にも気づかれずに元に戻す方がよほど大変だったくらいだ。自分で言うのもなんだが、すべてが素晴らしく手際よく運んだ。必要だったものはおそらくご想像に難くないだろうが——特大トラックの輸送部隊だ。シャンティイへの途上で見えてくるあの長閑《のどか》な平原に、エッフェル塔を連れ出そうというのである。あそこなら楽々と塔を横にしてやれる。仕事にかかったのは霧深い秋の朝のこと、車の往来はごく少なくて、目にしたのはほんのわずかな数だった。我々を追い越そうとした者の誰ひとり、六輪トラック百二台に及ぶ我が大部隊が、エッフェル塔を載せたせいで全て数珠つなぎになっていることになど気づかなかった。いったん車線変更して追い越そうと試みた乗用車もあったけれども、そういうフィアットだのルノーだのの運転手たちは、目の前に延々と伸びているトラックの長蛇の列を目にすると、早々に諦めて後ろについてきた。逆にパリへ向かう車のためには、がら空きの道路を提供できた。シャンティイからの長い道のりも、パリを目指すドライバーには、あたかも一方通行のごとく快適だったはずである。それで皆がびゅんびゅん飛ばしていったから、隙間なく並んだトラックすべての荷台にエッフェル塔が横たわっていることになど、気づく暇さえなかった。エッフェル塔は、ちょうど数百メートルに及ぶ寝台車にでも乗っているような具合に進んでいったのである。

　私はエッフェル塔に大いに愛情を感じている。だから、戦争や霧、雨やレーダーなどに長年悩まされてきたこの塔が、ようやく休息の時を迎える姿を目にして、感無量だった。最初の日は周囲を歩き回って、ときおり支柱に触れてみたりした。平原にはセーヌ川支流の濁った水が穏やかに流れていたが、ちょうど塔の四階の部分が流れを跨ぐ格好になってしまい、居心地悪そうにしているのを宥めてやったりもした。それから車でパリに取って返して、塔が元あった場所に行ってみた。誰か気がつきやしないかと、やっぱり不安だったのである。巨大なコンクリートの土台だけが残っていた。いかにも墓石の体だったせいか、早くも花束を供えて、地下抵抗《レジスタンス》運動の英雄たちへと宛書を残していった者があった。そのうちタクシーが客を乗せてきた。冬が迫ると観光客はたいてい大西洋を越えて西方へ飛び去ってゆくが、降り立ったのはそうしたツバメたちの最後の一人である。彼は女の子を連れて、いささか足元が覚束無い様子だった。身をかがめて花束を眺めてから、彼は背筋を伸ばした。きれいに髭を剃って粉おしろいをはたいた頬がさっと紅潮した。

「こりゃあ記念碑じゃないか」と彼は言った。

「なんですって《コマン》？」タクシーの運転手が聞き返した。

連れの女の子が言った。「チェスター、ここでお昼がいただけるって言ったわよね」

「エッフェル塔がないぞ」男が言った。

「なんですって《コマン》？」

「僕が言ってるのはね」男は腕を振り回して強調した。「間違った場所に連れてこられたってことだ」そして苦労の末フランス語でも説明する。

「ここ《イシ》、エッフェル塔でない《ネ・パ・ラ・トゥール・エッフェル》」

「いやいや《ウイ》、ここですよ《イシ》」

「いや《ノン》、全然ちがう《パ・デュ・トゥー》。ここでは食事できない《イシ・イル・ネ・パ・ポシーブル・ド・マンジェ》」

運転手は車から降りてきてあたりを見回した。エッフェル塔が消えていることに気づくのではないかと少し冷や冷やしたが、彼はタクシーへ戻ってくると、私に悲しげな顔で訴えた。「通りの名前はどんどん変わっちまうもんでね」

私は彼にこっそり教えてやった。「あのふたりは昼飯が食えればそれでいいんだよ」私は言った。「トゥール・ダルジャンへ連れていけばいい」かくして一同は大喜びで走り去り、私は危機を切り抜けた。

もちろん、塔の従業員たちが騒ぎ立てて世間の注意を引く危険は無視できなかったから、ちゃんと計算に入れてあった。従業員たちは週払いで給料を貰っていたので、男にしても女にしても、一週間が終わって稼ぎを手に入れてしまう前に、自分の勤め先が消え失せたなどと認めるような馬鹿はいるはずがないと踏んだのである。計算通り、近辺のカフェが従業員たちの大いなる憩いの場となった。彼らもうっかり言葉を交わしてバツが悪い思いをしないように、誰も同僚と同席はしない様子だった。一マイル四方に渡って、ビストロ一軒ごとに塔のユニフォームの制帽をかぶった男が一人ずつおさまったものと見える。彼らは本来の勤務時間のあいだ中、満足気に店に居座り、稼ぎの多寡に応じてビールやパスティスのグラスを傾けた挙句、ぴったり退勤時刻には速やかに席を立ってゆくのだった。彼らがエッフェル塔の不在に困惑している様子など微塵もなかったと思う。塔はあたかも消費税のごとく、都合よく忘れられたのである。考えずにすむならそれに越したことはなし、考えてみたりすれば何らかの対処をせよと言い出す輩が現れかねないのだから、これは理の当然だろう。

無論のこと、観光客が主たる危険因子であることに代わりはなかった。夜間飛行機は霧が低く垂れこめているせいだと思い込んでくれたし、航空省なぞ電波障害に対する苦情を——冷戦期におけるロシアの新計略であろうからと——外務省に回して済ましてしまうから、どちらも大して手がかからなかった。とはいえ観光客に関しても、やがて旅行ガイドやタクシー運転手のあいだで、旅行者がエッフェル塔を所望した場合はトゥール・ダルジャンへ連れてゆくのが簡単で話が早い、という噂が広まった。かの店のあしらいに客たちは満足してくれた。ここしばらくの秋の風景は、エッフェル塔から見るのと大差ないくらい素晴らしい眺めだったので、旅行者たちも喜んでお一人様幾らといった高額の小切手にサインした。私も折々店に立ち寄って彼らの会話に耳を傾けた。「もう少しなんというか、鉄でできているものだと思っていたんだがね」と言っている者があった。「隙間越しに向こうが見えるような具合だと思っていた」私は、今おいでのこの場所はまったくお仰せの通りの建物である、ととくと説明してやった。

休暇は永遠には続かない。ある朝、塔の周りを歩きながら支柱につばと磨き粉を振りかけて回っている最中、私はついに心を決めた。従業員たちが給料をもらい損なう前に、エッフェル塔を元の仕事に戻してやらなくてはなるまい。時がめぐるうちにいずれまた、私のような人間が現れて、塔に田舎の空気を吸わせてくれる日がくるだろう、そんな期待をして気を紛らすことにした。請け合ってもいいが、これは大して危ない仕事でもない。エッフェル塔が五日も姿を消しても誰ひとり気づかないなんてこと、パリの住民の誰も進んで認めるはずがないからだ。恋する男が、想い人の不在に気づかなかったなどと決して認められないのと、まあ同じことだろう。

そうはいっても前述のように、エッフェル塔を元の場所へ戻すのは面倒な作業で、方々で迂回路をこしらえる必要があった。私は仕事をやりやすくするために、警察だの国家遊撃隊だの共和国親衛隊だのフランス芸術院《アカデミー・フランセーズ》だのの制服を、舞台衣装の店から買い込んでおいた。迂回路の口実はいろいろでっちあげてやった。プジャード主義の集会、アルジェリア人の暴動やら、教育大臣に扮した友人に胡乱《うろん》な演劇評論家の追悼演説をさせるなど、など、など。大臣に扮した、と言っても、友人は顔はもとより名前を偽る必要すらなかった。モルレ氏の内閣の教育大臣が誰であったか覚えている者など一人もなかったのである。

この一篇の終幕のセリフは観光客に預けることにしよう。なんとも不思議な巡り合わせだが、元へ戻した愛しのエッフェル塔が、朝霧の中でつま先立ちに旋回《ピルエット》しているかのような姿を眺めていたところ、そこへタクシーで乗り付けたのが、あの時と同じ女の子を連れた、例のアメリカ人旅行者であった。彼はちらりと辺りを見回すと言った。「こりゃあエッフェル塔じゃないぞ」

「なんですって《コマン》？」

「あら、チェスター」女の子が言った。「今度はどこに連れてこられちゃったの？ちゃんと目的地に着いた例《ためし》がないわね。あたしお腹がペコペコよ、チェスター。前に食べたあの極上舌平目《ソル・デリス》のことで頭がいっぱいだったのに」

私は運転手に言ってやった。「トゥール・ダルジャンに行きたいんだよ」そして車がタイヤを軋らせて走り去るのを見送った。地下抵抗運動《レジスタンス》の英雄に捧げられた花輪はもう萎れていたけれども、乾いて色あせた花の一輪をボタンホールに挿して、私はエッフェル塔に別れの手を振った。名残を惜しむことはできなかった。もう一度盗み出したくなったら困るだろう？

中尉が最後に死んだ

——戦史に残らない一九四〇年の勝利

加賀山卓朗訳

The Lieutenant Died Last: An Unrecorded Victory in 1940

この作品は、第二次世界大戦が始まった翌年の一九四〇年に、アメリカの雑誌に掲載された。当時、グリーンはイギリス情報部に勤務してプロパガンダの文章を書いており、どうやら本作にもイギリスの戦いぶりをアメリカに伝える目的があったようだ。が、お読みいただければわかるとおり、主人公よりむしろドイツ兵のほうが好意的に描かれていて、これでは有効なプロパガンダにならなかっただろうという指摘もある（『グレアム・グリーン文学事典』彩流社）。グリーンはどこで何をしていようと、根っからの小説家である。頭の隅にプロパガンダという意識はあったものの、書き進めるうちに、ボーア戦争の従軍兵士でいまは密猟者という風変わりな老人のキャラクターがどんどんひとり歩きして、勝手に活躍してしまった、というのが訳者の見立てだが、どうだろう。

（訳者）

落下傘部隊が降下したあの驚きの夜のまえ、ポッター村には不満が大いにわだかまっていた――食糧配給に対する不満、徴兵に対する不満、灯火管制に対する不満。いつものことだ。そしてやはりいつものように、明らかな厄災と、ちょっとした英雄的行為と、多くの死が、不満をいっとき解消したが、当の英雄である密猟者のビル・パーヴィス老人には、誰よりも不満をこぼす理由ができた。勲章をもらうどころか、すべてのポケットの奥深くにウサギを隠していたところを現行犯で捕らえられ、地元の治安判事バーロウ少佐から、〝今回かぎりは〟見逃してやると渋々ねぎらわれただけで終わったからだ。

ナポレオン戦争でフランス軍がフィッシュガードの近くに上陸して以来、初めてイギリスが侵攻される場所がポッター村になろうとは、誰も予想すらしていなかっただろう。何しろロンドン郊外の〝メトロランド〟──勤め人が鉄道近辺の小ぎれいな家に住んでいる地域──の鄙びた片隅に捨てられたように散らばる寒村、粘土採掘場とハリエニシダの茂みと枯れかけた木々だらけのみすぼらしい共有地の端に、ぽつんと取り残された村のひとつである。ポッター村からどの方向でも三マイルほど歩けば、セメントの歩道があり、乳母車を押す子守や、夕刊を売る少年の姿が見られるが、村そのものは地図にものっていない。道路地図に、という意味だ。行きたければ、〝この先行き止まり〟と書かれた看板で曲がり、藪の多い共有地のひどいでこぼこ道を、農場の門らしきもののまえまで一マイル以上進まなければならない。門の先にはポッター村しかなく、ポッター村にあるのは、ブルイットの経営する〈黒猪亭〉なるパブ一軒、マージソン夫人が営む現金払いの店と郵便局、毎月第一日曜日にミサをおこなうブリキ屋根の小さな教会、五、六軒の掘っ立て小屋、ため池、そしてドルー卿の門と土地と邸宅だけだ。しかもドルー卿はその門を使わない。二マイル離れたロンドン街道のほうにも別の門があり、ポッター村をわざわざ通る必要はないからだ。掘っ立て小屋のひとつにはビル・パーヴィス老人が住んでいる。その壁は石油缶で修繕され、ドアが開くと煙が村に流れ出る。ぼろ切れのベッドで寝ているらしいが、小屋を訪ねたことがあるのは地元の巡査だけで、窓もずだ袋で隠してある。年に三、四度、たいてい公休日に、ビル・パーヴィス老人は〈黒猪亭〉を訪ね、ウイスキーをひと壜買って、そのあと二十四時間姿を消す。そういうときにはドルー卿の土地にもぐりこんで罠をしかけ、酒壜を手に一昼夜ひそんでいる、とみな思っていたが、それも落下傘部隊がおりてくるまではっきりと確かめられたわけではなかった。老人は動物と同じように寒さを知らないらしく、見た目も動物のよう——生け垣のあいだをよたよた歩いていたかと思えば、さっと逃げ去る灰色の何か——だった。外套の下にモーゼルのライフル銃を抱えているので、肩の一部が突き出して、棒に刺した案山子のように見えた。もちろん銃の許可証の金など払ったことがなかった。

たしかに〝侵攻〟の舞台としては奇妙だが、ポッター村をよく調べれば、落下傘部隊がそこにおりたのは偶然ではなかったという結論が出るかもしれない。村自体は、ワイヤーカッターを何カ所か使えばたやすく外界との連絡を絶てるし、メトロランドのその目立たぬ土地を五、六人で制圧してすばやく行動すれば、驚くほどの損害を与えることができる。人気《ひとけ》のない共有地を一マイル半行くだけで、スコットランドと北の海岸へ向かう主要な線路を押さえられるのだ。ドイツ空軍の上層部はこの種の計画を無数に立ててきたはずで、それをわがイギリスの防空体制が阻止してきた。もしドイツの作戦が成功していたら、その心理的効果たるや計り知れなかったのではないだろうか。イギリス人がいまも抱いている安心感――不満をもらす余裕を与える安心感――を打ち砕いてしまったにちがいない。実際にポッター村に及ぼした効果を見てみよ。

イギリスは島国である。飛んでくる飛行機のエンジン音に慣れていない村はない。〈黒猪亭〉で聞こえた飛行機はかなり低空を飛んでいた。おそらく三千フィートぐらいだが、いつもとちがうと感じるほどではなかった。

曇った春の夕暮れどきだった。現金払いの店のマージソン夫人は、六時半になったので郵便局の窓口を閉めていた。雑貨の店のほうは八時まで開けている。ドルー卿の庭師を手伝っている痩せた男が、パブのビールに文句を垂れていた。「戦争のせいだとさ」と苦々しげに言った。「なんでもかんでも戦争だ」どの掘っ立て小屋にも男は残っていなかった。パーヴィスを除く全員がパブにいて、女たちは夕食後の洗い物をしていた。

パーヴィス老人は奇妙に肩が突き出した外套を着て、密猟向きのポケットの奥深くにウイスキーの壜を入れ、ドルー卿の敷地の塀のそばで伸び放題のイラクサをかき分けていた。猟場の番人がいつかぜったいに捕まえてやると宣言していたので、危ないことをするつもりはなかった。その彼ひとりが落下傘の降下を見たのだった。

いきなり中空に、巨大な日傘のようなものにぶら下がった男たちが何人も現われたので、彼は老いた灰色の眉の下から、怒りと驚きの混じった表情で空を見上げた。何者かわからないが、避けるに越したことはないという気がした。「ありゃよくないと思った」老人はのちにそう語った。空から監視するのはずるいという意味だ。しかし、彼はそれを見たきり、しばらく放っておいた。ちょうどドルー卿の塀にもろい部分を見つけたところだったのだ。男たちは軍服を着ていた。己の身を守るためだろう。でなければスパイと見なされて死刑になる。ところが、軍服を見てもポッター村の人々は格別驚かなかった。昨今、われわれは軍服を嫌というほど見ている。陸軍消防隊《AFS》であれ、空襲監視員《ARP》であれ、ほかのイニシャルの組み合わせであれ、制服はいまどき珍しくもない――たとえドイツ軍の服だろうと。ブルイット夫人は彼らが電話線に何かしているのを見て、おそらく逓信省の仕事だろうと思った。彼女の十六歳の息子――本人にとって不幸なことに物知りだった――だけが、あれはドイツ兵だと言ったが、ブルイット夫人は「まさか!」と一笑に付した。

現金売りの店にいたマージソン夫人は、将校が入ってきても、ろくに顔も上げなかった。将校はその地域の大判の地図を持ち、腰のベルトにリボルバーを差していた。

鋼鉄製のヘルメットを見た夫人は〝軍事演習〟ということばを思い出して、すぐに言った。「郵便業務は終わりましたよ」雑貨を買いにきた客には見えなかったからだ。相手が「マダム」と言ったときに、初めて外国人だと思った。おそらくフランス人か、ポーランド人。若くて、薄い色の金髪で、軍服は泥まみれだ。緊張して、ほかのことに気を取られているような口調だった。夫人は微笑んだ。「はい、なんのご用ですか」

「どうか」相手は言った。「酒場のほうに行っていただきたい」

「酒場？」

「ええ。いますぐ。全員」

「意味がわかりませんけど」

男は馬鹿げた要求をしているかのように困った顔をした。「私はドイツの将校だ。この村はわが隊が占領した」

マージソン夫人は落ち着き払って店の電話を取り、警察にダイヤルした。若い将校は止めようとしなかった。理由はすぐにわかった――電話線が切られていたのだ。そのとき窓の外の通りを、村のドライヴァー巡査がふたりの軍服の男に〈黒猪亭〉のほうへ追い立てられていくのが見えた。シャツ姿だったから、庭仕事でもしていたのだろう。

　多かれ少なかれ似たようなことが村のあちこちで起きていた。〈黒猪亭〉にもとからいなかった者たちはみな集められ、説得され、うしろからせっつかれ、なかにはかついで運ばれた者もいた。ドイツ人たちは、ひとりでも逃して外に連絡されることがないように細心の注意を払っていたが、屋外便所に隠れていたブルイット少年だけには気づかなかった。そしてもちろん、パーヴィス老人にも。

　例のドイツ軍の将校がパブで村人たちに言い渡した――静かにしてさえいれば、自分も部下もあなたたちに危害を加える気はない。そこで、パーヴィス老人を追っていたところを捕まえられて、一方の眼にあざができていた猟場の番人が大声で言った。「みっともねえ話だよ」ドイツ軍将校はまったく取り合わず、逃げようとすれば命にかかわると警告したあと、正直に「われわれの命運は、あなたたちをひとりも逃がさないことにかかっているのだ」と言った。命運について述べるのは――そもそもイギリスのまんなかに降り立った十数人のドイツ兵に、どんな命運があるのか――この侵攻が発覚するまえにまた飛行機に拾ってもらえるかもしれないと一縷の望みを抱いているということだ。将校は言った。「あなたがたは厳しく監視される。いかなる方法であれ、逃げようとすれば死ぬことになる」そして懇願するようにつけ加えた。「ほんの数時間でいいから、おとなしくしていてもらいたい」

そのころ、当然ながらパーヴィス老人はドルー卿の塀の内側で心地よく体を丸めていた。ドルー卿の邸宅が閉まっているのはわかっていた。邪魔が入るとしても、猟場の番人か巡査だけだ。巡査はさっき庭を掘っていたから、あとは疲れて巡回どころではないだろうし、番人はどうせ大した男ではない。老人はいくつか罠をしかけ、銃に弾をこめ、ウイスキーの封を切って飲みはじめた。少し飲んだほうが狙いが定まると計算してだ。今夜は鳥の一、二羽は獲れそうだ、と期待していたとき、一発の銃声がしてあわてた。最初に感じたのは、なんだろうという思いより怒りだった。ドルー卿は留守だから、銃声すなわち別の密猟者がいるということだ。ウイスキーをまたひと息あおって、あとで見つけられる土手の穴のなかに壜を隠し、塀の崩れたところから向こう側をのぞいてみた。すると驚いたことに、ブルイットの若造が村の出口の門と、その先の街道につながる道をジグザグに走っていくのが見えた。

じつはこういうことが起きていたのだ。想像力豊かなブルイットの息子は、やはり自分が見たのはドイツの兵隊が電話線を切断していたところだと信じていて、彼らがどうやって村に到着したのかということまで考えていた。豊かな想像力を用いて、方法を推察するのはむずかしくない。そこで彼は隠れた。几帳面なひとりのドイツ兵が屋外便所で用を足したいと思わなければ、おそらく見つかることもなかったはずだ。兵士が便所の扉を開けると、若いブルイットがドブネズミのように飛び出した。兵士はわっと驚いて、少年を取り逃がしてしまった。大声で叫ぶと、少年はますます必死に走った。ほかの兵士たちもパブから出てきて、ひとりが発砲し、当て損なった。にわかにブルイットを捕まえることが至上命令になった。三人の兵士が銃を構え、少年が門のまえに達して止まるのを待った。

パーヴィス老人は眼を丸くして、若いブルイットの驚くべき行動を見つめた。少年は跳ねながらジグザグに走った。やがて門にたどり着いて必死で留め金をはずそうとした。三挺のライフルが同時に火を噴き、少年は倒れた。「ボーア人の悪魔どもめ」パーヴィスは言った。錆びた老人の頭は軋みながら、四十年前の南アフリカと草原の伏兵に戻っていった（一八九九年から南アフリカでイギリスとボーア人の共和国が戦った、第二次ボーア戦争を指す）。

ブルイットの息子は死んでいなかった。兵士たちは慈悲深く彼の脚を狙ったのだ。とはいえ、もう一生まっすぐには歩けなかった。ブルイットはその夜の出来事でパーヴィスとともに英雄となるが、本当は便所にひと晩じゅう隠れているつもりだったのだと陰口を叩く者もかならずいる。一方、パーヴィス老人の意図と行動については、疑問の余地はまったくなかった。

老人はまずウイスキーの壜を掘り出し、ぐいとあおってまた隠した。しかけた罠をざっと確かめ、イタチのようにこっそりとドルー卿の土地から出て、丈の高いイラクサの茂みに入った。背を屈めて茂みのなかを進むときには、二週間分の無精ひげが顎を守ってくれた。老人は外套の下から銃を取り出した。そのモーゼルの旧式のライフル銃も、彼の記憶と同じく四十年前の戦争にさかのぼっていた。一九一四年から一九一八年の別の戦争（第一次世界大戦）は、まったく気づかないうちに終わった幕間劇のように感じられる。

若いブルイットは〈黒猪亭〉に運びこまれ、ふたりの兵が見張りに残っていた。中尉とほかの兵たちはライフル銃をかつぎ、つるはしと鉄梃を手に、共有地を線路のほうへ歩いていった。ふたりがひとつの箱を両側から持って運んでいる。パーヴィス老人は、彼自身が〝ボーア人の悪魔〟であるかのようにハリエニシダの藪から藪へと移って、ついていった。三マイル先のフェナム・ヒース駅のあたりに夕陽が沈みかけていた。太陽はゆるやかに湾曲した地平線のすぐ上にあって、家路につく最後の乳母車や、教区牧師の妻が探偵小説を借り換えている移動図書館や、書類鞄をさげて街から帰ってきた勤め人の短い流れを照らしていた。静かで秩序立ったいつもの世界――パーヴィス老人にも彼の獲物たちにも縁のない世界だった。彼らはそろって見えなくなったが、声は聞こえるところにいて、共通の荒々しさ、執念深さ、冒険心で結びついていた。老人はいつものように奇妙にくつくつ笑うと、ハリエニシダの茂みにひょいと屈んで見えなくなった。

彼はもちろんドルー卿の土地と同じくらい共有地にもくわしかった。黄昏の大気のなかではっきりと見えた兵士たちの道具から、最初は、二十年前に掘り尽くされて廃坑になった砂利採掘場に向かっているのだろうと思った。線路から百ヤードほど手前だ。採掘場から短い単線が伸びて、いまは使われていない待避線につながり、古い鋼鉄製のトロッコが線路からはずれて横ざまに倒れている。しかしボーア人たちはそこを通りすぎ、線路が走っている土手を登っていった。採掘場のほうへじりじりと進んでいたパーヴィス老人は、じつにいい眺めだと思った。夕空を背景に兵士たちがくっきりと浮かび上がっている。ふたりを除いて、みなライフルを土手の下の藪に残したのは、列車が近づいてきたら、すぐに人目につかずすべりおりるためだろう。線路はまっすぐ走っているから、二マイル離れていても機関車の煙が見える。やがて線路上で四人の兵士が屈んだり伸び上がったりして作業し、ふたりは箱をさげたまま中尉についてその先に進み、残るふたりが気だるそうに見張りに立って、空っぽの荒野が広がる共有地と線路の前後を眺めていた。

彼らはパーヴィス老人が砂利採掘場におりていくのに気づかなかった。老人は身を隠せる藪のある穴の縁まで這いのぼり、武装した見張りのひとりに狙いをつけた――銃を持っていない連中はあとでいい。照準器の先に兵をくっきりととらえて、老人はくつくつ笑った。若かりしころに戻ったようだった。こそばゆい記憶がいろいろ甦った――プレトリアにいた看護婦たち、ヨハネスブルクで飲み騒いだ夜。引き金を引いた。耳をつんざく旧式のライフルの射撃音が消えるまえに、相手の男は両手で腹を押さえて倒れていた。男のライフルが土手に落ちて転がった。

突然止まって、また早まわしで動きだすトリック映画のようだった。線路の先で将校がリボルバーを抜いて振り返った。ともにいたふたりは口をあんぐりと開けていた。つるはしと鉄梃の動きがぴたりと止まった――ひとつは空中で。しかしまた動きが始まった。ふたりめの見張りが老人の銃の硝煙を狙って撃ち、銃弾に弾かれた砂利が老人の頬に当たった。作業中の兵士たちは道具を放り出し、ライフルを置いた場所まで土手を駆けおりた。パーヴィス老人は次の犠牲者を選んだ。

ドイツ人たちは驚くほど運に見放されていた。密猟者のうしろにまばゆい夕陽があって、眼がくらんだ。老人のほうには、彼らが射撃場の標的のようにくっきりと見えた。老人は興奮して歯の隙間から息を吸い、ふたたび撃った。土手を半分おりていた兵士が倒れたが、それで撃ち手の場所もわかってしまった。すぐに屈みこんだものの、土手の上に腹這いになっていた見張りの兵士が銃を構えて発射し、弾が老人の耳をかすめた。また顔を上げてみると、作業をしていた兵士たちもライフルを手に取っていたが、百ヤード先で箱を持っていたふたりはどちらも無防備だった。つまり、這いながら戻っている中尉を除いて、四挺のライフルに狙われる可能性がある。パーヴィス老人はまたくつくつ笑った――こりゃウサギを撃つよりよっぽど愉しいや。

しかし、兵士たちもいくらか学んでいた。密猟者には理解できないことばで中尉が命令を叫んだ。見張りは土手の上に残ったが、ほかの兵士は藪に隠れながら、太陽を背にしようとまわりこみはじめていた。パーヴィス老人はあわてなかった。自分の戦場を知り尽くしていた。砂利採掘場の一端から溝が走っているが、草木が垂れかかっているので上からは見えない。土手の上にいる見張りからは隠れている。ハリエニシダに覆われた暑苦しいトンネルにもぐりこみ、ますます穴掘り動物のようにすばやくその場を離れた。溝がゆるやかなのぼりになり、ほどなく老人は四つん這いになって、背の高いシダの茂みのなかに出た。思いきってのぞいてみると、見張りはまだ採掘場に眼を凝らしていた。線路の先にいたふたりは箱をおろし、ライフルのほうへ這っている。残る三人と中尉は半円を描いて匍匐前進しながら、着実に採掘場に近づいていた。みな背中をなかば老人のほうに向け、またしても最悪の光を浴びて。

この時点で安全に切り上げ、充分な名誉を手にすることもできたのだが、パーヴィス老人は愉しくなっていた。昔から、たとえ自分が捕まる危険を冒しても、いい獲物は見逃したくないほうだった。だから兵士のひとりが、いまも採掘場にいるはずの敵に用心しながらすぐ横に現われるのを待って、ずどんと一発当ててやった。否、そうしたかった——初めて狙いを大きくはずしてしまったのだ。兵士はライフルを落とし、片手を押さえてくずおれた。「ちくしょう」老人は言って、またシダの茂みに身を沈めた。

兵士たちは誰も弾がうしろから飛んできたとは思わなかった。ほとんど採掘場の縁まで達したところで、中尉が命令を発し、さっと立ち上がって乗り越えようとした。こうなると老人にとっては、狙いをはずしたくてもはずせないくらいだった。連射でふたりを仕留め、中尉だけが跳んで難を逃れた。

そのころには、丸腰だったふたりの兵士もライフルにたどり着き、見張りがパーヴィス老人の位置を突き止めていた。老人が屈むまえに、土手から放たれた一発が彼の左肩に当たった。老人はシダの茂みにじっと坐りこみ、ウイスキーを持ってくればよかったと思った。動こうとしたが、シダが揺れて場所を知らせ、また弾がほんの一センチのところをかすめた。老人は小声で罵った。今度はボーア人の悪魔どもに自分が狙われていて、しかも相手はまだ四人いる。

パーヴィス老人を救ったのは、フェナム・ヒースから来た貨物列車だった。空《から》の貨車を何台も連ねて北へ向かう列車だった。三人の兵士は土手のふもとの地面に伏せ、警笛を吹いて中尉にも隠れろと伝えた。線路の先に火急の事態を告げられては困るからだ。最寄りの警備隊でも二十マイルは離れていることを彼らは知らなかった。

機関車が見えてきたとき、パーヴィス老人はチャンスだと思った。シダの茂みのなかを、ひっくり返ったトロッコのほうへ全速力で駆け抜けた。トロッコの裏に入れば、中尉以外の全員から身を守れる。中尉もリボルバーを持っているだけだし、いまや光の具合は最悪だ。誰も発砲しなかった。老人はさっと体の向きを変えて、砂利採掘場から出てきた中尉を撃ったが、肩の痛みで狙いが定まらず、当たらなかった。

しかし、そのときにはわからなかったが、老人はすでに戦いに勝っていた。兵士たちは怯え、困って、どうすべきかもわからなかった。もはや中尉は任務を早く終わらせたい一心だった。攻撃を警戒しながら部下たちに合流し、全員で土手の端に沿って一種の戦略的撤退を始めた。パーヴィス老人は遠ざかる彼らを追ってまた一発撃ったが、はずれた。弾の残りが一発になったので、小声で毒づいた。

困惑気味に兵士たちを見つめていると、四人はまた土手をのぼっていた。光のせいでよく見えないので、撃つのはやめた。ひとりが威嚇射撃をしてきて、トロッコの端を削った。残る三人が箱を開けていた。紐らしきものが入っていたが……パーヴィス老人は苛立った。無視されるのは好きではない。そこで、ろくに狙いもせずに撃った。

一瞬、世界の終わりが来たかのようだった。トロッコに激しい衝撃があったが、うしろにいた老人は無事だった。悲痛な叫びが聞こえた。爆風と炎が弱くなって治まると、老人は避難場所から出てきて、藪のなかを慎重に進んでいった。もう撃ってくる者はいなかった。そこは大殺戮の現場だった。

パーヴィス老人は気分が悪くなった。ダイナマイトで魚を獲ったときのように胃がよじれた。不思議なことに、線路だけが無傷で残っていた。

中尉は死んでおらず、英語で呼びかけた。「殺してくれ。頼むから、殺してくれ」パーヴィス老人は、瀕死の動物を見るといつも憐れみを感じるが、弾が一発も残っていなかった。しかし、中尉のリボルバーが三ヤード先にあった……終わったあと、中尉のポケットを探ってみた。金目のものはなかったが、暖炉のまえの敷物に裸で寝かされた赤ん坊の写真があって、また胃がよじれた。

それでパーヴィス老人の戦いは事実上終わった。残りはいわゆる〝あと片づけ〟だ。

しかけた罠のところに戻って、ウイスキーの残りを飲み干した。すでにウサギが二羽かかっていた。ポケットにウサギを入れ、手に中尉のリボルバーを持って、警戒しながら〈黒猪亭〉まで歩いていった。人々は銃声と爆発音を聞いて肝を冷やしていた。見張りの兵たちもポッターの村人と同じくらい怯えていて、パーヴィス老人が突然うしろからリボルバーを持って現われると、たちまち降伏した。たんに落下傘でおりるだけのこの作戦で生き残ったのは、彼らと、ハリエニシダの茂みに倒れたふたりの負傷者だけだった。パーヴィス老人が村におらず、ドルー卿の土地にいただけのことで、ドイツ軍最高司令部にとっては不甲斐ない結果となった。ドライヴァー巡査は、解放されてウサギを見るなり、パーヴィス老人を密猟のかどで逮捕した。しかし、すでに述べたとおり、老人は一週間後に訓戒と冷たいねぎらいのことばを与えられて釈放された。もっとも、本人は大満足だった。もとより勲章など期待していないし、「ボーア人の悪魔どもにひとつ仕返しをしてやった」からだ。しばらく人々が訪ねてきて、話を聞いたり、戦利品をいくつか見たりして心づけを払っていった――「あいつら、子ウサギみたいに逃げまわってたよ」と話したものだ――が、すぐにそういう収入源もなくなると、老人はまたドルー卿の塀のあちら側に戻った。戦利品のひとつは誰にも見せなかった――敷物の上にのった赤ん坊の写真だ。それをときどき抽斗から取り出しては、ひとりで眺めて落ち着かない気持ちになった。彼には、どうしてもわからない理由から、申しわけない気がするのだった。

秘密情報機関の一部局

A Branch of the Service

永富友海訳

「ジャンル」というのもいい加減な概念ではありますが、大まかな区分に従えば、「スパイもの」に属する短篇です。〝防諜活動〟とか〝MI5〟〝MI6〟など、それらしき単語も出てはきますが、がちがちの「本格もの」ではないので読者は選ばないと思われます。が、胃弱だったりすると、主人公の心情に共感しやすいかもしれません。例えばこんな人なども……

1. 酒は好きだが、フルコースの食事は勘弁してほしい
2. デザートの前にチーズまで食べるなんて考えられない
3. 朝からイングリッシュ・ブレックファーストは重すぎるので、コンチネンタルを選ぶ
4. 意外と他人を信じやすくて馬鹿をみる

（訳者）

1

現在私は、実に興味深い、そして危険とも無縁ではないある仕事から、不本意にも退かねばならない羽目に陥っているのだが、それというのも食欲を失ってしまったせいである。近頃では、わずかばかりの酒――食前にウォッカを一、二杯、そのあとワインをハーフ・ボトル――を嗜むためだけに、なんとか物を口に入れているといった塩梅だ。メニューすらまともに見られない。こんな状態で三皿、四皿もの腹にもたれるコース料理など食べられるはずもない。だがこうした食事こそが、私の職業上の必須要件であったのだ。

結局辞めることになってしまったが、この仕事に就くことができたのは父のおかげだった。もっとも私がいわゆる「徴用」を受けたのは、父の死後のことだが。幼い私の最初の記憶に刻み込まれたのは、調理場のにおいである。食べることが重荷となっている今ですら、それは幸福な思い出として蘇る。思い出のなかの調理場は、私の家に実際にあるようなものではなく、いわば抽象的な概念、父が勤務したあらゆる調理場——イギリス、スイス、ドイツ、イタリア、そして短期間ではあったが、たしかロシアで働いたこともあった——の総体のようなものだった。父は腕のいい料理人だったが、その腕前にお墨付きが与えられることなく終わった。父はいろいろな国を渡り歩いた。仕事にあぶれたことは一度もなかったが、かといってひとつところに長く留まりもしなかった。潮時というものをつねに心得ていたのは、雇い主ではなく父のほうだった。

母親のことは何ひとつ覚えていない。父と私が旅に出るとき、母はいつも残って留守番をしていたのだろう。当時の私はあんなにも食べることが好きだったのに、料理の仕方は一切学ばなかった。料理は父の誇りであり、秘密であったのだ。私が学んだのは行く先々の言葉であり、十分に習得したわけではないが、多くの外国語を聞きかじった。その結果、自分では流暢に話せないが、ひとの話がわかるまでにはなったのだ。後に私を徴用した人物には、そのことがわかっていた。彼はこんな風に言っていた。「要は話の内容が理解できるかどうかだ。君が口をひらく必要はない」

仕事を続けるためになぜ多量の食事を摂らねばならないのか、不思議に思われる向きもあるだろう。たとえ高級なレストランであっても、二品以上注文するのが義務だなどと考える必要はないのだし、食べるよりもむしろゆっくり時間をかけてワインを楽しむというのはよくある話だ。たしかにそうなのだが、しかし私の場合はワインではなく料理を評価することになっており、それもミシュラン式に料理に星印をつけたりするのである。もちろん星の形はミシュランとは異なるが。加えて、トイレの点検までしなければならなかった。

父の眼には、私が一流の料理人には到底なれないと映ったのだろう。だが親として、息子には調理場の下働きで一生を終えてほしくないと考えたのだ。そこで、雇い主と喧嘩するまでの一年間セント・オールバンズの小さなレストランで働いていたとき、父の作るイギリス料理を気に入ってくれていた客のつてを頼って、私を〈国際推奨レストラン協会〉と称する新設の組織に紹介してくれた。ただし、私が最初の六カ月の訓練を終える頃には違う名前に変わってしまっていた。もとの名称は略すとIRRAとなり、アイルランド紛争との関係から些か好ましくない連想を誘うということで（アイルランド共和国軍を略すとIRA）、新しい名称は〈国際優良レストラン案内〉、略してIGGRとなった。

この組織の存在が世間に知られるにつれ、評判も高まっていった。少なくともイギリス人の顧客には評判がよかったのだが、というのも、ミシュランよりもいい評価を与えたからだ。ミシュランはなんといっても、完全にフランス寄りだった。例えば、当時パリでは八軒のレストランに五つ星が与えられたのに対し、ロンドンでは五つ星がついたレストランはなく、四つ星がわずかに二軒だった。それに比べるとIGGRのほうがずっと気前がよく、結果それが有利に作用した。

私はこの組織で二年間検査官として働いたところで、特別任務のために徴用された。この任務とやらのための訓練を受けているあいだにわかってきたのだが、われわれの組織は実のところ、星の数や、ましてやトイレの清潔さに関心はなかった。われわれの興味をひくような人物は高級レストランにいそうになく、なぜなら高価な食事をすると、人目につきやすいからである。

「うちの部署は、値の張る料理を食べるような客にはそれほど興味がない」と私の指導係は言った。「普通の客に注意するんだ。なかでも並みはずれて普通な客に気をつけろ。そういう奴らこそが怪しいんだ」

最初のうちは、指導係が何を言わんとしているのか今ひとつわかりづらかったが、そのうち彼は、パリでいくつか遭遇した不可解な出来事のひとつが解明されるような話をしてくれた。「もちろんわれわれの部署は警察の業務とは無関係だ。とは言え、実のところフランス警察からヒントをもらっているんだ。ほら、フランスでは宝くじを売りに、よく小さな居酒屋やレストランに出入りしていた奴らがいただろ」

「ええ。今じゃ見かけませんがね」

「あいつらがいなくなったのは、くじの販売が違法だからじゃない。お役御免になったからだ」

「お役って何ですか？」

「警察からお尋ね者の写真を見せられるんだ。お尋ね者といっても、チンピラとかこそ泥とかそんな程度だが。で、店のなかをうろうろしながら客の顔を確認するんだよ。われわれはこのやり口からアイデアを得たんだ。もう少し重要な仕事のためのな。目よりも耳を使う仕事のだ」

そう言って、彼はたっぷり間をおいた。私たち新人の好奇心をかき立ててやろうという狙いだったのだろう。たしかに私たちは、妙だな、話題が料理の味見とかトイレの点検といったことから逸れてしまっているようだが、と思っていた。だがこれは間違いだった。指導係の目には、面白がっているような光があった。「トイレはとりわけ重要だ」と彼は言ったのだ。

「それは当然、清潔さがということですよね？」新人のひとり（私ではない）が尋ねた。

指導係が何の話をしているのか、私にはまだ皆目見当がつかなかった。「違う違う」と彼は答えた。「清潔さなんてどうでもいい。大切なのは、人目につかずに仲間に伝言をしたり、物を受け渡しするのに、トイレはうってつけの場所だという点なんだよ。もちろんその仲間というのが女性の場合は話は別だが、その可能性については後ほど考えることにしよう」

後ほど考える問題は他にもいろいろあった。

「君たちがレストランで耳にする会話のなかで、これは気をつけたほうがいいという言い回しがある。例えば〈問題ない《パ・ド・プロブレーム》〉という言葉はフランスでは日常レヴェルで使われるから、それほど気にする必要はない。だがな、マンチェスターあたりの小さな人気のない（星がひとつもついたことがないような、だ）レストランで、隣に座っている奴が〈問題ない〉という言葉を使った場合、これは注目する価値があるだろうな」

おそらく彼は、新人たちが半信半疑でいるのを察知したのだろう。続けてこう言った。「もちろん九十九パーセントはこれといった事件――明らかな事件――にはつながらない。だが忘れるなよ。一パーセントの可能性は残されている。トイレについても同じだ。しかもトイレの場合は、ふたりの男が並んで小便をしながら話をしたりするわけだから、ひょっとすると可能性はもっと高いかもしれない。われわれの組織は隙間を――保安上の重大な遺漏を――埋めているんだ。ある家に見張りがついているとする。だがこれに関してはわれわれの仕事ではない。電話の盗聴。これもわれわれの仕事じゃない。街中での連絡、こういったことも他の部署の担当だ。だがレストランは――これはうちの持ち場だ。この領域で、われわれは国家のために大いなる貢献をなしているんだ」

ここである疑問が私の頭に浮かんだ。「でも一度星をつけてしまったら、もうそこに通い続ける理由はなくなりますよね」

「そんなことはない。次の版では二つ星に昇格することもあるだろうし、逆に一つ星が剝奪されることだってある。店側にある程度脅しをきかせておくというのも、ときに必要な駆け引きだ。そうすればいつ行っても歓迎されて、最上の料理を振舞ってもらえる」

最上の料理――そう、まさにそれこそが私の悩みの種だった。食べるという仕事。もちろんそれも最初のうちは苦にならなかったし、国家のためというよりも、その仕事全体に漂う秘密の気配に魅せられていた。〈問題ない〉という例のフレーズが、歌の旋律のように私の耳から離れなかった。

2

当然ながら、任務に就きたての頃は重大なミスを犯したりもした。だがわれわれの場合、他の職業とは違って、ひとつくらいの過失は大目にみてもらえるばかりか、ときには褒められることすらあった。失敗も経験の足しになるからだ。私が初めてやらかしたとんでもないしくじりは、他の職業であれば、もうこれで前途は断たれたといっても過言ではないほどの失策であったが、たまたまトイレが関わっていた。しかしまずはこのトイレにまつわる失敗を補って余りある、私の最初の幸運な成功譚に触れておきたい。と言っても、ここでもまたトイレが関係していたのだが。その出来事は、ある三つ星レストランで起きた。洒落たレストランだったが、リッツ・ホテルのレストランほどではなかった。勤めを始めてからの三年間で一度だけ、リッツでの見張りを命じられたことがある。かかった経費は法外、情報を得られる見込みはまずなしという、割に合わない仕事だった。ところでその三つ星レストランのウェイターたちは、見慣れない客のことをよく覚えていた。私は要注意人物の写真――といってもひどく写りの悪い写真だが――をすでに目にしていた。その人物はどうやらこのレストランで一度ならず目撃されており、外国人だと思われていた。この男に対して、組織はすでに三人の経験豊富な見張りを――一日一名ずつ――レストランに送り込んでいて、もう手を引いたほうがいいと考え始めているところだった。男が連れ立ってくる人物は、毎回別人であったのだ。

まったくの偶然から――われわれの仕事では、ほぼすべてが偶然に左右される――私はひとりきりで席についている男性客の隣のテーブルを選んだ。本能に導かれてその席に座ったとしか言いようがない。なぜなら、その男が写真の人物に似ているとは思わなかったからだ。とはいえ、彼にはどこか外国人のようなところがあり、また（単なる想像にすぎないかもしれないが）落ち着きのない、不安げな様子でもあり、しかもテーブルは二人用にしつらえてあった。彼はポートワインを一杯頼み（イギリス人ならふつう食前酒にポートワインは頼まない）、それをちびちび飲んでいた。私も負けじと辛口のマティーニをゆっくりすすって、彼より先に飲み終えないように用心していた。

ついに彼の連れが到着した――女性だった。「連れ」と言ったが、彼の挨拶を聞いて、こいつは奇妙だと思った――「お会いできて嬉しいです」その鹿爪らしい言い回しには、はっきり外国人とわかる訛があった。

そうなったからには、具合が悪くて食事がすすまないふりなどしている場合ではなかった。訓練中に教わったことであるが、ターゲットである人物がまだ食事をしている間に、私のほうは必ず食べ終えて、支払いもすませておかなければならないのだ。もちろん勘定を終えたあとでも、コーヒーを飲みながら、いくらでもぐだぐだしていればいい。だが、見張っている相手が店を出るほんの少し前、もしくはほんの少し後にテーブルを離れる準備だけは怠ってはならない。何が何でも相手を見失うわけにはいかないのだが、また監視を気取られてもいけないのだ。

新米の私にとって、ロイヤルティという名のレストランでのこの体験は、肉体的に大層つらいものだった。私が見張りについたこの男女の二人連れは食欲旺盛で、一方私はと言えば、すでに述べたように普段から小食なほうだった。彼らはまずミックス・サラダを注文し、続いてロースト・ビーフ、そのあとチーズ、さらに恐ろしいことにデザートまで頼んだ。イギリスではチーズで終えることになっているから、この注文の仕方も外国流だった。ふたりは違う国籍で、「お会いできて嬉しいです」というあの挨拶は、あらかじめ決めてあった合言葉だ、と私は確信した。チーズ、それからデザートを注文するくだりで一瞬ふたりの意見が対立したことから察するに、男はフランス人、女のほうはイギリス人と考えて間違いないだろうと思った。

ふたりの会話はもっぱらフローベールについてであり、女はこの作家についての本を執筆中らしかった。当然、フローベールとは第三のスパイで、ボヴァリー夫人は、さらにもうひとりのスパイの偽名かもしれないという考えが頭に浮かんだ。が、ふたりは声をひそめる様子もなかった。

「ご親切にお時間を割いてくださって助かりましたわ」女が男に礼を言った。「フローベールに関するあなたのご高著、とても役に立ちました。引用も許可して下さって、本当にありがとうございます」

私はフローベールの生涯については知らないも同然だったのに、今や結構な量の知識を得ていた。そして彼らには怪しいところなどまったくないように思われた。

「もう一度お目にかかって、なんとか出版前に原稿をみていただけるといいんですけど、でもずいぶんとお忙しいんですよね」と女が言った。

「そうなんです。拝見したいところですが、明日早くに発つので。九時半の飛行機です」

あとで飛行機の時間と行先を確認すること、こう心に刻み込んだものの、もはや私のなかでは彼らに対する疑いはすっかり晴れており、このあとの煙草の件がなければ、無駄な一日だったと思ってしまうところだった。肉料理も食べ終えて、チーズのワゴンがくるのを待つ間に、女が男に煙草を勧めた。

男は一瞬躊躇し、ちらっとこちらを見た、と私は思った。

「ベンソン・アンド・ヘッジズのエクストラ・マイルドです」彼女は言った。

「その銘柄は好きなんですが、今はちょっと――食後に一服、それが癖になってまして」それでも女は一本とって、男の皿の脇に置いた。

「私は吸ってもかまわないでしょうか？」と彼女は聞いた。

「もちろんですよ、どうぞ」

彼が彼女の煙草に火をつけてやったところで、ワゴンにのったチーズが運ばれてきた。彼女はスティルトン・チーズを、彼はブリーを選んだ。私はグリュイエール・チーズをできるだけ小さく切ってくれとウェイターに頼み、このあと更にでてくるデザートのことを思って身震いした。デザートはアイスクリームにしたが、ふたりはアップル・パイを選び、さらに女のほうはコーヒーを頼んだ。私もコーヒーをとった。男はもらった煙草のことをすっかり忘れてしまっているようで、皿の脇に置いたままだった。ベンソン・アンド・ヘッジズは、彼の好みからするとマイルドすぎるのだろうと私は思った。ふたりは相変わらずフローベールを話題にしていたが、何を言っているのかさっぱりわからなかった。ついに男が勘定を請求し、間髪入れずに私も頼んだが、彼らのレシートが先に来たので、私は自分の分が来るのを待たずに、レストランを出ようとするふたりのあとを追った。男はまだ例の煙草を持っていた。ひょっとしたら吸うつもりなどまったくなく、ただ連れの女性の気持ちを傷つけてはいけないと思って捨てられなかっただけなのかもしれない。

店の入口で彼は彼女に別れを告げた。彼女は言った、「『感情教育』についてお話しする時間がありませんでしたね。どうにかして、もう一度お時間を作っていただけるようでしたら……」

「なんとかしてみますよ」と彼は答えた。「今日はお会いできて本当によかった」彼女を見送ると、彼は煙草を手にしたまま、振り返ってトイレのほうを見た。几帳面な男だな。トイレに捨てに行く気だろう。そう思いつつも、わけもなく巣食ってしまった好奇心を、どうしても追い払うことはできなかった。それに別の理由もあった。就いたばかりのこの新しい仕事を練習してみたかったのだ。優れた料理人は、失敗を重ねて成長する。少し思案した後、私はできるだけ足音をひそめて彼の後を追った。

私がトイレに入っていったとき、男は手を洗っており、例の煙草――永遠に吸われることのないあの煙草――は水がかからないように脇のほうに置いてあった。私はそれをひっつかむと、彼に振り向く間も与えず、トイレを飛び出した。背後から叫ぶ声はなく、聞こえてくるのはただ私を追ってくる足音だけだった。ホテルの入口でポーターを押しのけ、通りに走り出た。運が味方してくれていた。一台のタクシーがちょうど客を降ろしたところだった。車が走り出したとき、あの男性客が私を追って道に飛び出し、その後ろでウェイターが私の未払いのレシートを振り回しているのが見えた。ウェイターには実に気の毒なことをしてしまった。勘定は後ほど、このレストランを四つ星に推すという形で間接的に払っておいた。そんな評価には到底値しない店ではあったのだが。

タクシーのなかで、私は煙草を子細に調べた。中心のあたりに妙な――葉が固くなったような――感触があり、巻紙の一方の端はでこぼこしていた。用心のため、これ以上いじくりまわさないことにした。この煙草はすでに三人の手を経由し、トイレに置かれていたため、やや湿ってもいた――こうなるにはなるだけの理由があるのではないだろうか。それに容疑者の持物は、どんなつまらないものでも提出しなければならないと訓練中に教わっていたので、〈国際優良レストラン案内〉のオフィスに戻るや否やそうした。その際私は腰をおろして報告書を書いたのだが、本能的にこの薄汚れた煙草を同封したのである。

3

報告書を提出して程なく電話が鳴った。「周波数を変えろ」という上司の声がしたのでボタンを押した。こうすれば、盗聴しようとしている奴がいても、われわれの会話が聞き取れなくなるというわけだ。

「女のほうはまず間違いなくイギリス人で、男のほうはフランス人だと思いますが、ふたりともフローベールの専門家なのに、英語で会話をしていました」

「君に聞かせたかったんじゃないか。自分たちは怪しい者ではないと思わせたかったんだろう」

「ということは怪しいんですか？」

「怪しいなんてもんじゃない。君は大した手柄を立てたんだ。一時間後に来てくれたまえ」

上司の部屋に行くと、例の煙草はふたつに割かれ、中の葉がばらばらと机の上に散らかっていた。「ベンソン・アンド・ヘッジズのスペシャル・マイルドだ」と彼は満足の笑みを浮かべて言った。「タールの含有量は低いが、貴重な情報はたっぷり入ってるぞ」彼は小さなしわくちゃの紙切れを見せながら言った。「うまく隠したもんだ、煙草の中とはな」

「何が書いてあるんですか？」私は尋ねた。

「すぐにわかる。マイクロドット（極小写真）と、それからもちろん暗号だろう。よくやったな。煙草に目をつけるとは、なかなか鋭いぞ」

実際これが大手柄であったおかげで、数カ月後にやらかしたとんでもないミスも許してもらえたのだが、なんとそのミスにもまた、トイレが関係していた。

4

あの煙草に隠されていた情報から新たな容疑者が浮上し、われわれのリストに加わった。化学工場とつながりのある医者である。彼には四六時中監視がつけられ、われわれ

われわれチームが一丸となって、昼夜をおかずその任にあたっていた。その医者は化学工場からさほど遠くない小さな田舎町で診療所を開いていたが、工場の顧問医でもあり、具合が悪くなった従業員の診察をしていた。彼のことはすでに軍事情報部第五部《MI5》が徹底的に調べ上げていたが、われわれの組織はむしろ軍事情報部第六部《MI6》と関係が近く、ＭＩ５とＭＩ６のあいだには激しい競争意識と、互いに対する警戒心すら存在した。私の属する〈国際優良レストラン案内〉の設立を、ＭＩ５の連中は自分たちの縄張りへの侵害であるとみなし、実際われわれも例の煙草に隠されていた情報を彼らに回さなかった。たしかに海外での防諜活動はＭＩ６の担当であり、われわれの〈レストラン案内〉もまた国際的な仕事ではあるが、この仕事はイギリス国内の部門と外国の部門に分けてしまうと効率が悪くなるのだ。監視役は一度任務についたら次に使われるのは二週間後、しかも監視の対象に顔を覚えられてはいけないので、前回とは異なる時間帯に振り当てられた。私にとってはなはだ運の悪いことに、この医者は並はずれた食欲の持ち主で、しかも二カ月後に回ってきた私の担当は夕食時の見張りだった——彼の食欲がもっとも盛んになるのは夕食時なのだ。不幸は重なるもので、その前の見張りで、私は朝昼立て続けにボリュームのある食事に苦戦を強いられていた。朝食にも星をつけることが懸案事項となっており、実際、コンチネンタルではなく、いわゆるイングリッシュ・ブレックファーストと呼ばれる代物――卵とベーコン、ひどい場合にはベーコンに加えてソーセージも、そしてときにはその前にタラが一皿出てきたりする――に未だに戦前並みの愛着を抱いている人々の数たるや、尋常の域をはるかに超えていた。

私は問題の医者の家から一キロも離れていない〈スター・アンド・ガーター〉というきわめて簡素な宿の外で、仲間から見張りを引き継いだ。宿のレストランの客は、その医者と私のふたりだけで、私は彼のテーブルからかなり離れた席についた。彼は度々腕時計に目をやっていたが、連れを待っているわけではないことは明らかで、その証拠にすでに食事を注文していた。献立表を見てぞっとしたのだが、手頃な価格のセット・メニューがあり、医者はすでにそのメニューの最初の一品であるオニオン・スープを注文してしまっていた。私の胃は玉ねぎには耐えられないときている。だがスープを省略したら、私の食事は彼よりもかなり先を行くことになり、最後の料理を食べ終えると、彼とのつながりが断たれてしまうだろう。われわれの仲間がひとり、レストランの出口がみえるところに待機していて、医者が店を出たら監視を引き継いでくれることになっているが、それまでは、彼が食事中に誰かと接触した場合に備えて、私が目を離さないようにしていなければならない。医者というものはとかく外出中に呼び出し電話を受けがちであるが、この医者が夕食をどこでとる習慣かわかった時点ですぐに、〈スター・アンド・ガーター〉の電話には盗聴器がつけられているはずだった。

忌々しいオニオン・スープに彼が目をやっている間に、私はちらちら彼の様子をうかがった。見るからに裏がないといった感じの人物だった。裏のない人間が、一体どうしてまたあの煙草の男などと関わりを持ったりするのか。そのとき私は、彼が医者であることを思い出した。医者は患者を裁いたりはしない。たとえ殺人者の臨終に立ち会ったからといって、彼が殺人者側に加担したということにはならないだろう。あるる神父がわれわれのマイクロドット・ファイルのなかに出てきたとして、だから彼は犯罪者であるという論理は成立するだろうか？　医者はスープを飲み終え、ロースト・ビーフを注文した。しぶしぶ私も同じものを頼んだ。彼のペースに合わせていかなければならない。だがすでに腹のあたりに、先ほどのオニオン・スープの悪影響を感じ始めていた。彼の食べる速度は遅く、少し食べては新聞を読み、食べては読みの繰り返しだった。ありがたいことに、私には一切関心を持っていないようだった。そのため、彼はシロであるという私の印象はさらに強まった。寒い夜だったので、外で無用な見張りを続けている仲間のことが気の毒になった。

医者が次にアップル・パイを頼んでいるのを見たときには、げんなりした。この小さなレストランでは、それ以外のデザートはアイスクリームしかなく、アイスクリームはもたもたしていると溶けてしまうので、仕方なくアップル・パイを頼んだ。問題は、私が胃酸過多に悩まされていたことであり、その医者がパイに続いてチーズにも手をつけたときには、テーブルを離れざるをえなくなった。下痢の兆候を感じたからである。トイレは二階だったので、席を離れるとき勘定を頼んでおいた。そうすれば、医者が食後のコーヒーを頼まなかった場合でも、トイレから戻ってすぐに支払いをすませて店を出ることができるからだ。逆に医者がコーヒーを飲んでいたら、小銭を出すのに手間どっているふりをすればいい。彼が店を出てしまえば、あとは仲間が引き継いでくれるだろう。「無事に家に帰り着くまで見届けてくれよ」型通りの無意味な見張りに苛立ちを覚えながら、私は心の中でそんな言葉を吐いていた。

下痢については、悪臭が漂ってきそうなので詳しく語るのはよしておくが、とにかく猛烈な痛みで、用をたして階下に降りていくまでに五分以上はかかった。席に戻ると医者の姿はもはやなく、私は「やれやれ、これで俺の仕事は終わったぞ」と安堵した。家に帰ったら、お腹が楽になるようなものを何か飲むとしよう。

ウェイターに勘定を払いながら、私は店主でもあるらしいこの年配の男に声をかけた。「今夜はあまり客がいないな」

「夜はバーのほうが客足がいいんですよ。うちは昼時が繁盛するんで――車でたまま通り掛かったお客さんが多いんですが、さっきいらしたお医者さんは常連さんでね。簡単な食事をお好みですよ」

　職務として、ここは容疑者のことをもう少し聞きこんでおくべきだろうと感じた。

「あのお医者さんは、家で食事はしないのかい？」

「ええ、独身ですから」

「このくらいの町じゃ、医者もそんなに流行らないだろう？」

「風邪引きはいつだっていますよ。それに赤ん坊もね。まあもちろん、先生の主な仕事は化学工場のほうですから。従業員二百人となると、患者にも事欠きませんよ。お食事がお気に召したならよろしいんですが、どうぞまたお越しください。ちっぽけな店ですが、なんといっても自分の店ですから。調理場にはきっちり目配りしてますよ」

「そうだろうな。ほら、私の名刺だ」

「〈国際優良レストラン案内〉ですって！　まさか！　うちみたいな小さな店に、あなたがたのような方がお見えになるなんて夢にも思いませんでしたよ。だからトイレにもいかれたわけですか？」

「ああ。トイレの点検は欠かせないんだ。ついでに調理場ものぞいてきたよ」と私は嘘をついた。「ちょっと見ればわかるさ……」

「何がですか？」

「清潔だってことがだよ。料理を見たときから、すでにわかってはいたがね」

「恐縮です。どうぞ是非またおいで下さい」

「この先一年はこれないな。その間に、〈レストラン案内〉でこの店に触れてやるよ」

「まったく光栄なことで。ひょっとしたら、工場のお偉方の目に留まるかもしれませんね」

「さしあたってのアドヴァイスとしては、最低二種類のコース・メニューを用意したほうがいい。そしたら、もしかすると星をひとつつけてやれるかもしれないな」

「まさかそんな……家内がこれを聞いたら……」

「ところで、工場ではどんなことをしているんだい？」

「ありとあらゆる薬を手掛けてますよ。聞くところによると、しゃっくりを止める薬まで作ってるそうで。私はイーノ（粉末胃腸薬）が少々あれば、それで十分ですが。あれで大体のことは間に合いますから」

私は愛想よく別れを告げると、次の号にはこの店が載ることになる〈レストラン案内〉を一冊、彼に手渡した。胃のあたりがまだむかむかしたし、今日はもうこのあと仕事はなかったので、いそいそとその場を立ち去った。家に帰ったら、先ほどの主人の言葉ではないが、イーノでも飲むことにしよう。

外に出ると、私のあとを引き継ぐはずの仲間が、通りを渡った先にある店のウィンドウを、さも興味があるといった様子でのぞきこんでいたので仰天した。彼もまた、ふりむいて私がいるのをみると、びっくりした様子だった。

「なんで出てくるんだ？」

「お前こそ、ここで何してるんだ？」

「医者を待ってるにきまってるだろ」

「医者なら行っちまったよ」

「ここからは出てこなかったぞ」

「畜生。きっと裏口があるんだな」

「だが見失ったなら、どうしてすぐに合図をしなかった？」

「どうしてもトイレに行きたかったんだ。ほんの数分席を離れて、戻ってきたら奴はもういなかった。こっちから入ってきたから、帰りもここから出て、お前が後をつけていったとばかり思ってたよ」

「きっと感づいてやがったんだな」

「マイクロドットの情報が何なのか知ったこっちゃないが、あの医者には裏がないと思ったんだ」

「今回は確実にやりそこなったな」

5

私の報告を聞いた上司も、まったく同じことを言った。「見事にやりそこなったもんだな。絶対に相手より先に席を立ってはいかん。ほんの一分でもだ」

「オニオン・スープとトマトのせいですよ」

「オニオン・スープとトマトだと！　そんなことを長官に言えると思うのか」

「下痢だったんですよ。あのまま席にいたら、漏らしてましたよ」

「いいか、あの煙草の件で大手柄を立ててなかったら、即刻首にしてたところだぞ」

「首にしてもらわなくても結構です。自分から辞めますよ。でもこれだけは言わせてもらいますが――マイクロドットの情報があろうがなかろうが――彼には裏はありませんよ。売国奴なんかじゃありません」

「売国奴なんてのは、記者連中が使うくだらん言葉だ。売国奴でも、君や私みたいに裏のない人間だったりするんだ。あの化学工場は化学戦に関わっている。化学戦がわれわれの暮らす世界への裏切りであるということくらい誰でもわかるだろう。そのうえで関わっているということは、あの医者は祖国よりももっと大きなもののために戦っているのかもしれん。裏のないスパイほど危険なものはないんだ。奴らがスパイになるのは、金のためじゃなく、大義のためだからだ。いいか、例の煙草の件での成功は、今回の失敗を埋め合わせるほどの価値がある。ひとは失敗から学ぶものだし、君は飲みこみが速い。この度の君の失敗も、それをどう生かすべきか、いろいろ教えられることがあったじゃないか。あの医者は、君のことを怪しんでいたのかもしれん。しかしもしかしたら、それがあいつのいつものやり口だったのかもしれん。正面から入って裏口から出ていくというやつがな」

「もう無理です。すみませんが、続けるのは無理です」と私は答えた。

「どうしてだ？　今回の君の失敗は水に流してもらえるんだぞ」

「でもオニオン・スープでしょう。トマトでしょう。肉でしょう。そういったものを食べなきゃいけないわけですよ。子羊に添えたニンニクとか。それにデザートも、おまけにチーズまで。われわれが疑わしいと思う奴らはそろいもそろって、どうしてあんなによく食うんですかね？」

「そうやって、周囲の人物を観察する時間を稼いでるのかもな」

「でもあいつらの場合、絶対下痢なんかするようにはみえないですよ」

「君の下痢のことだが、いい考えがある」彼はそこで間をおいて、鉛筆をいじった。

「一週間の休暇をやると言ったらどうかね」

「休暇なんて要りませんよ、オニオン・スープだのトマトだのから離れたいだけです」

「だが、そいつを利用するという手もあるぞ。あの小さなホテルに一週間滞在して、食事はすべてあそこでとるんだ。そうすればあの医者も君のことを常連だと思って気を許すだろう。そこで君は胃の具合が悪いと奴に相談をもちかける。治療を施してくれるかもしれない。もちろん奴にもらったものを飲んだりしちゃいかん。まだ君のことを疑っていて、毒を盛ってくるかもしれんからな。君は奴が処方した薬をすべてわれわれのほうに回すんだ。われわれはそれを調べさせる。もし危険物が含まれていたら、われわれの疑念が正しかったということになり、一気に奴を追い詰める」

「もし含まれていなかったら？」

「奴にもう少し猶予を与えるさ。向こうにしたって、もし後ろ暗いところがあるなら、君に対する疑いを晴らしたいと思うだろう。こっちはまた何か方法を考えるさ。奴にどこからか警告が届く、とか。例えば君の書いた報告書とかな。それで奴の反応をつぶさに観察する。君がやるべきは……」

「食べること、でしょう」と私は言葉をつないだ。「だめです。もう決めたんです。食べることで身を立てていくなんて無理です。オニオン・スープはもう嫌だ。トマトもニンニクもうんざりだ。辞めさせてもらいます」

こういうわけで、私は〈国際優良レストラン案内〉を辞めるに至った。ときどき好奇心にかられて最新号の〈案内〉を買ってみる。そして思うのだ。とにかく自分は今まで生きてきたなかで、ひとつはいいことをしたのだ、と。〈案内〉には今でも、あの田舎の小さなレストランの名前が「お薦めの店」として挙げられている。ただし星は、未だついたことはない。

ある老人の記憶
An Old Man's Memory

田口俊樹訳

本篇は一見エッセイのように見える。ここに書かれている事故が実際にあったかのように。

が、もちろんこれは創作だ。〝私は一九九五年の今、これを書いている〟と冒頭にあるが、グリーンの没年は一九九一年、ドーヴァー海峡トンネルが開通した一九九四年にはもう亡くなっている。

それでも、ロートル訳者はこれを読んで、こんな事故もあったっけとまず思った。まさに〝老人の記憶は短い〟。いや、何もかもがあまりにめまぐるしく移ろいゆく昨今、誰の記憶も短くならざるをえないのではないだろうか。悲惨な事故も事件もすぐに忘れ去られる。効率ばかりを追い求めることの危うさ。そんな利便性至上主義の世に警鐘を鳴らす掌篇。

（訳者）

私は一九九五年の今、これを書いている。老人の記憶は短い。小さな戦争がそこかしこで起こり、一九八〇年代にあれだけ世間を騒がせたガザ地区やベイルートでの死亡事件も今では歴史の一部になってしまったように思える。しかし、一九九四年という年が私をぞっとさせなくなる日が来るかどうかは疑わしい。その年の出来事はまさに悪夢だった——暗闇での死、海底での死、手足をもぎ取られ、溺れ、やがて訪れた死。身元不明の腐乱死体が今でも時々、海峡の両側で海面に浮上している。

英仏海峡トンネルの開通に際しては、祝典が周到に準備され、そこを通る初めての列車二本が海峡の真ん中ですれちがう手筈になっていた。一九八九年にフランス革命を記念する祝典がパリで開かれたときもそうだったが、当然のことながら、イギリスでは意見の衝突があった。ドーヴァーとロンドンを結ぶ新しい高速道路によってケント州の田園地方が荒廃することが懸念されたためだが、そういった理由で反対する者の声も、パリを出発した最初の列車が海峡を渡り、ドーヴァーに到着する頃にはほとんど聞かれなくなった。四度目の選挙戦に勝利したサッチャーももちろんプラットフォームにいて、フランスの列車が海底から姿を現わし、ドーヴァーの駅に停車して祝典に加わるのを出迎えた。祝典にはフランス大使も出席しており、なにやらはっきりとしない理由から、国防相もサッチャーに付き添っていた。おそらく、われわれイギリス軍がダンケルクから撤退したのち、失敗には終わったもののヒトラーがイギリスを侵攻しようとしたことを覚えている一部の反対者を安心させるためだろう。当時、トンネルが完成していたら、われわれにはそれを破壊する時間があっただろうか？もし破壊していたら、戦争が終わったとき、われわれはそれを再建しただろうか？

一九九四年、すべては準備万端整っていた。私自身はドーヴァーにはいなかったが、一部始終を見るにはテレビのほうが都合がよかった（少なくとも、私はそう思っていた）。フランスの列車がトンネルから姿を現わすと、フランス国歌《ラ・マルセイエーズ》が演奏され、そのあと『ルール・ブリタニア（イギリスの愛国歌）』が演奏された。イギリス国歌《ゴッド・セイヴ・ザ・クィーン》が演奏されることはなかった。おそらく国民が抱いている疑問を女王陛下も多少なりとも感じておられたのだろう。そんな中、サッチャーはまっすぐ背すじを伸ばして立ち、女神ブリタニアの役を演じていた。一方、海峡の反対側では、フランスの大統領がイギリスの列車を迎えようと待ちかまえていた。しかし、その列車が到着することはなかった。ニュースが飛び込んできたのは、まさにサッチャーが入念に用意したスピーチを披露しはじめたときのことだった。海峡の下で爆弾が炸裂し、イギリスの列車はフランスのカレーに到着するまえに破壊され、乗っていたすべての人間の命が失われたのだ。

事件を起こしたテロリストは誰なのか？

使用された爆薬はセムテックス（チェコ製のプラスティック爆弾）だと考えられている。八〇年代、スコットランドの村の上空で飛行機が爆破された事件があったが、その際使用された三百グラムのセムテックスを仕掛けるのには、ラジオカセットプレイヤーが一台あれば充分だった。それ以降、技術の進歩はめざましく、今では爆破時刻を数時間前ではなく、数日前にセットできるようになっている。今回の爆破はイギリスの列車が海底の中間地点を通過してすぐに起きた。もちろん、まっさきに疑われたのはアイルランド《IR》共和国軍《A》だった。ＩＲＡはドイツでも活動しており、カダフィ大佐ともつながっていて、カダフィがＩＲＡにセムテックスを提供していたのはすでによく知られた事実だった。一方、イランもムハンマドを冒瀆した作家のラシュディを擁護しているということで、イギリスには容赦がなかった。なんの害もないイランの民間旅客機を撃墜したアメリカに対するのと同様。実際、狙われた列車にはイギリス人よりアメリカ人のほうが数多く乗っていた。

どこに爆弾を仕掛ければいいのかを知っていたのは誰か？　四年に及んだトンネルの建設には何百という作業員が携わっていたのである。この途方もない悪事を働いたテロリストにしてみれば、誰でも参加できるトライアルみたいなものだっただろう。何百人もの作業員の中から、多額の報酬と引き換えなら喜んでトンネル内の作業計画の概略を話す人間をひとりかふたり見つけるなど、いとも簡単なことだったにちがいない。爆破に最適の地点が決まれば、カセットを仕掛ける人間をもうひとりかふたり見つけることも。

安全対策については、マスメディアで大々的に報道されていたが、それはそもそも建設に携わった者たちには無縁のことだ。確かに、手荷物はすべてX線検査を受け、乗客も全員、空港にあるのと同じアーチをくぐって綿密に調べられた。しかし、海峡そのものの奥深いところでも、そうしたぬかりのない対策が講じられていたのかどうか。

テロリストたちには急ぐ必要はなかった。時間はたっぷりあった。計画し、選び、買収する時間は四年もあった。

　あれからもう二年が経つが、逮捕された者はひとりもいない。しかし、テロリストたちでさえ驚きそうな事実がある。ユーロトンネル会社が株主にせっつかれ、また、イギリスとフランス政府の支援も受けて、トンネルを再び開通させることを発表したのだ。そのための作業はすでに始まっていて、一九九七年までに完了するという。最初に建設したときと同じくらい莫大な工事費がかかるらしい。

　老人の記憶は短いと私は言った。それでも疑問に思う。誰の記憶もそんなに短いのだろうか。一九九七年になったら、海峡の底に――アルプスの大トンネルのように薄暗い中に――向かう列車に乗ってもいいと思えるほど短いのだろうか。上にあるのは岩ではなくて水であり、線路の下では今でも何体とも知れぬ死体が朽ちつづけているというのに。

宝くじ　The Lottery Ticket

古屋美登里訳

「宝くじ」をテーマにした作品といえば、チェーホフの短篇「富籤」が思い起こされます。宝くじが当たったらなにをしようとあれこれ考える夫婦の話ですが、そのうちにふたりの本心が仄見えてきて……というちょっと苦いお話です。

グリーンの「宝くじ」に登場するのは気弱なイギリス男のスリプロー。言葉の通じない国で宝くじをあててしまってさあ大変、というコメディタッチの作品かと思いきや、彼の決断が思わぬ結果をもたらしていくという展開がいかにもグリーンらしく見事です。メキシコの暑くてじめじめした気候と人々の様子を、観光客の無邪気で無知な視点から一種のフィルターを通して見るような描き方や、社会主義と西洋文明に対する遠回しの批判とも思える残酷な結末が読みどころです。これは戦後間もない一九四七年に書かれました。

（訳者）

　ミスター・スリプローはベラクルス（メキシコのベラクルス州の湾岸の町で「聖十字架」という意味）で、生まれて初めて、そして最後となる宝くじを買った。その前に勇気を奮い起こすためにテキーラを二杯ひっかけていたが、それは補助エンジン付きの、恐ろしく小さな百トンのメキシコ船に乗らなければ目的地の熱帯の州へはたどり着けなかったからである。小柄な娘が差し出したくじの束からいちばん上の一枚を取ったとき、彼は自分が運命に導かれているような気がした――確かに、導かれていたのかもしれない。私は運命というものを信じることはめったにない。だが信じるときには、運命というのは、その理不尽で気高い目的を達成するために、全世界の人間のなかからわざわざミスター・スリプローを選ぶほど底意地が悪くてひょうきんな性質の持ち主だと思うことにしている。

さて、彼にはロンドンに住む伯母と、オーストラリアのブリスベンで暮らす従妹がいて、そのふたりとは活発に、そして気まぐれに手紙のやりとりをしていたのだが、とうとう彼から何の音沙汰もなくなった。よく知られていないその州の出来事がひとつふたつ、タイムズ紙の海外面の「短信」に入り込んで、それがたとえば暗殺の記事だったりすれば、それに気づいた伯母が自信なさそうな口調で友人たちにこう言うのだった。「ヘンリーはとっても刺激的な毎日を過ごしているに違いないわ」と。確かにそうではあったが、ヘンリー・スリプローほど刺激的なものと縁遠い人物はいなかった。

　スリプローは、四十二歳間近のたいへん裕福な独身の、しかも気弱な男なのだが、面白いことにこの彼の気弱さというのが、休暇で海外に出かけるときに限って、気弱な人間なら絶対に陥らない苦境へと彼を導いていくのである。しかも彼は人付き合いが苦手なために、同胞たちが絶対に訪れないような地を逃避先に選ぶ。いま私がこれを書いている年に彼が向かった先はメキシコだったが、伯母が美しい色合いの肩掛け《サラペ》を探してきてほしいと言ったにもかかわらず、そしてオーストラリアにいる従妹が銀のイヤリングを好むことを知っていたにもかかわらず、メキシコ・シティやタスコやクエルナバカやオアハカなどには行かなかった。その代わりに、コルテスの足跡をたどりたいなどというそれらしい言い訳をこしらえてまで選んだところは、沼地と蚊とバナナ・プランテーションと、コルテスの時代にもあったような監獄しか見るべきもののない陰鬱な熱帯の小さな州であった。

船首と船尾に石油ランプが灯っているだけの小さな船で（船長が航海日誌を書くときには水夫が懐中電灯を持って傍らに立っていた）、四十時間も激しく揺さぶられ、耐えられないほどの苦痛を味わい、吐き気と悪臭に悩まされ、寝台とは名ばかりの木の棚に押し込められて消耗しきった挙句に、ようやく河口の港にたどり着いた。そこの古い船の残骸で補強された岸のそばで、蚊の大群にミシンのように刺されまくられながらもう一日を過ごした。あたりには木造の小屋が四、五軒と、オブレゴン大統領（在任期間一九二〇年から二四年。二八年にカトリック過激派の神学生によって暗殺される）の像が立つ埃っぽい小さな広場があり、頭上にはばさばさと羽ばたくコンドルが、沖合いには潜水艦の潜望鏡のように背びれを立てて泳ぐ鮫がいた。

そしてバナナ・プランテーションのあいだを流れる川を十時間かけて遡っていくと、州都《ハラパ》が見えてくる。スリプローの乗った船は途中で二度、浅瀬に乗り上げた。左右の岸で蛍が街の灯りのように瞬き、石油ランプが椰子の葉とバナナの木を照らし、それがメロドラマのような不思議な効果をあげていた。やがて川が湾曲したところを過ぎると州都の本物の灯りが見えてきた。手強い未開の地にあっては、その灯りが垢抜けた、大切な、驚きに満ちたものに思えた。

もちろん、垢抜けた印象というのは偽りである。ここにはスリプローが恐れる、サラペを買いあさって甲高い声で値切るアメリカ人女性たちの姿はない。人の面白がるものなどなにもないのである。しかしスリプローにとっては違った。小型船が泥まみれの岸に係留されると、彼は緑色に淀む幅四メートルほどの川に渡された厚板を渡って岸に降り立った。ひとりの警察官が彼のスーツケースを持ち上げ、密輸の酒類（蒸留酒は禁制品だ）の液体の音や瓶がこすれ合う音がしないかどうか確かめるために激しく振った。心優しい見物人が、スリプローが足を滑らせて川に落ちないように、懐中電灯で足元を照らしてくれた。

人が泊まれるようなホテルは一軒しかなかった。スリプローはスーツケースを預けると、町の様子を見るために広場へ向かった。そこにはあらゆるものがあった。どうやら選挙がおこなわれているらしいが、どういう選挙なのか彼には皆目見当がつかなかった。壁には一面、赤い星と「人民戦線」という文字の描かれたポスターが貼られ、じめじめした息苦しい熱気に包まれた広場のなかを、若者たちが――男たちは右回りに、女たちは左回りに――ぐるぐると歩いていた。上等な白いスーツを着て上等な麦藁帽子を被った盲目の男が友人に手を引かれて歩いていた。その行列は黙りこくったまま続けられる宗教儀式のごとく、歯医者の家や（あの見るもおぞましい椅子が蠟人形のように照らされているのが窓から見えた）、武装した兵士と鉄格子に顔を押し付けている囚人のいる、植民地様式の円柱のついた連邦監獄や、財務局、地方長官官邸、労働者農民組合、四、五軒の住宅の前を、ひたすら練り歩いていた。住宅の開け放された鎧戸の向こうでは、老女たちが揺り椅子に座り、子供たちは一ダース単位で売られている安物のヴィクトリア調風の硬い椅子に腰かけていた。

スリプローは、スペイン語はまったく喋れなかったので、どうしても必要なときに備えて基本会話集を持っていた。それに、この灼けつくように暑い寂《さび》れた町に英語を話せる者がいるとは思っていなかった。落ち着かないままベッドで身を起こし、だだっ広くてがらんとした部屋の高い天井にぶつかるコフキコガネや、タイル張りの床を進む蟻の行列を見つめながら、目的をすっかり果たしたような気になっていた。ケンジントンの町や伯母の家や代り映えのしない普段の生活を思い出し、すぐにも帰りたくなった。ほかの観光客とは違って、自分の家はなんて美しいのだろうという焦がれるような気持ちを抱いて帰っていけそうだった。

翌日には、一軒しかないレストランで朝食をとり、小ぶりの頭で黒いぎざぎざの翼を広げたコンドルの群れが頭上高く舞う市場を散策し、同じレストランで昼食をとり、ベッドで不安な思いを抱いて昼寝をし、広場まで歩き、夕食をとり、ミネラルウォーターで歯をよくすすぎ（スリプローは健康には気を遣うほうだ）、再びベッドでやすんだ。たいした一日ではなかった。詳しく見て回れるような教会すらなかった（この州では教会はすべて破壊され、司祭たちは追放されていた）。教会があれば、ローマ・カトリックの礼拝や地元の迷信をかすかに咎めるような目つきで観察できただろう。宝くじについて言えば――彼はすっかり忘れていたのである。

それを思い出したのは、三日目の昼食時にひとりの男が宝くじの束を持って近づいてきたときだった。スリプローが古い当選番号表を見せてくれと言うと、その表の、長い番号欄の真ん中に枠で囲ってある番号が、彼のくじの番号だった。二〇三七五。初めて――そしてそれが最後だったが――買った宝くじが五万ペソの賞金を当てたのである。イギリスの通貨でおよそ二千五百ポンド。蠅が彼の見栄えの悪い牛肉料理の上を飛び回り、顎と唇に毛を生やしたインディオの物乞いが戸口のそばで、食事をしている者たちを見つめていた（物乞いが一言も喋らないのは、おそらくスペイン語を知らないからだろうが、立っている姿はまるで、太った人間たちに飢えた者の苦しみを思い出させる道徳劇の人物のようだった）。

ミスター・スリプローが真っ先に感じたのは羞恥心だった。自分が外国人の搾取者、アメ公《グリンゴ》になったような気がした。宝くじを五ペソで買っただけなのである。この大金を手に入れる権利があるのだろうか？　宝くじ売りの男が店中の客に話したので、客全員が彼のくじと当選表を見に集ってきて、口々に次にすべきことを教えてくれた。「銀行《バンコー》」という言葉だけはよくわかった。店から出るとき、彼は良心の痛みをほんの少し和らげようとして、札入れに入っていた五十ペソ全額を、インディオの手に握らせた。男は少しも嬉しそうではなかった。スリプローは、急いでその場を立ち去った。神が次にどんないたずらをするか気が気ではない、とでもいうように。

このニュースは、彼が銀行に着く前にとっくに行内に知れ渡っていた。取り澄ました雰囲気の狡賢そうな混血の男が笑みを浮かべてやってきて、スリプローに挨拶をした。脇の下に汗染みができていた。その男はスリプローのスペイン語と同じくらい英語は喋れなかったが、スリプローはその大げさな身振り手振りから、この男がこの銀行のわずかな資金を運営している責任者なのだろうと思った。このニュースがコンドルにも知れ渡っていたのか、鳥たちはばたばたと飛んできて道路に舞い降り、おぞましい小さな頭を振り立てて死骸を探しまわっていた。

スリプローは擦り切れた硬い揺り椅子に腰を下ろし、支店長の話に耳を傾けた。とはいっても、ところどころの単語がわかっただけのことで、真昼の太陽はしだいに傾いていった。どうやら投資の話をしているようだった。現金はメキシコの外に持ち出せない、ということらしい。スリプローは暑さにすっかりまいってしまい、急に耐えられなくなって、「ぼくはお金なんかほしくありませんよ。賞金はいりません。ぼくなんかよりこの町のほうがよっぽどお金が必要でしょう」と言った。その瞬間支店長の混血の茶色の目がぱっと輝いたので、スリプローは彼がその言葉をたちどころに理解したのがわかってたじろいだ。

「寄付なさる」支店長は、問いかけるのではなく声明を発表するかのような口調で言った。

「賞金はいりません」スリプローは繰り返した。薄い金髪を撫でつけながら、今の台詞はなんだか芝居がかっているかもしれない、と思った。「そのお金は有効に使うべきです、この国のために」メキシコのこれほど貧しい州にとっては、これはまことに莫大な金額だった。彼はその言葉に満足し、自分がカーネギーになったような気がした。「たとえば、図書館を作るとかね」

「寄付ですね」支店長がもう一度言った。彼の知っている英語はすべて、ラテン語が語源のものだった。そのせいで、口が利けなくなったサミュエル・ジョンソンのようだった。支店長は麦藁帽子を手にして、「出発」と言った。

「どこへです？」

相手ははっきり言わなかった。官邸について何か言った。スリプローは運命に身を任せることにした。そういえば私は、運命とは皮肉なものだと言わなかったかな？　彼は、ざるのように穴だらけの麦藁帽子の後について広場へと向かい、いつの間にか地方長官官邸の待合室に入っていた。彼の善意による寄付は州知事自身が采配をふるって使うらしい。公立図書館を作るのかな、とスリプローは思った。それとも、病院か、科学博物館か、もしかしたら討論会館？　それとも貧民救済施設。電話での長いやりとりがおこなわれていた。ぴっちりしたズボンを穿き、リヴォルヴァーをごてごてした飾りのついたホルスターに入れた、昔ながらの山賊のような格好をした男が、スリプローを見つめている――赤いスカーフを巻いているところに、意地の悪いユーモアが滲み出している。

「州知事はお留守」と支店長は言った。「再度出発」そして山賊を従えて広場を横切り、来た道を引き返した。行く手には「歯科医院」という文字と、それを説明するかのように金歯の絵が光る扉があった。「痛い」と嬉しそうに支店長は言った。「痛い」扉を開けて中に入ると、椅子とドリルが目に飛び込んできた。太陽が漆喰の壁に反射して部屋全体を目映《まばゆ》いほどに照らしていた。椅子に座った知事は脱脂綿の入った口を大きく開け、庭ではコンドルが七面鳥のように我が物顔に歩き回っては腐肉を探していた。

支店長が早口のスペイン語で説明をするのを、仰向けになった知事は口を大きく開けたまま聞いていた。知事は太った小柄な中年の男で、髭の剃り跡が青々としていたが、少年のように上機嫌な表情を浮かべていた。歯科医がドリルの針を付け替えると、知事は不安と恐怖の入り混じった顔つきになった。そして支店長に向かって、「話を続けろ、頼むから、続けてくれ」とでもいうように激しく手を動かした。

支店長は熱を帯びた口調で何か言い、そこで芝居がかった様子で口を閉じた。スリプローは何を言ったのかわからなかった。知事の体はほとんど水平になっていて、その足は支店長の口の高さまで持ち上げられている。知事は体を起こそうと躍起になり、それから激しく首を上下に振り動かしたので、脱脂綿の塊が口から飛び出した。

そのとき歯科医がドリルを振りかざし、知事は再び顔を――子供のように――ぴくぴくと痙攣させた。「痛い」と支店長は言った。「痛い痛い。出発」

ふたりはまたもやうだるような暑さに包まれた狭い広場へ出ていった。木陰に座って得体の知れない果物ジュースを飲んでいる人が数人いた。化学着色料でピンク色や黄色に染まったジュースだ。官邸の正面階段をひとりの男が降りてくると、暑苦しい日差しの中で銃のホルスターが乾いた音を立てた。わずかな数の兵士が通り過ぎていった。みな小柄なインディオたちで、不潔なオリーブ色の制服を着てライフルを肩にかけていた。「教育だな。ここの人たちに必要なのは教育だ」とスリプローは思った。そして、自分には慈善を施せるほどの力があると思って幸せな気持ちになった。古き良き自由主義者の血が騒いだのである。そういえば、彼の祖先の中には、外国の地に銅像を建ててもらった人がいたはずだ。

　銀行の支店長は、今度は銀行からも官邸からも遠ざかっていった。陽が照りつけるぎらつく広場を、額の汗を拭きながら速足で横切っていく。そのがむしゃらな様子を見て、スリプローは彼に従わないわけにいかなかった。彼の意識がとらえていたのは、湯気を立てている小さな背中が労働者農民組合の事務所に向かっていること。それから、彼らが近づいてくるのを見て離れていった娘がいることだけだった。スリプローの注意を惹いたのはその娘の美しさではなく――もっと綺麗な娘はこの町にはたくさんいたが、いずれにしても、スリプローは女にはまったく関心がない――娘が、奇妙なほどの戸惑いと敵意に満ちた雰囲気をまとっていたためだった。着ている服が自分のものではないかのようだった。「あの娘は？」とスリプローは尋ねた。娘は広場の真ん中から疑い深そうな目つきで彼をじっと見ていた。

「宗教家」それですべての説明がつくとでもいうようにそう言うと、支店長は体を屈めて漆喰の扉を通り、小さな干からびたようなパティオへ入った。パティオにはミネラルウォーターの瓶の詰まった木箱が大量に置いてあり、水の涸れた噴水と萎んだ花々と、空になった鰯の缶詰がひとつ転がっていた。

「通訳」と支店長は言った。彼は、スリプローからは見えないところにいるだれかとスペイン語で活発に話しはじめた。すると、この奇妙な日に会った人物の中でもいちばん奇妙な格好をした人物が姿を現した。でっぷり太った巻き毛の男で、喜色満面の顔つきをしている。身につけている薄汚い白地の制服は太腿のところではちきれんばかりにぱんぱんに膨らみ、手にはビリヤードのキューが握られていた。ベルトには銃弾がずらりと並び、重そうなホルスターが腰のところでかたかた音を立てた。彼はスリプローに向かってキューを元気に振り上げた。「おれは英語を話せる——みごとにな。おれは警察署長だ、この」そこで彼はいかにも似つかわしいうすら笑いを浮かべ、「糞溜めのような町のな」と言った。ビリヤードの玉を突く音がして、警察署長は心配そうな顔で部屋の中を覗き込んだ。

「あいつらを信用しちゃならんのだ。堂々と対戦しないからな」署長は再びスリプローのほうを向いて早口で続けた。「この男があんたに伝えてほしいんだそうだ。知事があんたのプレゼントに大喜びしている、とな」

「それで知事はなにをするつもりでしょう？」とスリプローは言った。

「進歩だよ」と警察署長は言った。「ここはひどく立ち遅れたところだからな」玉を突く音がしてまた署長はびくっとした。

「新しい学校を作るとか？」

「まあ、そのうちにな。まずは、保守反動勢力を打ち破らなくちゃならん」

「保守反動？」

「選挙のことは聞いただろ？」

「あの金を政治に使ってもらいたくないんですよ」スリプローは言った。

「いやいや、政治には使わんよ。これは政治じゃない。反乱だ。やつらは反乱を企てている。ドイツとイタリアと日本から武器を手に入れている。売国奴だよ」署長は太陽に灼かれた狭い広場と、ジュースを売る屋台を手で示した。「やつらが勝てば、反動勢力が息を吹き返す。教会が復活し、司教が戻ってくる」そこで効果的に言葉を切った。「宗教裁判もな」

「いやいや、そんなことはないでしょう」ミスター・スリプローは異を唱えた。

「いいや、宗教裁判が始まる」

「しかしですよ、ぼくとしては、この賞金を……なんというか、あれです、ぼくは外国人です……だから、政治の駆け引きに使ってほしくないんです」

「あんたはきっとみんなに愛される」と署長は言った。「あんたの賞金は……進歩のための……減債基金になる。あんたの宝くじをこの男に渡すだけでいい」署長は心配そうに中を覗き込んだが、何かいいことが閃いたのか、顔を高潮させて振り向いた。

「州からの感謝の気持ちは……銅像だな。あるいは、噴水式の水飲み器だ。しかし、湧き水がないなあ。あんたの名前が刻まれた大理石のベンチを広場に置くのはどうだろうな。お名前は？　セニョール？」

「スリプローです」

「銘を入れるよ。この州の進歩するすべての者たちより、異国の心優しき慈善家に敬意を表して、ってな」

「おそれいります」

「いやいや、なんのなんの。どこにベンチを置きたいかね？　セニョール・ティプノ？　組合の正面か？　官邸の横か？　木の下か？　だったらあの果物売りたちを追い払ってやる」

「いやもう、本当におそれいります」

その夜は何もすることがなかった。ホテルの一階に設置された発電機がブーンと鳴りつづけ、ホテルの二階では明かりが消えたりついたりし、コフキコガネが壁にぶつかっていた。コフキコガネは川のそばの用水路から群れをなして飛んできては床を這い回るので、床が蠢いているように見えた。枝編みの椅子に座ったホテルの経営者とミスター・スリプローは、息苦しい空気に包まれながら前後に揺れていた。しばらくしてホテルの経営者はいくつかの英語とフランス語の言葉を思い出した。ふたりのあいだで覚束なげな会話が始まった。どこか遠くの方、広場のある方角から騒がしい音と怒鳴り声が聞こえてきた。「選挙だよ」と経営者は言いながら、四日前のメキシコ・シティ新聞で体を扇いだ。汽船の汽笛が川の方から聞こえてきた。

経営者は古き良き時代のことを思い出して愚痴をこぼした。ミスター・スリプローがなんとか理解したのは、ポルフィリオ・ディアス（一八三〇～一九一五。メキシコの大統領に十年にわたって在任したが、メキシコ革命によってパリに亡命）の時代の州知事は貧乏なまま死んでいった、そんなことはもう二度と起こらない、ということだった。スリプローはためらいがちに言葉を口にした。「保守反動……宗教裁判」

ホテルの経営者が突然、言葉を見出したかのように話し出した。「いまでは私たちは……犬のように《コム・レ・シャン》死んでいく」どうして死に際に司祭を呼んではいけないのか……当人が呼んでくれと頼んでいるのに。それは迷信なのかもしれないが、死んでいこうとするときくらい迷信に頼ったっていいだろう？　そして経営者は陰気に黙り込み、コフキコガネを新聞でぴしゃりと叩いた。

「しかし、教会の財産は」スリプローは反論しようとした。しかし経営者にはその言葉が理解できなかった。「教会《イグレシア》……」とスリプローは言った。「銀《ラルジェント》……大金持《ムーチョ・デイネ》ち《ーロ》」返ってきたのは虚ろな笑いだった。広場の騒音は引きもきらず続いていた。

「でも、結局のところ、ここは民主主義の国です……選挙権がある。保守政権を求めているのであれば、そういう党に票を入れればいいでしょう」彼はホテルの経営者に向かって延々と民主主義について説明した。ひとつの言葉が相手の心に深く届いたように思えるときもあった――たとえば「投票」という言葉が。その瞬間、老経営者はいきなり自分の考えを述べ始めた。戸惑うような、いささか不穏当な考えだった。ぼくがちゃんと理解していないのかもしれない、とスリプローは思った。「宝くじ」という言葉が飛び出してきて、一度はスリプローは自分が「間抜け」と呼ばれたと確信した。彼が理解した内容は――ひょっとしたら間違っているかもしれないが――こういうものだった。知事は、警察と軍と労働組合が支持しているにもかかわらず、とても危なっかしい立場にあった。信じられないことだが、知事が選挙に負けるのは目に見えていたのである。警官と兵士の給料がこの数カ月のあいだまったく支払われていなかったからだ。そこで「金歯」という言葉が聞こえたが、どうやら金歯だけが知事の贅沢な浪費ではなかったようだ。対立候補は、罪状を記したポスターを町中に貼った。警察がそのポスターを破り捨てることはなかった。ところが今夜、警官と兵士の給料が――全額――支払われた、宝くじで。

ミスター・スリプローは英語とフランス語を交えて、進歩の勝利はわずかな期間の未払いで危険にさらされるようなものではないことを伝えようとした。

経営者は突然、思いがけないほど激怒した。外の騒音がさらにひどくなっていたので、ミスター・スリプローに向かって叫ぶように「あれが進歩だと」と言った。電灯が完全に消え、しばらくして再び明るくなると、経営者の顔がぴくぴくと引きつっていた。そして絶叫した。「拳銃《ピストレーロ》を持っている。殺し屋《アセシーノ》たちだ」外の通りで大きな歓声が上がった。

スリプローはバルコニーに出た。兵士の一団が通り過ぎていくところだった。全員が少し酔っ払っているらしい――足並みが乱れ、よろめいていることからそれがわかった——が、大騒ぎをしているのは兵士たちではなかった。四人の女と子供たち、それから八人の男が、兵士たちの後ろで声を嗄らして叫んでいたのである。しかし、「万歳、万歳、万歳、万歳」と叫ぶその声は機械のように単調だった。町の人々は、戸口からその様子を眺めているだけで合唱には加わらなかった。兵士たちが、黒い川と黙って見つめる人々のあいだをふらふらと行進していく。困り果てた顔つきのインディオの兵士たちは、ライフルをがちゃがちゃ鳴らしながら、追放された人々のように身を寄せあって歩いていった。

「これはどういうことなんです？」とスリプローは言った。ホテルの経営者は、対立候補のところに向かっているのかもしれない、逮捕するために、と言った。今回だけは彼の言葉をちゃんと理解した、とスリプローは思った。予想した通りの答えだったからだ。

「どうして？」

ホテルの経営者は絶望の淵から笑って、はっきり伝えるためにフランス語とスペイン語で「反逆罪《トライゾン》、名誉毀損《ディファマチオン》」と言った。それから英語で「罪状なんてどうにでもなる」と。

「その人の住まいは？」兵士たちはのろのろと進んでいた。

ホテルの経営者が場所を教えてくれた。スリプローはコフキコガネを踏み潰しながら階段を駆け下りた。一階にたどり着いて振り返ると、電灯がまた消えた。階段の上りきったところで揺り椅子に座っていた老人は、揺れている途中で闇に飲み込まれた。興味がない、ということを暗に伝えているかのようだった。

兵士たちが向かっているのは兵舎ではなく、本当にその家であるのなら、スリプローはすぐに彼らを追い越した。そして目指す家はすぐに見つかった。玄関の戸を叩くと、間髪を容れずに扉が開いた。まるで案じながらなんらかの伝言でも待っていたかのように。スリプローが中に入るとそこは小さな中庭だった。扉を開けた女性が英語で「ご用件は?」と言った。極貧といってもいい住まいだった。テーブルの上のランプが照らしているのは、独房のように狭い部屋だ。スリプローは「立候補した方はどこに?」と尋ねた。

「父は行ってしまいました」と女性は答えた。

彼はようやくその女性をしげしげと見た。広場で見た娘だった。娘は咎めるような目で見返した。「警察署長と一緒にいらした方ね」

「お父さんを逮捕しに兵士がやって来ます」とスリプローは言った。そして、彼らの政策を忌み嫌っているが、宝くじのせいでこうなったことに責任を感じてとても後悔している、と伝えた。軽はずみなことをしてしまった、と。

「そのことはもういいんです」と彼女は言った。その落ち着き払った口調に、スリプローは胸を撫で下ろした。自分は早とちりして騒ぎ立てたのかもしれない、と思った。テーブルの上に繕い物があるのを見て、彼は「ぼくも刺繍をするんですよ」と言った。

「人は生きなければなりません」

「英語がとてもお上手ですね」これではまるで表敬訪問だ。

「ええ、向こうで教育を受けましたから」

「お父さんのことは心配しなくともいいと思っていらっしゃるんですか？」

「父は向こうでのことはすべてわかっていますから」彼女はおそろしいほど感情を抑えて彼を見つめた。

スリプローは狭い中庭で拍子抜けした感じを抱いた。「ぼくのせいでご迷惑をおかけしたとしたら、本当に申し訳ありません」

「お金を寄付したのはあなただったんですね？」

「そうです。でもわかってください……悪気はなかったんです。ぼくは自由党員です。だから、進歩という考え方に……賛同しないわけにはいかなかった」

「そうでしょうね」

「ぼくはファシズムが大嫌いです。でも、どうしてもわかりません。愛国者が――あなたのお父さんは愛国者だと思います――どうしてドイツやイタリアや日本から武器を手に入れるのか……」

「あなたは何でも信じてしまわれるのね」その声にはかすかな蔑みが含まれていた。彼は中庭に面した部屋にそれとなく目をやった。生活に必要な最低限のものしかなかった。テーブルと椅子が一脚、この先もずっと硬いままのベッド。家具類にですら狂信的な雰囲気があった。彼は躊躇いがちに言った。「倹しい暮らしをなさってますね」

「わたしたちはとても貧しいのです」

泥だらけの床の少し高いところを藁編みの敷物で覆っただけのインディオ風のベッドがあり、そこの壁に十字架がかかっていた。動揺した口調で彼は言った。「あなたは宗教家だそうですね」

彼女はその言葉を訂正した。「修道女です。女子修道院にいましたが、破壊されてしまいました。いまはセメントで覆われた遊び場になっています。川のそばの、ブランコが置いてあるところです」彼女は十字架の方に顔を向けた。「これは反逆罪にあたります。家宅捜索をしに来るでしょうね。あらゆる口実を見つけようと躍起になって」

「でも、ぼくにはどうしても信じられない……ここであなたに会ったことが……あなたのお父さんの身が危険に晒されていることが」

「父にはもう危険は及びません。危険なのは兵士たちのほうです……それに、あなたも」

スリプローはびっくりした。「保守反動という意味ですか？　兵士たちが動乱を起こすかもしれないと？」

この夜、スリプローに激怒した人はこれで二人目だった。彼女はいきなり怒りをぶちまけた。「そんな愚かな言葉を使うのはおやめなさい」それから声を落として言った。「ごめんなさい。イギリスの方だからわからなくて当然ね。お気の毒に。あの人たちにすっかり騙されて」

スリプローは怒りで体が震えた。この縺《もつ》れた状況を打開しようとした。「ともかく、お父さんがご無事でなによりです」

彼女は言った。「あなたに対してわたしは公正ではありませんでした。あなたは知っておくべきです。父は、三十分前に逮捕されました。あなたが見た兵士たちは、兵舎に戻っていくところだったのでしょう。戻る前にどうしてもお酒をあおらなければならなかった」

「だったら、どうしてさっきあんなことを……」彼はそこで言葉を切った。その理由がわかった。彼女は、逮捕されたのが彼の父親ででもあるかのようにその知らせを伝えた。責任がある人には遠回しに伝えなければならないのだ。哀れむような乾いた目を見て、彼はすべての事情を察した。

「逃亡罪のことはご存知でしょう。もちろん、本当に逃げたりなんてしやしません……」

スリプローには返す言葉もなかったが、心の奥のどこかから憎しみが湧きあがってきた——宝くじの売り子への憎しみ、銀行の支店長への、州知事への、警察署長への憎しみ。彼は軽はずみな自分の行動のせいで死ななければならなかった犠牲者すらも憎み、思いがけず自分の生活の中に入り込んできたあらゆる人間を憎んだ。新しい思想、新しい言葉を憎んだ。憎しみは彼の心の中に、侵攻する軍隊のように領土を広げていった。

娘はやさしい口調で言った。「もしわずかでもいいですからお金をくださるのなら……この家にはなにもありませんので……あなたはもしかしたら、少しは気が楽になるのではないかしら。それがわたしたちのための最善の行為になりますし、あなたは幸せな気持ちでお国に帰れるでしょう。あなたは善良な方です」彼女には、修道女によく見られる典型的な精神的強靭さがあった。スリプローは札入れを取り出すと、有り金のすべてを彼女に与えた。憎しみが為せる業《わざ》は、愛が為せる業に似ていた。彼女はこう言った。「こんなにたくさん。でもこれで父を埋葬するために、賄賂を贈って司祭さんを呼んでもらえます。別の州から。ここでは、わたしたちは犬のように死んでいくのです。どうもありがとうございます」彼女は、この出来事で彼が苦しむことのないようにふるまう決意をしていたのだ。神に守られた諦観という高みで憎々しいほど超然とかまえ、心の貧しい悪魔たちがコフキコガネのように過ちを犯すのを眺めていたのである。彼女は言った。「あなたが優しい方だということはわかります。ただ、なにもご存知ないのね……人生については」修道女ならではの傲慢さと誠実さのこもった口調で彼女はそう付け加えた。

スリプローは通りへ出た。ブリスベンにいる従妹とケンジントンにいる伯母のことを考えた。川からすえたような臭いが立ち上ってくる。虫が一匹、彼の頬にぶつかって、緊張のみなぎる夜の中に消えた。それが壁にぶつかる音がした。どこかでだれかがとても簡単なスペイン語で歌っている。野に咲く薔薇を歌った哀愁をおびた歌だ。すると憎しみは境界線を越えて、自由主義に支えられたスリプローの意識の全領土へと広がっていった。「痛い、痛い」と言う銀行の支店長の声が聞こえた。彼の中でおこなわれている大殺戮戦の大火災で、人間がひとりまたひとりと倒れてはしぼんでいった。候補者の名前を知ることさえなかった。すえた臭いの川のそばにある失意の亡命地を歩きながら、スリプローは、自分が憎しみを抱くようになったのは人生のあり方全体に対してなのだと思った。この世界をこよなく愛した者について、子供のころ聞いた一節が蘇ってきて、彼は壁にもたれかかってさめざめと泣いた。通りすがりの男が、彼を同じ国の仲間だと勘違いしてスペイン語で話しかけた。

新築の家　The New House

越前敏弥訳

オックスフォードの学生だった一九二三年に、みずからが編集に携わっていた学内誌《オックスフォード・アウトルック》に発表した作品である。当時、グリーンはまだ十九歳で、休暇で帰省したときに出会った十歳以上も年上の女性（弟と妹の家庭教師）に夢中だった。彼女を讃えたセンチメンタルな詩をいくつも書いている。そんな時期に、こういう諦観の極みのような、きわめて抑制のきいた文章も書いていたと思うと興味深い。

二度にわたって引用されるロングフェローは、そのわかりやすさゆえに、十九世紀に非常に人気があったアメリカの詩人で、イギリスでももてはやされたが、この作品が書かれたころには、流行遅れと見なされることも少なくなかったという。

（訳者）

　ジョーゼフス氏は、とっておきの展示品を見せる博物館長よろしくハンドリーに葉巻を勧めたが、当の建築家はそれには見向きもせず、設計図を大切そうにテーブルの上にひろげた。それからハンドリーは、かしこまった様子で、喜びの第一声を待ちかまえた。

　だが、ジョーゼフス氏は炉格子のそばに立ったまま、注意深く葉巻の先を切った。まったくあわてていない。これまでの人生で、あわてたことなど一度もなかった。

「なかなかいい土地が手にはいったものだよ」ジョーゼフス氏は機嫌よく言い、片手をうねらせて広々とした感じを表した。「千エーカー近くあるんだ。

　丘が連なって、少しばかりの森があるのが好きでね。風景庭園と言ってもいい。ゆったりした感じがするじゃないか。家を建てたら——そう、存在感のあるものになる。そう、まさに存在感だ」ジョーゼフス氏は両手を背中にまわし、長々と煙を吐いた。「この田園地帯を目覚めさせてやろう。あまりにも眠たげだ。きみは運がいいよ、ハンドリー、好機をつかんだんだ。儲けさせてやるとも。こんな村にはおさらばして、ロンドンで仕事をはじめられるくらいにな。きみを気に入ってるんだ。そう、気に入ってる」

そのとき急に、サミュエル・ジョーゼフスは、相手の顔が青ざめて、目が爛々と輝いていることに気づいた。グラスをひとつとポートワインの瓶を取り出す。何しろ、偉大なるジョーゼフス氏の気前がよいことは、万人が認めるのだから。「一杯やりたまえ、ハンドリー。働きづめだったろう」

ハンドリーは震える手でグラスを受けとり、ひと息に飲みほしたが、そばにあった吸取紙に一滴こぼした。それは死体のシャツの胸ににじんだ大きな血痕のようにひろがった。

「感謝しております」ハンドリーは言った。「大変ありがたいことです。この土地で三十年近くやってまいりました。仕事をはじめたときから、何かこうしたものを夢に見ておりまして、いつでもあの地所のことは頭にありました。隅から隅まで測量し、計算してありますし、二十年にわたって計画を立て、切ったり足したり、こちらを変えあちらを変えしてきました。地元の人たちの家を建てる合間に、時間さえあればこれに取り組んでいたものです。ですから、どれほど感謝しておりますことか。わたくしにとって大きな意味を持つことです」

「おいおい、ハンドリー」ジョーゼフス氏は、新聞の読者にはおなじみの、あの値打ち物の笑顔を見せた。「きみはおもしろい男だな。ちょっと詩人の気があるんじゃないか？　それに」長くなりかけた葉巻の灰を気にして目をやる。「これはきみの、いわば〝最高傑作《マグヌム・オプス》〟になるとも。たしかシェイクスピアがそれについて何か言っていたんだが、どうも思い出せない。引用はきみのほうが得意だろう」

「あいにく詩にはそれほど興味がありません」建築家は答えた。「とらえどころがなさすぎるものですから。わたくしは土や漆喰や煉瓦のほうが好きです。自分で形作ったりさわったりできますし」

「それはまちがっているよ、ハンドリー。よく聞きたまえ、そうじゃないんだ。わたしは自分の力でひと財産築き、それを誇りに思っているが、それができたのは洞察力があったからだ。ハンドリー、洞察力だよ。わが社の新聞は、各紙とも〝光を追え〟を金言としている。物質中心主義ではどうにもならない。洞察力と比べたら、使い物にならないんだ。ロングフェローを読んだことはあるか。ない？　ぜひ読むべきだ。わたしの金を生み出した恩人だよ。おかげでいつでもうまくいく。以前、ロングフェローの詩の一部を《時事ニュース》で使ったことがあって――

おお、汝、彫刻家よ、画家よ、詩人よ！
この教訓を胸に刻め
最も近くあるものこそ最良であり
汝の芸術作品はそこから形作れ　（『海辺と炉辺』所収「ガスパール・セレッラ」より）

いいだろう、え？　さあ、きみの芸術作品を見せてもらおうじゃないか、ハンドリーくん」

震える指でハンドリーは保護カバーを押さえ、自分の設計図を第三者の目で見ようとした。そう、だれでもこの美しさがわかるはずだ。繊細で控えめな線は、慎み深い女性を思わせる。この家は木々のあいだに溶けこむだろう。自分の夢が現実に溶けこむように。建築家はそわそわと、はじめての赤ん坊を世間に披露する母親さながらに、期待で顔を赤く染めて待った。

だが、賞賛の声はあがらなかった。長く不気味な沈黙がつづき、注文主の顔を見守っていたハンドリーには、相手が当たり障りのないことばを探しているのが見てとれた。ジョーゼフスは咳払いをし、ついに口を開いた。「よく工夫してあるよ、ハンドリー、たしかにそうだ。よく工夫してある。しかし、わたしが望んでいたものとは少しちがうな。もう少し壮大な構想のものがほしい。何マイルも先から見えるような際立った目印となるものだよ、ハンドリー」

建築家が押しだまっているのに気づくと、ジョーゼフス氏はまたあのよく知られた、なぐさめるような笑みを見せた。「きみの図面が問題外と言っているわけじゃないんだよ、ハンドリー。狙いはいい。ただ、きみには経験が足りないんだ。これまで手がけた仕事はどれも規模が小さすぎたから、型にはまってしまったのも無理はない。きみへの期待は捨てていないさ。助言を聞いてくれたら、わたしを圧倒するほどの大傑作が仕上がるだろう」

「どうやら」ハンドリーはうんざりした顔で言った。「ヴァンブラ（十七から十八世紀にかけてのバロック様式の建築家。きわめて壮麗な大邸宅の設計で知られる）風の家をお望みらしい」設計図を巻きとり、立ちあがった。「では、もう何も申しあげることはございません」片手を差し出す。「機会をくださってありがとうございました、ジョーゼフスさん」

「ばかを言うもんじゃないよ、きみ」サミュエル・ジョーゼフスはすぐさま大声で言い返した。「わたしはきみが大好きで、きみに頼みたいんだよ。ただ、もう少し人目を引くものにしてもらいたいだけだ。白い石造りで、コリント式の柱を並べたものにね。おおざっぱな図面ならすぐに描けるだろうから、それをいっしょに検討していけばいい」

「すぐに描けるですって?」ハンドリーも大声を出した。顔はまた青ざめ、目は輝きを失って鉛色だ。「これを仕上げるには二十年かかったんです。それをあなたは〝問題外と言っているわけじゃない〟とおっしゃる。わたくしに、あの土地を台なしにする片棒をかつげとでも? そんな穢らわしい仕事はロンドンのお仲間たちにどうぞまわしてください」そう言って、建築家は背を向けた。

「おい、ハンドリー、ハンドリー、落ち着けって」ジョーゼフス氏はひどく面食らっていた。「洞察力を忘れてはいかんよ。とるに足りないことじゃないか、ハンドリー。つまらんことだ。屋敷を建ててくれたら五千ポンド払おう。自分よりも施主の希望を優先させるのは当然だよ。率直に言って、きみのこの図面にはまるで見こみがない。お話にならんよ、ハンドリー」

「くそ食らえ、この大ばか野郎」ハンドリーは歯を食いしばって低くつぶやき、子供のように泣きわめきたいのをこらえた。
「つまらないプライドのために、それだけの金を投げ出そうというのか。とにかく、早まった結論を出す前に細君に相談したまえ。そんな感傷にふける余裕はないはずだ。それに、はたしてわれわれのどちらが真の芸術家だろうか。無駄な飾りなど、どこにもないんだよ、ハンドリー。例の詩人がこう言っているじゃないか。

無用なもの、低級なものなどない
ところを得れば、いずれも最上
無駄な飾りとしか思えぬものが
ほかを強めて、しっかり支える
（ロングフェロー『海辺と炉辺』所収「ガスパール・セレッラ」より）

光だよ、ハンドリー、光を忘れるな」
だがハンドリーはもう部屋から出て、邪悪な呪文から逃れるかのように、表の通りへ飛び出していた。とはいえ、こんなふうにあがいても無駄なのはわかっていた。逃げ場はなく、妻も、家族も、世の中も、何もかもを縛るロープでがんじがらめにされている。いくらも経たないうちに、自分はこそこそと引き返し、ばつの悪い詫び言を口にして敵に寝返ることになる。

自転車に乗ってきた男は、連れに向かって苦々しげに微笑んだ。「あまりにも醜悪だろう？」と声をあげる。「ここの景色は、昔は国じゅうでも指折りの美しさだったのに。あのジョーゼフスのやつが、慈愛に満ちたお節介をやらかしてくれてね。あいつが雇った建築家はこの村の人間なんだが、芸術への見識はそこらの田舎者並みだったわけだ。そのうえ、あのおぞましい代物はただの金の無駄づかいなんだぜ。ジョーゼフス本人はあの家に住んだことがないし、近くまで来もしないんだから」

「こんにちは」見ず知らずの男が声をかけてきた。すぐそばに立って、丘の上の家を同じようにながめていたのだ。かなり年配の、哀れを誘う弱々しい目つきの男で、傘を手に持っている。「あの家をご覧になっているんでしょう？」男は尋ねた。「なかなか立派ですよ。そう思いませんか。実に堂々としていて、あのとおり、際立った目印になっている。何マイル離れていても見えますよ、ええ、何マイルも先からね。あれがきらいだったこともあるんですが、そのころは妙な考えに取り憑かれていました。ある図面があって……。ええ、妙な考えでしたよ。珍妙きわまりない。いまは当時より物を見る目ができたと思います。ロングフェローはお読みになりますか？　ぜひお読みなさい。あの考えには実に励まされます。以前はかならずしもそうは思っていませんでしたが、ほら、人は変わるものですから」

目が一瞬明るく輝き、男は誇らしげに背筋を伸ばした。「わたくしはハンドリー。その建築家です」はっきりしない声でそう言うと、傘を腕にかけ、影のなかへひっそりと消えていった。

はかどらぬ作品
――ゲートルを履いたわが恋人

Work Not in Progress: My Girl in Gaiters

越前敏弥訳

イギリスでは、クリスマス・シーズンになるとパントマイムが上演される。日本で言うパントマイム（無言劇）ではなく、子供連れの家族が楽しめるコミカルな芝居で、たいていは歌もたっぷりのミュージカル仕立てのものだ。ひょっとしたらグリーンは、パントマイムを念頭において この作品を書いたのかもしれない。もちろん、こんなふうに聖職者を茶化した芝居が現実に上演されるとは思えないが、その機会を想像して楽しんでいたのではないだろうか。

なお、副題にも含まれる「ゲートル」は、足の甲から膝までを覆う履き物で、脇に並んだボタンで留めるのがふつうである。

また、歌劇の後半で言及される「ブラウン嬢」というのは、P・G・ウッドハウスのブランディングズ城シリーズに登場する愛らしいヒロイン、スー・ブラウンではないかと考えられる。

（訳者）

おことわり――登場する高位聖職者はひとりとして実在の人物から想を得たものではなく、この音楽劇で起こる出来事は完全に架空のものである。

老境にさしかかると、〝おちびさんたち〟――兄弟姉妹の孫息子や孫娘といった連中――にお話をしてやってくれと、たびたび頼まれる。「本を書いているじゃないか。話をしてやるぐらいできるだろう」というわけだ。恥ずかしながら、わたしが書くつもりでいる小説の材料などは、子供にふさわしいとはとうてい言えない代物ばかりだ。だからそういうときは、何年ものあいだ構想をあたためてきた滑稽な音楽劇に頼るしかない。これは純真無垢な子供たちにふさわしい、まちがいなく無邪気なお伽噺だが、それでも時として親たちの信用を失うことがある。わたしがつけた題は「ゲートルを履いたわが恋人」だ。

幕があがると、さまざまな年齢の十二人の主教が、膝から下にゲートルをつけ、国教会でよく見るあの妙な紐つきの黒い帽子をかぶった姿で舞台に立っている。主教たちは開幕のコーラスを歌う。序奏のあいだに、ひとりの若い男が舞台の横手に現われる。持っている手帳と鉛筆から見て、新聞記者らしい。男は主教たちが歌うのに耳を傾ける。だいたいこんな歌詞だ。

会議に現わる十三人の主教
ゲートルを履いた真《まこと》の主教
汝らの捧げん祈り句を
承認せんとやってきた
いかにもローマの響きはあるが
主の祈りを承認した
不平不満の響きがなくば

食前の祈りも承認した
だが天使祝詞《アベ・マリア》には用心した
たとえ高教会派が肯んじようと
われら広教会派は欺瞞を認めず
ランベス宮（カンタベリー大主教のロンドン公邸）の濠を越えようと

会議に現わる十三人の主教……

新聞記者〔途中で割ってはいる〕――
バースとウェルズの主教区をふたつと数えたのではありませんか。
もう一度数えてごらんになれば、
十二人しかいないのがわかるはず。
どういうことですか、ぜひご説明を。

主教たちは仰天して顔を見合わせ、もう一度数えはじめる。

この摩訶不思議な現象が起こったのは、主教のひとりが誘拐されていたからであり、まもなく主教全員が同じ運命に巻きこまれる。ロンドンのある強盗団が、主教会議に集まる全員を誘拐すると決めていたのだ。英国国教会の祭服を手に入れるためだという。ろくな教育も受けていない連中だから、聖杯《チャリス》と祭服《チャジブル》を取りちがえたというわけだ。十二人の悪党は、一味の知恵袋であるひとりの女（配役中で唯一の女でもある）に率いられていた。シャンパンを一杯よけいに飲んだときなど、わたしはヴィヴィアン・リーがこの女首領を演じるさまを夢想する。

主教誘拐計画は成功し、拉致された主教たちはズボンを剝ぎとられて、教会委員会に属する打ち捨てられたビルの地下室に閉じこめられる。つぎに悪党どもは、くじを引いてだれがだれを演じるかを決める。当然ながら、女首領がカンタベリー大主教の職を兼任することになる。女性がこれほど高い聖職位に就いたのは、伝説の女教皇ヨハンナ以来のことだ。偽主教たちにとっては具合の悪いことに、メルボルンの主教が会議の立会人をつとめるべく、オーストラリアからロンドンにちょうど到着する。その主教はさまざまな場面で疑念をいだくことになるが、わたしはまだくわしく考えていない。そのなかには、田舎の堅信礼において、祭式を執りおこなう偽主教が、ある少年の髪が油でべたついているのを目にして、とうてい聖職者とは思えぬことばを吐き捨てる場面も含まれている。メルボルンの主教は悪党たちの追及をはじめる。

彼はカンタベリーに行って陰謀の核心に迫るが、そこで偽の大主教と出会う。バラ園で奇妙な恋の予感を覚えたメルボルンの主教は、とまどい、心を掻き乱される。偽の大主教もまたメルボルンの主教に恋をして、良心が目覚める。第二幕の終盤で、彼女はすべてを打ち明ける。恐れおののいたメルボルンの主教は、英国を永久に離れると決心するが、愛する気持ちの強さゆえ、女を警察に突き出すことができない。第二幕の終わり、メルボルンの主教は舞台の片端で電話の横に坐し、カンタベリー大主教（もちろん偽物の大主教）は反対の端にすわって、やはり電話をかたわらに置いている。メルボルンの主教は悲しい過去の思い出を歌いはじめる。

メルボルンの主教

　ウォリフーの乙女とは
生まれてはじめて日の出をともに見た
断食キャンプで会った女助祭には
顔を赤らめ　目を閉じた
でも、ゲートルを履いたわが恋人には

ああ、ゲートルを履いたわが恋人には
ウォルター・ペイター（十九世紀の唯美主義者。レオナルド・ダ・ヴィンチを賛美した）並みの切り札がある
あのモナ・リザの瞳と
ありとあらゆる海の神秘
愉悦も恍惚も何もかも
そしてこちらに話しかけたいときは
ただ受話器を手にとればいい

偽のカンタベリー大主教

メルボルン、メルボルン、
こちらはカンタベリー
ごまかさないで
聖人君子を気どるのはやめて
法衣《カソック》の下で胸がときめき
膝あて《ハソック》に突いた膝が震える
車ならドーヴァーからひとっ走り

だから、すぐにここへ来て
ただしひとりで、ねえ、ひとりでよ

メルボルンの主教
カンタベリー、カンタベリー、
こちらメルボルン
あなたのことばが聞きとれない
ああ、なんと声が遠いことか

〔ふたりの二重唱〕

カンタベリー
メルボルン、メルボルン、
こちらはカンタベリー
ごまかさないで
聖人君子を気どるのはやめて

メルボルン

カンタベリー、カンタベリー、
こちらメルボルン
あなたのことばが聞きとれない
ああ、なんと声が遠いことか

偽のカンタベリー大主教

こちらはあなたに恋するゲートル娘
メルボルン、メルボルン、
ウォルター・ペイター並みの切り札がある
モナ・リザの瞳を持った娘よ

メルボルンの主教

おまけに最低最悪の嘘つきだ

〔主教は音を立てて電話を切る〕

第二幕の幕がおりる

（わたしの若いころには、こうした音楽劇の第二幕は、かならず自己犠牲か誤解で終わったものだ）

いやはや。劇の残りはまだじゅうぶんには書きあげていないのだが、本物の主教たちが地下室から脱出する場面と、一方で偽主教たちが主教会議へ向かう場面だけは別だ。偽主教たちは前方の客席のあいだを通って舞台へと急ぐ。帽子についたリボンが無線アンテナの役を果たし、彼らはそれを通して「全車に告ぐ」「全車に告ぐ」と呼び交わす。主教会議には、思いがけずメルボルンの主教が姿を見せる。偽主教たちは自分たちが裏切られていたことに気づき、偽のカンタベリー大主教に食ってかかる。メルボルンの主教が偽の大主教をかばうが、そこへ下着姿の本物の主教たちが現われて、詐欺師どもを追い払う。

恋人たちのあいだではすべてがまるくおさまり、ふたりは美しい旋律の二重唱

を歌う。（わたしは昔なつかしい旋律の魅力をこの音楽劇でよみがえらせたいと願っている）

男

はじめての教会区にいたころ
大切にしていたある夢があった
緋色の服を着た乙女の夢だ
穏やかな景色の
そのひなびた管区で
夢の乙女をブラウン嬢と呼ぶことにした

まだまだ若い牧師補だったぼくは
朝早く目覚めてしまった
そして思う、夢の人はスーだったのかと

女

男

それなのに、まあ、なんというショック！
スカートじゃなくて
ゲートルをつけた恋人だなんて

糊で固めた主教冠ほど
軽いものはこの世にない
天秤皿の反対側に愛が載っているときは

女

黄金の聖杯《チャリス》と
お濠に囲まれた宮殿を足しても？

男

それでもまだ軽すぎて天井に届く
ねえ、ぼくは喜んでいまの位を捨てて

女　田舎の副牧師にもどるよ
きみが副牧師の妻になってくれるなら

男　機嫌をそこねた聖歌隊や
新しい尖塔のための献金集め
この先ずっと、そんな退屈な人生を送れというの？

女　朝の礼拝が終わったら
ぼくは浮き浮きと舞いあがるだろう

男　乳母車に乗った〝幼子〟の上にまで？

同業組合《ギルド》のダンスパーティーがあっても
上の空でじっとすわっているさ

女

真夜中に路面電車であたしといっしょに帰る?

男

もう、ごめんだ、信者の家庭訪問なんて
果てしなくつづく堅信礼も
ひとりで過ごす孤独な夜も

女

だけど、もしあたしが結婚できなかったら?
ディックとかハリーとかのせいで——

男

禁欲主義にはもう飽き飽き
喜んで追放されよう
愛情深い女友達とともに

最後の場面で、メルボルンの主教はオーストラリアに帰ろうと定期船のタラップをあがる。偽のカンタベリー大主教だった女も同行している。もうシャベル帽や黒いゲートルを身につけてはおらず、小さなシルクハットと真っ赤なゲートルで装っている。幕がおりるあいだに、ならず者たちの主題歌が最後に歌われる。この歌は何年も前に、そのころ海外事業部（英《B》国放《B》送協《C》会のであって、教会とは関係ない）の責任者だったわたしの弟が書いたものだが、歌詞がよく思い出せない。曲名は〈地獄に落ちたシルクハット〉で、こんなふうにはじまる。

地獄じゃみんなシルクハット
地獄のシルクハット

もしかしたら、子供にはふさわしくない歌かもしれないが、そうは言っても、これはわたしが書いたものではない。

不当な理由による殺人

Murder for the Wrong Reason

木村政則訳

最初期の作品であるせいか、グリーンの強い意気込みが感じられる。中年警部補と青年巡査のやりとりが軽やかな筆致でユーモラスに描かれていたかと思うと、警部補が過去と対峙する場面は文章の密度が増し、それにつれて全体のトーンが暗くなっていく。コントラストの効いた構成が素晴らしい。また、暗闇の中に浮かび上がる女の顔、闇に差し込む淡い光の揺らめき――それらの息を呑むような美しさはどうだろう。さらに、堆積していた時間が津波となって押し寄せるイメージは圧巻で、感動的ですらある。

グリーンが作家としての道を模索していた一九二七年、詩人のT・S・エリオットは書評やエッセイで探偵小説の可能性についてくり返し論じていた。その主張に応えるような形で書かれたのが、一九二九年に発表された本短篇である。

（訳者）

1

　低く短い叫び声が部屋の開いた窓から夜の闇に達したのだとしても、それはほんのわずかな距離だったであろう。だから、おそらく息絶える寸前のヒューバート・コリンソン氏は、応答など期待しても無駄だと悟ったに違いない。

　長く複雑な夢も、いざ思い返してみると、ほんの数秒しか続かないという。いきなりナイフがぶすりと胸に刺さり、やがて心臓の鼓動がやんだ。その短い時間に、コリンソン氏は自分の叫び声が反響するのを耳にしたかもしれない。その声はかすかに震えるこだまとなって、本棚のガラス、ドアのガラス、女性客用に長いあいだ壁に掛けておいた鏡の表面から響いてきたのだった。

　ところが、その叫び声を聞いた者があった。三十秒ほどして、誰かがドアを激しく叩きながら「コリンソン！」と呼びかけたのである。返事がないとみるや、外にいた男は鍵のかかったドアを肩で強引に押し開けた。視線を素早く向けた先には、卑屈そうにうなだれた姿勢で回転椅子に座る死体。男は中折れ帽を脱いだ。死者への弔意を表わすためではない。蒸し暑い夜だったのだ。

男が死体に向けた一瞥はおざなりで冷たく、死亡を確認するのが仕事だといわんばかりだった。男は窓から身を乗り出し、何度か呼び子を吹いた。すると、それに応えて夜のあちこちから甲高い笛の音が一斉に返ってきた。まるでどこかの劇場から出てきた大勢の客がタクシーの奪い合いをしているかのようだ。こういう夜を徹した警戒が寝静まって見える町でも密かに行われている。そう思った瞬間、男は動揺した。落ち着きを取り戻すためには、背後にある死体の静けさが必要だった。

男は受話器を取り上げると、コリンソンの机の端に腰掛けてダイヤルを回した。電話がつながるのを待ちながら、ぼんやりと物思いに沈んで静かな曲を口笛で吹いている。ワルツだった。おそらく青年の頃に流行ったものだろう。なにしろ彼は中年を過ぎた男であり、きれいに櫛が入った白髪まじりの髪をして、灰色がかった小さな口髭をたくわえているのだ。それに、もしかしたら犯罪事件にかかずらうよりも、どんどん湧いてくる懐かしいミュージックホールの思い出に浸り、かわいらしいネリー・コリンズがオールド・ベドフォード劇場でこの曲を歌っているとき、長い口髭を生やした紳士たちに視線を投げていたが、あの特等席には豊饒の角《コーニュコピア》を持った大きな金色のキューピッドが飾りつけられていたな、などと考えていたかったのかもしれない。それでも電話の向こうから声が聞こえてくれば、すぐさま我に返って仕事をする顔つきになるのだった。

「メイソン警部補だ。いまヒューバート・コリンソンの家にいる。いや、探し物は見つかっていない。コリンソンは死んだ。来るのが遅すぎた。もちろん殺しだ。こっちに誰か優秀な奴を寄こしてくれ。コリンズは夜勤か？　では、グローヴズを頼む」

男は受話器を乱暴に置くと窓辺に近づき、一人の巡査に声をかけた。どたどたと走りながら通りのはずれに姿を現わしたところだったのだ。またしても男の顔から冷徹な表情が消え失せた。机に腰掛けた男には憂鬱そうな雰囲気が漂っている。ただ、その憂鬱は死人という現実的な存在とは何も関係がないように見えた。

この状況に辟易しているかのように部屋を見回す男の視線がふと本棚に留まった。そこに並んだ通俗小説を目にして浮かべた薄笑いには敵意さえ浮かんでいるようだ。しかしながら、目じりに小さくしわを寄せ、上唇を不機嫌に歪めるところを見た人がいたら、自分自身に失望しているだけなのではないかと言ったことだろう。

その理由は、男が続いて発する言葉で明らかになるかもしれない。ドアが開き、立派な体格をしている目の少し飛び出た巡査が姿を見せると、男はこう告げた。「ロンドン警視庁《スコットランド・ヤード》のメイソン警部補だ。一足遅かった」そして、椅子の死体のほうへ手を振るともなく振った。

「うわあっ！」その一言が詩の一行かというくらいに引き延ばされる。巡査は戸口に突っ立ったまま目を丸くしていた。

「おいおい、君」いらいらしながらも面白がるようにメイソンは言った。「死体を見たことはないのかね？」

「ええ、ありません。このあたりは高級住宅街ですので」深呼吸をした巡査は急に意気が揚がり、饒舌になった。「いままでこんな機会にぶつかることがありませんでした。その、いわゆる本物の犯罪という意味です。こういう目ですから、犯罪者を相手にするのは無理だということで、この地区の配属になりました」

「毎日、牛乳のグラスにヨウ素《アイソトープ》を混ぜて飲んでみるといい」

「と、おっしゃいますと？」

「甲状腺の腫れによる眼球の突出に効く。それに罹ると血の巡りが悪くなるのか？

なぜ身分証明書や令状の提示を求めなかった？　私はこの高級住宅街に住んではいない」

「ですが、さきほど……」

「たしかに名乗りはした。しかし、死体と一緒のところに一人きりだぞ。手順を踏む必要がある。この書類をよく見てみたまえ」

巡査は心から申し訳なさそうに書類を調べていったが、突然、一枚の書類に目が釘付けになった。「捜索令状？」

「惜しくも逃げられたがね」メイソンは後ろを振り向いて、これが初めてだというように死体をじっくりと眺めた。「この男をよく見てみるといい。悪いことはしていませんといわんばかりに禿げ頭を垂れている」

メイソン警部補は死んだ男のあごの下に指を差し込み、その顔をぐいと上に向けた。それと同時に唇を噛んだのは、冷静な警部補という鎧に風穴が開けられたからだ。死体の目には、最後の最後で尊厳を踏みにじられたとでもいうような驚きの表情が浮かんでいる。

メイソンはため息をついた。「とにかく犯人を探す必要がある。コリンソンは自業自得だったとしてもだ。恐喝」そしてつけ足す。「それから女性関係」

「そのような理由も考えられますが」巡査は言った。「悪い奴がいつも正当な理由で殺されるわけではありません」

「おや」メイソンは素早く巡査に視線を戻した。「なかなかの哲学者じゃないか。たしかに君の言うとおりだ。そう、君の言うとおり」何か思うところがあるようにつぶやく。

褒められた巡査はその気になった。「本官にとっては絶好のチャンスです」

「見込みは薄いがね。どうやら小説の読みすぎらしい。うちの優秀なのが警視庁からこっちに車で向かっている。犯人はどこから逃げた？」

「窓からです」

「煙突の可能性は？」メイソンはいらいらした口調で尋ねた。それから部屋を突っ切って窓辺に寄り、首を伸ばすようにして外側を眺めた。「雨どいは楽に伝える、と。あとで傷がないか調べてみよう。では、ドアはどうだ？　鍵をかけたのはコリンソンか、それとも犯人か。ポケットを調べてみたまえ」

巡査が言われたとおりにしているあいだ、メイソンは部屋の中をゆっくり歩きながら、壁に掛かった絵、本棚の本、茶褐色の壁紙、磨き上げたマホガニーの家具を眺めていたが、気もそぞろであまり熱心には見ていない。懐かしの我が家を訪れた男が、燃えさかる暖炉の火を見つめながら、実際には煙突から噴き上がる過去の夢を見ている。そんな感じだった。しかし、メイソンの目がぼんやりしているのは、過去ではなく未来のことを思っていたからに違いない。

「鍵は入ってません」

その声を聞いてメイソンはびくっと体を震わせた。「となると、犯人が鍵をかけ、その鍵を持ち去ったのだろう」

メイソンは死んだ男の机に向かうと、大きな木箱に手を乗せた。「この中の書類を調べてみるといい。請求書と領収書しかないだろうが」

「鍵がかかってます」

「それなら見込みはある。こじ開けるんだ。鍵を探している暇はない。中にあるのが仕事の手紙だとしても、恐喝を商売にしていたなら……。おい、見ろ。犯人が触れた形跡はない。階段を上がってくる私の足音を聞きつけたからだろう。これは面白い。私は早く来すぎたようだな。もう少し遅く来ていたら、犯人がもっと手掛かりを残していてくれたかもしれない。こら、手袋はどうした。どんな場合でも指紋の可能性を忘れてはいかん」

メイソンがまた例のワルツを口笛で吹きはじめた。どうやら彼の頭の中では、その曲が妙な具合に死というものと結びついているらしい。

「領収書と請求書です」巡査は報告した。

「店のか？　それとも個人のか？」

「すべて店関係のようです。今度は反対側から調べてみます。見落としがあるかもしれません」

メイソンは窓のそばに立っていた。「警視庁の車だが、いまどのあたりを走っているものか。この闇の中を飛ばしているはずだが。たぶんソーンダーズが運転して、若手のグローヴズは助手席だろう。あいつは熱心なうえに頭も切れる。ロバにとってのニンジンみたいなもので、この事件があいつを呼び寄せているわけだ。青年と中年の違いは大きい。あいつの場合は前方に死体の山、私の場合は後方に死体の山。この事件が解決したら、私は現役を退くつもりでいる」

巡査の前に手紙の山が築かれていく。「個人で調査をなさるんですか？」

メイソンは笑い声を上げた。やはりかすかに悲哀がこもっている。「まあ、個人で調査ということならもう始めているがね」

「どういうことでしょう？」巡査は驚いて目を上げた。

「いやいや、君が考えている意味とは違う。それはそうと、この事件には何か感じるものがある。このまま行くと、奴の頭脳に負けてしまうことになりそうだ。動機は何か？　動機のある男なら五百人はいるだろう。女の場合も変わらない。下の通りに人の気配はなく、巡回中の君は別の場所にいた。私は階段にいて、この高級住宅街の立派な住人は高級ベッドでお休み中だった。

　奴が使ったナイフを見てみろ。どこにでも売っているやつだ。指紋の可能性もあるが、手袋くらいはめていただろう。そもそも犯罪者タイプではないのかもしれない。すやすや眠る立派な住民ということも考えられるぞ、君」


　穏やかな物悲しさに沈みながら、メイソンは一人静かに口笛を吹きはじめた。コリンソンの禿げ頭が電気の明かりに照らされて滑らかに光っている。ぐっと顔を近づけてみたら、自分の顔が映って見えるのではないか。メイソンはそんなことを考えた。この頭のせいで、この死んだ男が信頼のおける古い友人であるかのように思えた。きっと生涯を通じて信頼され続け、自由に不正を働き、悪事を行うことができたに違いない。

　この男は一人でいるときに何を感じ、何を思ったのだろうか。人間の心というものは弱く、ふとしたはずみで善行を施しかねない。とはいえ、コリンソンがそんな行為をしたとはメイソンも思っていなかった。それならば、こいつは一人でいるとき、客が自分の悪知恵に対抗してきても悪意が募らなかったという場合、いったい自分の人生をどんなふうに眺めたのだろうか。何か話をこしらえて自己満足に浸っていたに相違ない。自分の超人的な力を自画自賛できるような話を。メイソンはそんなふうに思ったが、いま目の前にいる男は意外そうな表情を浮かべたまま、体を丸めるような姿勢で大人しく椅子に座っていた。個人で調査か、とメイソンは思う――それならとっくに始めているさ。

「あっ、こんなものが」振り向いたメイソンは、興奮のあまりかすかに指を震わせながら、差し出された一枚の紙をつまんだ。見慣れた筆跡を見た瞬間、部屋全体がぼうっと霞んで傾いたので、マホガニーの本箱も鏡も椅子も透明な幕のようになり、見ている目の前で擦り切れた旗みたいにゆらゆらと揺れた。文字が読めたのは数秒後のことだった。

「俺を避けるなら」手紙は唐突に始まっている。だが、コリンソンに宛てたものであるのは間違いなかった。「家の前で待ち伏せして、おまえをぶちのめしてやる」アーサー・カラムという署名はあるが、日付はない。

「ほかには何もありません」と巡査は言った。

「待て」メイソンはやっとの思いで安物の便箋から目を逸らした。六枚の封筒がついて一束二ペンスで売られている代物なのは明らかである。集中して考えれば、アーサー・カラムがそれを買ったと思われる小さな文房具屋も当てられそうだった。よくある文房具屋だ。一つしかない窓のところに、いろいろな品物が雑然と並べられている――インク瓶、クリップ、住所用スタンプ、ノート、磁器の飾り物、ペン、鉛筆、派手なペン拭き。「何かね、君はこれが手掛かりになると思うのか？」

「いや、その」巡査が驚いた顔で上司を見つめる。「犯人は恨みを抱いていたんじゃないかと」

　メイソンにはその線を追う気がないようだった。昇進の夢で頭が一杯の巡査は、警視庁の車が闇夜を突いて近づいてくるのではないかと思って悔しがっている。

「巡査」メイソンはおもむろに口を開いた。「君はさっき、悪い奴も正当な理由で殺害されるとは限らないと言わなかったか？　この手紙だが、正当な理由のある人間から来たものなのは確かだろう。普通、外で意味もなく人を殴ったりはしない。それから、この手紙。インクがかすれている。何年も前に書かれたという可能性があるな」

「なんでこの箱に入れといたんでしょう。すぐ取り出せるように。今夜、誰かに見せるつもりだったんじゃないですか？」

メイソンはゆっくりと言った。「私が乗り気になれない理由を話そう。アーサー・カラムとは昔馴染みでね。もう何年も会ってはいないが」不機嫌そうに歪めた上唇をさらに捻じ曲げる。「友人だった。こんなことができる奴ではなかった」そう言いながらも、メイソンが死体には目を向けず、開いた窓を見ていることに巡査は気づいた。

下の通りから一台のタクシーが鳴らす寂しげなクラクションの音が聞こえてきた。小雨が部屋に吹き込む。

「しかし、手掛かりはこれしかありません。いますぐアーサー・カラムとかいう男を叩き起こせば……奴もこんなに早く来るとは思ってないでしょうし。何か見つかるということも。住まいはご存じで？」その声とその飛び出した目で訴える巡査は、賞賛と昇進のチャンス――おそらく自分に訪れる唯一のチャンス――を逃すまいとしていた。

すでに巡査は人生のけだるい午後に入っていた。熱意で自分を売り込むほど若くもなければ、黄昏が近いといって人生をすっぱり諦めるほど老けてもいない。メイソンの目がわずかに和む。巡査の悲しい無能ぶりに思わず心が動かされたのだ。

「つまり」メイソンは言った。「グローヴズが来る前にアーサー・カラムに会うべきだと？」

「どこに住んでるかご存じですか？」巡査の声が興奮と希望でかすかに震えている。

「すぐ近くだ。これまた奇妙な偶然だがな」メイソンはぞっとするほど憂鬱そうな表情で微笑んだ。「たしかに面白いかもしれん。グローヴズが来る前に謎をすべて解き明かすわけか」

メイソンはいきなりいらいらしながら激しく机を叩いた。「私はだな、ああいう何もわかっていない若い連中が大嫌いなんだ。よし、わかった。奇襲攻撃といこう」メイソンは手紙を顔の間近に寄せた。中年の衰えが視力にまで及んだものだろうか。

「念のため、もう一回読んでおいたほうがいいな」

2

絨毯が敷かれていないため、磨き抜かれた淡黄色のモミ材がむき出しになっている。これを見るまでメイソンは階段の様子など覚えていないと思っていた。ところが今度は逆に、階段の傷やへこみの一つ一つ、さらにはそれらの原因まで思い出せるような気がした。階段を上りきったところにアーサー・カラムの部屋がある。ドアを見ると、鍵はかかっていなかった。

ドアを押し開けた瞬間、メイソンは息を呑んだ。炉棚の上に見覚えのある版画が掛かっていたのだ。死から蘇ったラザロ。髭面の男の苦悶の表情が大げさに描かれている。顔が苦悶に歪むのは、この世をふたたび目にしたせいかもしれない。それとも死の世界にいたせいなのか。メイソンがかねて知っていたとおり、机の上は本と書類で散らかっていた。勉強のせいではない。勉強しているように見せるためである。それを承知のメイソンは笑みを漏らした。机の後ろにカーテンがあり、部屋の片隅を仕切っている。その奥がカラムのベッドだ。

メイソンは静かにドアを閉めると、素早く部屋のほうに向き直った。信用ならない敵と対峙する男の動きである。信用できないというなら、部屋のすべてが怪しい。使い古した肘掛け椅子、炉棚に置かれた革製の煙草ポーチ、パイプ立て。古本の医学マニュアルが並び、見慣れた掛け時計が大きな目でにらんでいる。これらのものが、ゆっくりと刻まれる時間のように規則正しい口調でメイソンに話しかけ、部屋に侵入してきたことをとがめ、二人のあいだに長い年月が積み重ねられてしまったことを責め立てた。「カラム」メイソンは低い声で呼びかけた。「カラム」

いまも髭面のラザロに目を奪われていたからだろう。メイソンはカーテンが開いたことにも気づかなかった。いつの間にか目の前に、動かしがたい現実としてカラムが立っていた。長い年月が経ったせいで、メイソンの顔には不満や憂愁を示すしわが見事に刻み込まれている。それに対し、アーサー・カラムの顔は若さを留めているように見えた。たしかに若い。ただし顔色は悪く、健康というにはあまりにも目が暗かった。

声には出されなくても、自分が歓迎されざる客であることはメイソンにもよくわかった。お互いに突っ立ったまま、うれしくもなさそうに冷たい視線を向け合っている。顔の醜い男が鏡に映った自分の姿を見ているかのようだ。

「悪いな」しばらくしてメイソンが口を開いた。「こんな遅い時間に」一語一語が敵意に満ちた空気を切り裂くかのような言い方である。「遅すぎる」と、カラムが同じような口調で言い返したように思えた。メイソンは掛け時計にちらっと目をやった。

「とは言っても」無理に冗談めかす。「まだ十二時をまわったばかりだがな。俺の知ってるおまえなら――」と言いかけてメイソンは口をつぐんだ。自分が何も知らないことに気づいたからである。たしかに昔は知っていた。しかし、いまの二人のあいだには長い年月が横たわっていたのだ。

メイソンはぶっきらぼうに言った。「ヒューバート・コリンソンの家から来た。奴を知ってるな？」カラムがうなずく。まるで非難しているように見える無表情な仮面を突き壊そうとして、メイソンは急いでつけ加えた。「殺されたよ。今日の夜だ」カラムの顔に浮かんだ満足げな表情は、コリンソンなど死んだほうが世のためだということを雄弁に物語っていた。

「まあ、それは俺も認める」カラムが実際にそう言ったかのようにメイソンは言葉を返した。「しかし、だ」ここで巡査の言葉を引用する。「悪い奴がいつも正当な理由で殺されるわけじゃない」カラムの返事を待つ。メイソンは待ちながら、自分の振舞いが妙に素人じみていると思っていたのかもしれない。どこかでタクシーがクラクションを鳴らした。聞こえた音はこれだけである。カラムは何も言わなかった。

「おまえには正当な理由がある」メイソンは責めるよりもすがるような口調で言った。カラムが犯人であってくれたら、コリンソンが正当な理由で殺されていてくれたらと、そんな自嘲めいた悲痛で切ない思いを抱きはじめていたのだ。

「いいか、これはおまえが書いた手紙だ。違うとは言わせない」メイソンはカラムの顔の前でインクの薄れた手紙をちらつかせた。「それからナイフ。あれがおまえのナイフだということは俺しか知らない」

メイソンは思い出していた。十五歳のカラムが、ナイフの代金には十分な十五シリングを握りしめ、カムデンタウンの金物屋の窓にべったりと顔を押しつけていたときのことを。冒険心と甘ったるい感傷、そして変にねじくれた義侠心がない交ぜになった気持ちから、ナイフのことをメイソン以外の人間には隠し、そのまま引き出しに放り込んでしまったあと、カラムはすっかりそのことを忘れていたのだ。しかし、カラムが柄の部分に荒っぽく彫った紋章のことをメイソンは忘れていなかった。

「ああ、そうさ。おまえのナイフだ」メイソンは念を押すように言った。そのまま記憶の世界へと舞い戻らずにすんだのは、カラムが「だった」とささやいた――もしくは強く念じた――ようにふと思ったからだ。「とにかく、いまはコリンソンの体に突き刺さってる」メイソンは平然と残酷なことを口にした。カラムを驚かすつもりだったのなら失敗である。

メイソンは手紙の件に話を戻した。「これが何年も前に書かれたのは知ってる。その理由もな。俺たちが疎遠になる前の話だ」

かつてのメイソンは、カラムの行動なら何でも把握していた。カラムの考えていることも知らなかったわけではない。メイソンはまた、レイチェル・マンとも親しく付き合っていた。あの野心家のレイチェル・マンとである。波打つ黒髪がぴったりと耳にかぶさり、変わった組み合わせではあるが、利口そうな大きな目と厚かましいだけなのかもしれない皮肉めいた口をした女だった。いま思い出せる彼女の姿は、かつて知っていたものというよりも、カラムの頭にある彼女の姿であるように思えた。アンティークの鏡に映っているかのように、遠くのほうに少し曇って見えたのだ。

メイソンの記憶によると、カラムは彼特有の挑戦的な口調で、レイチェル・マンに七年仕える覚悟があると言っていた——まるで旧約聖書のヤコブである。ところが、その七年が経つはるか以前に彼女を失ってしまい、その代わりとして——ヤコブのように——レアのような女が手に入るということもなかった。このときすでにレイチェル・マンは二十五歳であり、自分の夢をきちんと理解している女になっていたのだ。アーサー・カラムを欲しいと思った。しかし、それがいちばんの望みというわけではない。自分の美貌と頭脳があれば、舞台の世界で華麗なスキャンダルにまみれた素晴らしい道を歩んでいけるはずだった。何よりも世間の噂になりたかった。

当時いろいろな劇場関係の企画に大きな関心を抱いていたヒューバート・コリンソ

ン氏は、レイチェル・マンが自分の売り込みに来たときも同じような好奇の目を向けた。その好奇心が進む方向を考えて不満をぶつけた人間は、じつを言えばアーサー・カラムしかいない。だが、ヒューバート・コリンソンへの脅迫にまでいたった不満な気持ちも、すでに手遅れだとわかった瞬間、ほかのさまざまな思いと一緒に潰えたのである。

それでも、メイソンがよく理解していたように、カラムが最初に感じた激しい怒りには、嫉妬とは無縁の儚い気高さがあった。そもそも嫉妬する必要などなかったのだ。レイチェル・マンはヒューバート・コリンソン氏との関係を純粋に仕事上のものだと考えていたのであり、アーサー・カラムのことは好きなときは本当に好きだったからである。

メイソンの顔が急に赤くなった。ヒューバート・コリンソンに対する嫉妬まじりの怒りが湧いたのだ。彼もレイチェル・マンを知っていたと言わなかっただろうか。禿げ頭をさらし、ぽかんとした表情を浮かべて死んでいたあの男が、レイチェル・マンと割り切った形であれ懇ろな関係になり、ありとあらゆる秘密を知ったのかと思うと我慢がならなかったのだ。

つい一時間前まで、ヒューバート・コリンソン氏はあの椅子に座って好きなときに好きなだけレイチェル・マンとの情事を――ずいぶん昔のことだから、それが激しいものだったのか、冷めたものだったのかは関係なく――回想しては何度も味わうことができた。そのことを考えると腸が煮えくり返った。おそらくヒューバート・コリンソンは当時の体験を安く見ていて、きっと思い出そうともしなかっただろう。それこそ我慢ができない。アーサー・カラムなら、そういう記憶の断片だけでも一生満足できたはずなのだ。

このときメイソンは気づいた。いま自分が感じているのはたんなる嫉妬にすぎない。望みのものを騙し取られた男のさもしい嫉妬である。

薄れかかったインクをじっと見ているうちに、この手紙が嫉妬深い男によって書かれたものではないということを思い出した。カラムはほとんど嫉妬を感じていなかったから、レイチェル・マンがコリンソンの女だとわかったあとでも、彼女と結婚できるならすべてを捨ててもいいと思っていたのだ。レイチェル・マンには彼と結婚する意志などまるでなかったのだが。

ある日の夕方、彼女は忌まわしいことを言った。あなたをたまに愛するのはかまわないけど、財力も影響力もない人だから、夫とするには物足りないわ。この言葉がひどく相手を傷つけたことに気づいた様子もなく、彼女はその場で彼に愛を与えようとした。しかし、彼はそんなものを夢見ていたわけでも、願っていたわけでもない。死ぬまで続くものが欲しくて戦っていたのだ。彼女がコリンソンと食事をする前の四十五分間など必要なかった。

「きっと、いまおまえは」メイソンはゆっくりと忌々しげに言った。俺の考えていることならわかるだろうといわんばかりの口調である。「あの四十五分でも受け入れとけばよかったと思ってるんだろう。そうすればコリンソンと記憶が共有できた」そして急に声を昂らせ、ヒステリックな感じで一気に言った。「コリンソンを殺す代わりに、座ってワインを飲みながら思い出話に花を咲かせることができたんだ」

そう言った瞬間、カラムが殺したのではないという確信の気持ちが蘇った。その気持ちがメイソンの心を苦しめる。「なぜ二十年前に奴を殺さなかった？」これは質問というよりも非難だった。「正当な理由があったじゃないか」

この一言が巡査の言葉と溶け合い、頭の中で歌うように響いた。それまでずっと、自分がロンドン警視庁のメイソン警部補であることを忘れ、一縷の希望にすがる目の飛び出した警官のことも、暗くて人気《ひとけ》のない街路と名も知れぬ郊外の住宅地を車で突っ走ってくる頭のいいグローヴズ青年のことも忘れていたのだ。

カラムの毅然とした態度がメイソンには自分への非難に思えてきた。こいつはいったいどんな権利があって、こんなふうに黙って告発を受け入れながら、俺はおまえと違って勇敢かつ正直だと主張するのか。しかし、その怒りはたちどころに消え、絶望的な願いだけが残った。こいつが犯人であってくれたら。コリンソンが殺された理由に高貴で無欲で大胆不敵な思いがあってくれたら。

「仮に、だ」これが場違いな台詞であることにメイソン自身も気がついた。一度は逮捕するつもりで来た相手に言うべきものではあるまい。あまりにも場違いなので、思わず笑みが漏れた。そろそろ引退して、本気で探偵を始めたほうがよさそうだ。「あのとき、つまり、おまえがこの手紙を書いたときに奴を殺してたとしたら？　それだったら、おまえは縛り首にならなかっただろう。きっと陪審もおまえを有罪にはしなかった。恐れる必要などなかったんだ」

そう言ったメイソンだったが、当時のアーサー・カラムなら恐怖で尻込みするはずはないことを十分に理解していた。「馬鹿な奴だ」メイソンは話を続けた。「愚かな甘ちゃんだよ。レイチェル・マンみたいな女に人生を狂わされるなんて。女が欲しいんなら、ピカデリーにでも行けばよかったんだ。同じくらいきれいで、ずっと金のかからない女がいただろう。結局は体なんだから」うんざりしながらおざなりに手を振って、「それが、このざま。ああ、そうさ。こんなふうに人生が滅茶苦茶になったのは、カラム、おまえのせいだ。この俺、メイソンのせいじゃない」

急に強い風が吹き、雨が激しく窓に叩きつけられた。メイソンは飛び上がらんばかりに驚き、図らずも不安な気持ちを露呈させてしまった。闇夜を見ようと振り向いたメイソンの目に、掛け時計、炉棚、復活したラザロの絵がふたたび飛び込んでくる。それらの品々を見たからといって、動揺するには及ばなかった。かつて深い間柄にあったカラムの持ち物ではない。家主の女が気をきかせて飾っただけなのだ。

いかに他人のものであれ、ずっとはめていた指輪のように、それらは生身の肉体に痕跡を残してしまう。その痕跡は、いまやカラムの一部になっていた。カラムの完全な所有物と同じことである。ただし、その所有物――ずぶぬれの並木が覆いかぶさる長くて暗い道、降ったばかりの雨のかすかな匂い、星と街灯が複雑に入り交じって映る川面、眠っている女の顔、海沿いの丘の向こうで太陽の光を浴びながら歌う人の声――は、かつてメイソン自身のものでもあったのだ。

メイソンの全身に激痛が走った。それは脳髄と心臓にまで広がり、しまいには四方を壁に囲まれたこの狭い部屋が、死ぬまで続く拷問の部屋に思えた。どちらの壁を向いても、同じ記憶と絶望と後悔が映っている。それぞれの壁が鏡となっていたのだ。こんなのは嘘っぱちだと思った。だが、それが自分の心に潜む本当の真実を映し出していることもわかっている。メイソンは目を閉じた。すると、天井と床が同じ映像を伴いながら迫ってきた。

ドアを開けて廊下に出れば、この長い拷問も終わるだろう。そう思ったメイソンだったが、決心はつかなかった。少なくともここなら静かに考えることができる。考えるのはつらいことだが、外で待ち受けている騒音や刺激——車のクラクション、はねる雨音、昂った人の声、闇夜をつんざく呼び子、電話の呼び出し音、階段を駆け下りる足音——と比べれば、何であろうと考えているほうがましだった。「動機？　あいつはゆすり屋だった。誰かを脅しすぎたんだろう。失うものが大きすぎる相手を」不当な理由だ。

カラムの沈黙は質問を意味しているように思えた。「おまえを捕まえるかだって？」メイソンは大声を出した。「できることならそうしたい。だがな、おまえを連れ戻すことさえできないんだ」いまさら騒音と刺激と不安と決定責任の世界に連れ戻すなんて。メイソンはカラムの部屋のドアを勢いよく開けた。廊下に出て、乱暴にドアを閉める。そして後ろを振り向いた。目の前には黄色っぽいモミ材の階段。まだ住人から文句は出ておらず、しんとしている。しかし、階段のいちばん上に女が立っていた。黒いドレスが闇に溶け込み、白い顔だけがくっきりと浮かんでいる。レイチェル・マンだった。

いろいろな理由があり、こんなふうに再会するとは夢にも思っていなかったが、メイソンはそれほど驚かなかった。ぼんやりしているときに奇妙な映像がふと頭をよぎり、どきりとさせられることがある。せいぜいその程度の驚きだった。彼女がそこにいた。耳のあたりを流れる黒い髪。かすかに開いてつんとした唇。その唇の色合いは自然が意図したよりもわずかに濃い。間違いなく彼女だった。

あれから長い年月が経ったにもかかわらず、アーサー・カラム同様、彼女もまた若さを保っているように見えた。その間もメイソンは予期せぬ行路をあちらへこちらへとぶつかりながら進み、わずかに老け、自分の人生と人の世にいささか嫌悪を募らせていた。それなのにレイチェル・マンはいまなお美しい。あんまりではないか。

「ヒューバート・コリンソンが死んだ」あくまでもさりげなく、この知らせに彼女が興味を持つと思っているような口ぶりである。もちろんコリンソンの昔の女なら興味を覚えてもおかしくはない。外の街灯の黄色い光が一条の長い帯となって二人のあいだに差し込み、その光の帯がたえずまだらになったり形を変えたりしている。激しい雨が街灯のガラスを不規則に打つせいだ。

いくつもの小さな物体がたえず流れ、渦を巻いているかのように見えるので、身じろぎもしない二人の陰影がかえって引き立つ。波乱の歳月を経て、とうとう別々の浜辺へ流れ着いた二人が、そのままぽつんと取り残されているかのようだった。

「もっと前に起きていてもおかしくはない。でなければ、そもそも起きるべきではなかった」そう言葉を継いだメイソンは、自分の神経がひどくささくれ立っていることに気づきかけていた。不可解な感情をずっと抑えられずにいたのだ。それは怒りというよりも、年寄りが抱くしつこい恨みのような感情だった。「こんなことを言ったら驚くだろうが」メイソンは続ける。「君には関わりがない。まったく関係がないのさ。レイチェル、君に意味はなかったわけだ。ヒューバート・コリンソンはまったく別の理由で殺された」

彼の目が曇り、神経の嵐が一瞬やんだ。「そうだとも、レイチェル。君が理由なら正当だった。なぜカラムの考えるような女になれなかったんだ？　そう、価値のある女に。なぜあいつと結婚しなかった？　君はカラムがわかってない。俺はほかの誰よりもあいつのことがわかってる。だから、あいつのことを教えてやろう。道を踏み間違えた科学者。それが、あいつさ。医者になろうとしたのは、奉仕というものを感傷的に考えて、その考えに情熱を捧げていたからだ。ただ、奉仕すべき相手がわからない。あいつはかつて、それが君だと思った。これからは、それが自分自身になるんだろう。なあ、レイチェル、俺と君はわかってる。そういう結末が恐ろしく退屈なものだということを。君と俺は。君と俺」話が終わったあとも、この言葉が彼の頭の中で反響していた。それなのに、女のほうは何の反応も見せなかった。憐れむことも、怖がることも、驚くこともしない。

「君が悪い。そう、君が」メイソンが急に大声を出した。「君がカラムを滅茶苦茶にした。コリンソンの奴は死んで当然だ。それは俺たち二人ともわかってる。だからと言って、間違った理由で死ぬことはない」メイソンは相手の悠々たる態度に腹が立って仕方がなかった。それが一種のうぬぼれに思えたからだ。「私はレイチェル・マンよ。誰が何を言おうと、何をしようと私には関係ない。喚きなさいよ。怒りなさいよ。憐れんで、罪を犯して、立派なことをすればいい。私は何とも思わないから」

彼女はいつもこんな態度を見せていた。この恐ろしい冷たさを生み出すいわばウィルスを保持していたのだ。どんなに若くて美しい肉体の中にも、この死のウィルスがごく微小ながらも潜んでいるからである。「そう、コリンソンを殺したのは君だ」メイソンは声を落とした。大声よりも沈黙のほうが、渦巻きながら流れる光の川の向こうへうまく届くように思えたのだ。「君がいなければ、カラムがコリンソンと会うこともなかった」

彼女の目つきがほんの少しだけ変わるのを見たメイソンは、遠回しに形式的な質問をしているのだと思った。「いや、逮捕するつもりはない」そう答えて手を振る。「あいつは違う世界にいるから心配ない。だが、あいつと君が、この時間、この場所に存在していないからというだけで、俺が自分のことまで忘れていいということにはならない。なあ、レイチェル、もしも」その言葉が脳の中に響きわたった。ひび割れた鐘が無人の家で揺らされるかのように。「もしも君がカラムと結婚していたら」

一連の情景が頭の中を流れていく。激しい情熱と優しさと変わることのない平穏に満ちた昼と夜の情景である。ほんの短いあいだ、メイソンは自分が後戻りのできない現在にいるということを忘れてしまった。コリンソンは死に、その死が必然的に別の死をもたらすのだということを忘れてしまった。

自分という人間がゆっくりと崩壊していき、自己嫌悪と欺瞞が強まり、堕落が深まっていくのを目にした日々のことも忘れていた。自分がロンドン警視庁のメイソン警部補であることも頭にない。いま脳裏に蘇るのは、あの夜のことだけである。いまと同じようにレイチェル・マンと向かい合っていた。そして、いまと同じ震えるような情熱を込めて、一縷の希望にすがり、それが夢に終わるとわかっていながら認めようとはせずに言ったのだ。「レイチェル、僕と結婚してくれ」

ぴかぴかに磨かれた黄色い床の一部が、流れ込む街灯の光を受けてさらに明るく輝いたかと思うと、みるみるうちに溶けて一枚のガラスに変わった。そのガラスの向こうにカラムの部屋が見える。机、散らばった本、壁の絵に描かれたラザロの苦悶の表情。その部屋には自分とレイチェル・マンの二人しかいない。彼女の凝然たる表情がわずかに歪み、その目が一瞬だけ彼の肩越しに掛け時計を見やった。その唇が徐々に開いていき、あの不名誉な言葉をいままさに発しようとしている。

苦痛の訪れを予期してメイソンが全身をこわばらせた瞬間、それまでの長い歳月が津波となって二人のあいだに流れ込み、その顔も、その唇もかき消されてしまった。あと少しで、いまとなっては不名誉というよりも楽しい魅力にあふれた提案に思える言葉が聞けるはずだったのに。しょせん体なんだから。その言葉を思い出して、メイソンは大声で笑いだした。

3

笑いながら手紙を下ろしたメイソンの真向かいには、苛立ちも露わな巡査の突き出した目があった。二人のあいだには、ヒューバート・コリンソンの机の電気スタンドが投げかける柔らかい金色の絨毯が敷かれている。巡査の頭の後ろに見えるヒューバート・コリンソンの時計によると、あれから二分が経っていた。頭の切れるグローヴズ青年が到着する前に二人だけで過ごせる貴重な時間のはずだった。メイソンは巡査を好きになりかけていた。知らない者同士がそこまで強い絆で結ばれたのは、ほかに誰もいない空間に閉じ込められ、お互いのやりとりを物言わぬ証人が目撃していたからである。

「いや、君」メイソンの声は笑いの余韻で震えている。「我々の求める相手はカラムではない」

「違うんですか?」がっかりした巡査は目を大きく見開いたが、警視庁に所属する人間の慧眼を子供みたいにまだ信用している。

「この数分、心密かに調査を試みていた」

「それでどうなりましたか？」

「君がグローヴズに勝つという結論に達した。大きな勝利を収めるんだ。いいか、時間ならまだ八分ある。それから手掛かりもたくさんある」

「さきほどたしか、早く着きすぎたとおっしゃってましたが」

「考えが変わった。とにかく君はついている。偶然にも、この手紙が十五年以上も前に書かれたことを私は知っている。この争いごとに一人の女が関わっていることも。カラムとも女性とも親密な関係にあった私が言うんだから信じてもらってかまわない。手紙がコリンソンのファイルに収まっているあいだ、二人に争いはまずなかった。ここまでがわかっていることだ。さて、ここから君の推理が始まる。この殺人の動機として、何がいちばん考えられる？」

「脅迫だと思います」

「こうも言える。犯人はそれなりの地位にある人物だった。だから追い詰められて殺人を犯した。だから脅迫もされた。となると、カラムは嫌疑からはずれる。あいつは無一文の医学生にすぎない。君は頭の鋭い男だから、もうすでに年配の男が犯人ではないかと疑っているだろう。あとコリンソンのカモになりうるのは金持ちに生まれた人間くらいか。つまり、貴族か年配の男。そう的外れではあるまい」ようやく気分が落ち着いたように思えたメイソンは、現役最後の勝負を楽しんでいた。「今度はナイフだ。何か気づくことは？」

「印のようなものが彫ってあります。素人の仕業でしょう」

「その点はどうでもいい。ナイフの角度に注目したまえ」

「急角度です」

「刺した男は全体重をかけたわけだ。手首の力だけでは自信がなかったと見ていい。そう、年配の男だよ。あるいは、非常に力の弱い貴族か」

巡査の目に感嘆の眼差しが浮かぶのを見て、メイソンは笑い声を上げた。自分の目の前にいるのが小説に出てくる探偵、推理の早技を得意とする探偵だと思っているらしい。「なぜシャーロック・ホームズが天才なのか考えたことはあるかね？」自分の調査を遅らせ、逃げていく時間と鬼ごっこをするのがメイソンには楽しく思えた。

「作者が答えを知っていて、それをもとに作品を書いたからさ。いま私はそれと同じことをしている」

「答えをご存じなんですか？」巡査の感嘆の念は減じるどころかむしろ強まっていた。

「そのとおり。ただし、答えは君自身で探さなくてはならない。最大のチャンスがやってきたぞ。時間はあと六分。さて、犯人はどこから逃げたのか？」

「窓からです」

「窓枠に引っかいたような傷はあるか？　いや、ない。もちろん犯人が底の柔らかい靴を履いていた可能性はあるが。窓の外を見てみるといい。おあつらえ向きの雨どいがある。下までおよそ十メートル。我々も若い頃なら楽にできただろうが、いま試したら葬式ものだ。犯人は年配の男だという結論に達したばかりだぞ」

「警部補の足音を聞いたとしたら、危ない橋でも渡ったんじゃないでしょうか」

「なるほど。だが、犯人は握力が弱いという点を忘れてはいけない。そんなことをしたら下の花壇に叩きつけられたはずだ。急いで下まで行って、足跡の確認をしてみるといい」

　巡査が外にいるあいだ、メイソンは部屋の中を歩きまわった。感傷的になっている自分を忌々しく思いつつも、レイチェル・マンを偲ぶよすがはないかと探してみる。個人調査の結果がこのざまか。メイソンはそう思った。こんなことは一刻も早く終わらせたほうがいい。まあ、五分もしたらグローヴズが到着して、不安も捜査も危険も退屈も、もしかしたら堕落さえも、過去から未来へ手渡されることになるだろう。

　それにもかかわらず、とりとめもなく思いを巡らすメイソンの目は、コリンソンの昔の女の痕跡を探し求めていた。立派な男たち、か。メイソンは思った。そんな奴はいない。レイチェル・マンは姿を消し、コリンソンには男たちの喜びそうな話が残された。ぴたっとした黒髪と生意気な唇は、ウイスキーの香りが混じった下劣な話にさされてしまったのだ。レイチェル・マンがカラムに絢爛たる記憶を残してくれていたら、多くの手間が省けただろうに。

メイソンは少し疲れを感じていた。しかし、「だったかもしれない」ことをあれこれ考えたあとで訪れた平静な気持ちはまだ消えていない。巡査が戻ってきたときもほっとした。それで時間が過ぎたことを確認できたからだ。この勝負の醍醐味は薄れつつある。けれども、現役最後の奉公が昇進への意欲を燃やす郊外の巡査だと思えば、やはり楽しかった。

「何も跡は残ってませんでした」巡査の顔には困惑と不安の表情が浮かんでいる。

「そうだろうと思った。視点を変える必要がある」

「ここは最上階です。犯人が上に行けたはずはありません」巡査が急に片手を握りしめ、声を潜めた。「この部屋に隠れてるんでしょうか?」

「そこの大きな戸棚に? まさか、そんなことはあるまい。君は鍵のことをどう思う?」

「鍵ですか？」

「コリンソンのポケットになかったという鍵。ドアにかけた鍵のことだ」

「犯行に及んだ相手と二人きりになれるよう、コリンソンが鍵を閉めたのかもしれません」

「だが、いったいなぜ犯人は鍵を持ち去った？」

「鍵をかけたのが犯人だったからでしょうか」

「なら、内側からか、外側からか？」

「外側の場合、犯人は警部補と鉢合わせしたはずです」

「そう言うがね、君。内側からだったとしたら、犯人はどこにいる？」

なすすべもなくあたりを見回す巡査は、時計を目にした瞬間、わずかにうなだれた。いつ警視庁の車が到着してもおかしくはない。そんな状況なのに、やる気ばかりがはやり、昇進の夢には一歩も近づいていなかったからだ。巡査は窓に顔を向けた。手掛かりを求めてのことではない。希望を打ち砕く車の音が聞こえるのではないかと思ったのである。巡査を見つめるメイソンの目に、髪の白くなりかけた部分が映った。

業を煮やしたメイソンは、憐れむように小さくため息をつき、ポケットに手を入れた。巡査は自分のふがいなさに目を潤ませ、降りしきる雨の音に耳をそばだてている。

いまにも遠くから「ぶるん」というエンジンらしき音が聞こえてくるのではないか。そう思っていると、いきなり何かがちゃりんと床に当たる音がした。振り返る巡査。彼とメイソンのあいだに一本の鍵が落ちていた。

巡査は鍵に視線を注いだまま黙っている。その意味を理解しかねていたのだ。メイソンが鋭い声で「で？」と言うと、巡査の目に不安と恐怖の入り交じった表情が浮かんだ。「あったんですか？」巡査は妙に間延びした声で言いながら、磁石に引き寄せられでもするかのように、顔をぐっと鍵に近づけた。

メイソンは大儀そうにコリンソンの机に腰を下ろした。これでとうとう引退となるわけだ。メイソンは自分の年齢を痛いくらいに意識していた。その意識に加え、昔を思い出して自己嫌悪に駆られ、それで自信を喪失したからこそ、一切の気苦労と不安と欺きとおすという余計な緊張感を終わりにしたいと思ったのである。そんなことをしても、あと数年、無意味な人生が保証されるだけのことだろう。それはわかっていたが、いくら頑張ってみても、さりげない口調を保つことができない。メイソンには自分の声がこわばって震えているように聞こえた。

「つまり、だ。犯人はドアを出てから鍵をかけた。そして今度はドアを破って中に入り、死体を発見した。私の手錠を貸そうか？」メイソンは手錠を掌に載せて差し出した。巡査は声を失ったまま、呆けた表情で手錠を見つめている。メイソンはしびれを切らした。

「馬鹿、早くしないか。車の音がする」あまりの衝撃でなおも口がきけずにいる巡査が、もたもたしながら手錠をかける。メイソンはふたたび言った。

「君の手柄にしてかまわない。アーサー・カラムの手紙を見つけたのは君なんだからな。そう、私はかつてアーサー・カラムだったんだ。ただし、この殺人にカラムは関わっていない。関係があったら、と思っただけの話さ。君の目の前にいるのは嫉妬に駆られた恋人などではなく、ゆすり屋を殺した年寄りの悪徳警官にすぎん。君もさっき言ったように、悪い奴がいつも正当な理由で殺されるわけではない。おっ、車が来た」

階段を軽やかに駆け上がってくる足音を聞くと、メイソンはドアに背を向けた。だから、グローヴズが部屋に入って目にしたのは、巡査の青白い顔と飛び出した目、顔を上向けたヒューバート・コリンソンの禿げ頭と呆気にとられたような視線だけだった。

「来るのが遅すぎたようだな、グローヴズ」メイソンが背中を向けたまま言う。「君が来る前に事件は解決した」そして急に振り向き、やめようと思いながらも、手錠のはめられた手首を芝居がかった仕草でぐいっと突き出し、「いや、間違いじゃない」と言った。「この巡査がいなかったら完全犯罪だったのにな。こいつは優秀だぞ」

メイソンはヒューバート・コリンソンの机に近づいた。机をじっと見据えて歩くのが、まっすぐ歩けるかどうか試そうとしている酔っ払いを思わせる。だが実際は、ろくに見えもしないレイチェル・マンの幻影から逃れようとしていたのだ。彼女は許そうとしているのだろうか。それとも憐れんでいるのだろうか。

軽いコートに山高帽という姿のきびきびしたグローヴズ青年が、おもむろに口を開いた。「よくわかりません。これは何かの冗談ですか？」

「そんなことはいいだろう」メイソンはいまなお上官であるかのような声で二人に言った。「私の供述をとりたまえ」紙と鉛筆を探すのに手間取る二人を待つことなく、メイソンはゆっくりと落ち着いた声で自分の行動と動機を正確に語りはじめた。その動機にも、その動機がじつは不当であるという思いにも、いまの彼は心を乱されることがないようだった。

むしろ動揺したのは、話の聞き手のほうだった。ヒューバート・コリンソンのフラットに置かれた目障りな鏡に幾度も姿が映し出された二人の警官、そして後日、中央刑事裁判所《オールド・ベイリー》に集まった多くの聞き手たち、すなわち裁判官、陪審員、弁護士たちである。そんな彼らに比べ、レイチェル・マンはまったく動じることがなかった。なぜなら、彼女は十年前に死んでおり、メイソンの声も現世を離れては無力だったからである。

将軍との会見

An Appointment with the General

古屋美登里訳

南米のある国の将軍に勇敢にも取材をおこなう女性が主人公です。今も昔も、取材相手からいかに本音を引き出すかがインタビュアーの大きな仕事であり喜びだと思いますが、挑発こそがいちばんの武器という彼女が対面した将軍は、思いがけない面を彼女に見せます。この将軍とその台詞がとても魅力的で、グリーンの作品の中でも好きな作品のひとつです。

『グレアム・グリーン文学事典』（彩流社）によれば、グリーンは一九七六年にパナマのトリホス将軍に招待され、その後何度かパナマを訪れたということです。トリホス将軍は一九八一年に飛行機事故で亡くなりました。その翌年に書かれたのがこの短篇です。将軍の死については、CIAが暗殺したのではないかという噂もあり、中南米の混沌の一端を見る思いです。グリーンは『トリホス将軍の死』（早川書房）というノンフィクションも書いています。

（訳者）

1

彼女は、インタビューをする前にいつも覚えるプロにはあるまじき気後れを感じていた。自分にはベテラン男性記者のような剛胆さがないことはわかっていたが、辛辣な見方はできるとそのときはまだ信じていた。男と同じくらい冷笑的になれるし判断力もある、と。

いま彼女は田舎にある白い別荘の狭い中庭にいて、いつの間にか混血のインディオたちに囲まれていた。男たちは全員がリヴォルヴァーをベルトに挟み、そのうちのひとりは無線電話機を耳に押し当てていて、インディオの神の御告げを緊張した面持ちで待っている僧侶さながらだった。この男たちが彼女の目に異様に見えるように、五百年前のコロンブスの目にもインディオたちは異様に映ったに違いない、と彼女は思った。彼らが着ている迷彩服は、素肌に直接描かれているように見えた。「わたしはスペイン語が話せません」と彼女は言った。コロンブスも同じように「私はインディアンの言葉が話せないのだ」と言ったかもしれない。次に彼女はフランス語で言い――まったく通じなかった――それから母親の母語である英語で話しかけたが、結果は同じだった。「わたしはマリー＝クレール・デュヴァル。将軍とお会いするために来たんです」

男のひとりが――将校だ――声をたてて笑った。それを聞いた彼女は、踵を返してこの場から出ていき、形だけ豪奢なホテルに舞い戻り、いまだ建築中の空港へ向かい、退屈な空の旅に耐えてパリに引き返したくなった。不安になると決まって怒りが湧きあがってくる。それで彼女はこう言った。「将軍にわたしが来たことを伝えなさい」しかしもちろん、彼女の言葉を理解しようとする者などひとりもいなかった。

ベンチに座って自動拳銃を掃除している兵士がいた。太っていて、頭髪には白いものが交じっている。軍曹の記章のついた軍服を、まるで太平洋から吹き込んでくるにわか雨に備えて羽織ったレインコートでもあるかのように、無造作に着ていた。彼女はその兵士が銃を掃除している様子を見ていたが、彼は笑うことはなく、無線電話で神の声を聞いている男も彼女に注意を向けようとしなかった。

「アメ公《グリンゴ》だな」と将校が言った。

「グリンゴじゃない。フランス人よ」そう言いはしたが、もちろん彼女には、将校がその言葉を――グリンゴは別にして――理解していないのはわかっていた。将校は咎めるようにもう一度蔑んだ笑みを浮かべた。この将校が咎めているのはわたしがスペイン語を話せないせいだ、と彼女は思い込んだ。女ってのは保護者がついていなけりゃ下等なもんだ、あんたはそれに加えてスペイン語も喋れないんだからもっと下等な人間ってわけだ。将校にそう言われているような気がしてならなかった。

「将軍はどこですか」と彼女はもう一度言った。「将軍は」その発音ではスペイン人に通じないとわかったので、外国人の名前を覚えるのがいつも苦手ではあったが、この会見の手はずを整えてくれた将軍の顧問の名をなんとか思い出し、「セニョール・マルティネス」と言ってみたものの、それが正しい名かどうかいつものように不安になった。もしかしたら、ロドリゲスとかゴンザレスとかフェルナンデスとかいう名前だったかもしれない。

軍曹が拳銃の薬室をパチンと装填すると、ベンチに座ったまま、完璧に近い英語で彼女に話しかけた。「あんたがマドモアゼル・デュヴァル？」

「マダム・デュヴァルです」

「ほほう、じゃあ旦那がいるわけだ」

「ええ」

「まあ、それはたいしたことじゃないがな」と軍曹は言って安全装置をロックした。

「わたしにはたいしたことだわ」

「いや、あんたのことを言ったんじゃない」軍曹は立ちあがると将校に話しかけた。記章から察するに彼は軍曹にすぎないが、その態度には軍とかけ離れた一種の威厳が備わっていた。少し尊大なところがある、と彼女は思ったが、彼は将校に対しても同じように尊大だった。軍曹は拳銃の向きを変え、粗末で人目を引かない小さな家の戸口を指し示した。「入ってかまわない。将軍は会ってくれるだろう」

「セニョール・マルティネスはいます？　通訳してもらいたいの」

「いいや。将軍が、通訳はおれの仕事だと言っている。あんたとふたりっきりで会いたいそうだ」

「だったら、どうやって通訳するわけ？」

彼の言葉遣いはいただけないが、その笑みには尊大なところがまったくなかった。

「ああ、でもここでは娘にはそう言うもんなんだ。〝ふたりっきりになろうぜ〟って」

彼女が狭い玄関《ホール》に入ると、そこには趣味の悪い絵や予備のテーブル、ヴィクトリア朝後期の裸婦像、陶製の実物大の犬などが置いてあった。ひとりの兵士が彼女の肩から下がっているテープレコーダーを指で示したので、ふたたび彼女は足留めをくった。

「そうだな、そいつはそこのテーブルに置いていったほうがいい」と軍曹が言った。

「ただのレコーダーよ。わたし、速記は習っていないの。これが爆弾に見える？」

「いいや。でも、置いていったほうがいい。そうしてくれ」

彼女はテープレコーダーをテーブルに置いた。そしてこう思った、記憶力に頼るしかないのね、この頼りない記憶力に、どうしようもない記憶力に。

「わたしが暗殺者だとしても、あなたには拳銃があるじゃない」

「拳銃は役に立たたんよ」と彼は言った。

2

ひと月以上も前に、彼女はある編集者から〈フーケ〉でのランチに招待された。一度も会ったことのないその編集者は、活字体によく似た字体でタイプした簡潔で慇懃な手紙を送ってよこし、別の雑誌に発表した彼女のインタビュー記事を誉めそやしていた。その手紙には少々恩着せがましいところがあり、自分の雑誌が彼女が寄稿している雑誌よりもはるかに知的で優れた記事を載せていることを意識しているかのようだった。つまり原稿料が安いのが質の高さの証、というわけだ。彼女がその招待に応じたのは、手紙が届いたその日の朝に夫と「最後の」喧嘩をしたからだった。四年間で四度目の喧嘩。最初と二度目の喧嘩はさほど害はなかった。所詮、嫉妬は愛の裏返しなのだから。三度目は、約束を破ったことが原因の、辛酸を伴う激烈極まりないものだったが、四度目は最悪だった。愛も怒りもなく、度重なる不満からくる苛立たしいまでの疲労感と、共に暮らしていた男がまったく変わらないことを知ってもたいして驚きもしないという悲しい事実に直面した倦怠感があるだけだった。これで喧嘩もおしまい、と彼女は思った。あとはもう、スーツケースに荷物を詰め込むだけ。ありがたいことに、鎹《かすがい》となる子供はいなかった。

彼女が〈フーケ〉に着いたときには約束の時間を十分も過ぎていた。これまではレストランで待たされることのほうが多かったので、時間を守ることがおろそかになっていた。ウェイターにムッシュー・ジャック・デュランのテーブルはどこかと尋ねると、ひとりの男が立ちあがって挨拶するのが見えた。長身痩軀のとてもハンサムな男だった——夫によく似ている、と彼女は思った。ハンサムな顔を見ると、チョコレート・トリュフを見たときのように吐き気に襲われる。白髪交じりの髪が耳の上でこれほどみごとに波打っていなければ、非の打ちどころのない容貌だと言えたかもしれない。けれど耳は確かに男らしいそれなりの大きさだ、と彼女は思った（小さな耳は好きではなかった）。彼が有名な左翼系週刊誌の編集者だということを知らなかったら、外交官だと思ったことだろう。彼女がその雑誌を滅多に読まないのは、近頃流行の政治体制を支援する姿勢に共感できないからだ。一見しただけでは死人のように見える男が、その目の中に生命が息づいていることがよくある。ところがこの男の場合、死人にいちばん近い部分がその目だった。恩着せがましいまでの慇懃さを宿しているにもかかわらず。ただ、死人にしては実に優雅なしぐさで自分の隣の席に彼女を座らせてメニューを手渡したとき、ようやく生きた人間になった。魅力的な生きた人間に。でもその魅力は言葉を口にしているときだけ発揮される類のものだった。

ここの平目はお薦めですよ、と彼が言い、彼女がそれに応じると、彼は手紙に書いていた言葉を正確に引用しながら、彼女の最近のインタビュー記事がいかに素晴らしいものだったかを伝えた。ということは、あの手紙は自分で書いたもので、秘書に代筆させたわけではないらしい。秘書の文章を暗記することなどとてもできるものではないだろう。彼はもう一度、「ここの平目はとても美味しいですよ」と言った。

「ありがとうございます。ご親切に」

「これまでずっとあなたのお仕事に注目していたんですよ、マダム・デュヴァル。あなたはずいぶんと踏み込んだインタビューをなさる。あれは相手の言葉をそのまま書き取ったものではありませんね」

「テープレコーダーを使っています」と彼女は答えた。

「そういう意味で言ったのではありません」彼はかりかりに焼いたトーストを割った。

「これまでずっと」──彼は語彙が豊富でないらしいが、それはジャーナリズム特有の規制に縛られているせいだろう──「あなたはわれわれの同志だと思っていました」どうやらこれは賛辞のつもりらしかった。そこで言葉を切ったのは、彼女が「ありがとう」と返すのを待っていたのかもしれない。いつ本題に入るのだろうと彼女は思った。空のスーツケースがベッドの上で口を開けて待っている。夫が帰ってくる前に荷物を詰め込んでおきたい。もっとも夕食の前に夫が戻ってくることは、皆無ではないが、ありそうになかった。

「スペイン語はわかりますか？」とムッシュー・デュランが言った。

「わかるのはフランス語と英語だけです」

「ドイツ語もだめですか？　あなたのヘルムート・シュミット（旧西ドイツの政治家。一九七四年から八年間、首相に在任）の記事は素晴らしかった。完膚なきまでにやっつけていた」

「あの方は英語を流暢に話せます」

「果たして将軍が英語を話せるかどうか」そこで彼は急に黙り込んで平目を口に入れた。実に美味しい平目で、〈フーケ〉の自慢料理のひとつだった。彼女は「ジャンが帰ってくる前にアパートメントを出ていけたら、激しい言い合いをせずにすむ」と考えていた。激しい言い合いは、双方の弁護士に任せればいい。調停の席ではそうならざるを得ないだろう。そう考えただけで彼女は心底うんざりした。一刻も早く過去を清算したかった。

「検討しているもうひとつのテーマが、ジャマイカの政情です。ついでにジャマイカのことを書いてもいいんじゃないかな。英語が喋れるとおっしゃったでしょう？　マンリー（マイケル・マンリー。ジャマイカ第五代首相。人民国家党党首）についてなら、あなたのいつものやり方よりもっと心のこもった取り上げ方ができるでしょう。彼はわれわれの仲間ですよ。たとえ今はちょっと〝席を外して〟いるとしても。ところで、将軍にはあなたのいつものやり方で取材できると思いますよ。あなた流の辛辣な記事にぴったりの相手です。ご想像のとおり、われわれは将軍というものにはあまり好意を持っていません。とりわけ、ラテン・アメリカの将軍たちには」

「つまり、どこかの国にわたしを送りこんで取材させたい、ということですか」

「まあ、そういうことです。あなたは大変魅力的な女性だ。それに皆の話では、将軍は魅力的な女性が好きだそうです」

「マンリーは違うんですか？」と彼女は言った。

「あなたが少しばかりスペイン語を喋れたらいいんですがね。個人的な問題を鋭く抉り取るコツがわかっておられる。政治は退屈な読み物になるべきではありません。あなたはどこかと専属契約を結んでいますか？」

「いいえ。でも、どこの国の将軍です？　まさかわたしをチリに行かせようと？」

「チリには少しばかり飽きてきましてね。あなたの腕をもってしても、ピノチェト（アウグスト・ピノチェトはチリの政治家・軍人。一九七四年から九〇年まで大統領に在任）のことを新鮮な切り口で書くことはできないでしょう。それに、果たしてピノチェトがあなたを受け入れるかどうか。とても小さな共和国のいいところは、数週間もあれば——あらゆる部分を——取材できる点です。あそこはラテン・アメリカの縮図ですよ。もちろん、アメリカ合衆国との対立も向こうでは周知のことです。基地がありますからね」

彼女は腕時計を見た。当面必要なものを二個のスーツケースに詰め込めるだろうか。

でもどこに行けばいい？　「どこの基地です？」弁護士に利用されかねないので書き置きを残すのはまずい。

「もちろん、アメリカのですよ」

「そこの大統領の取材をしてほしいということですか？　でもどこの共和国です？」

「大統領ではありません。将軍です。大統領はお飾りだ。将軍が革命の指導者です」

彼が彼女のグラスにもう半分ほどワインを注いだ。彼女は小さなデカンターを注文しただけだった。「実は、われわれは将軍を少しばかり疑っています。確かに、彼はカストロ（フィデル・カストロ。キューバを社会主義国家に変えたキューバの国家元首）に会っていますし、コロンボではチトー（ヨシップ・ブロズ・チトー。ユーゴスラビア共産主義者同盟の指導者。一九五三年から八〇年まで大統領に在任）に会いました。しかし、彼の社会主義は上っ面だけのものではないかと思っているんですよ。彼はマルクス主義者ではありません。シュミットのときにおこなったあなたのやり方は、彼にみごとに通用するはずです。それに行きがけか帰りがけにでもジャマイカに寄ってマンリーに取材したら、共感溢れる記事が書けるかもしれない。こちらとしてはマンリーの記事は大歓迎です」

彼女はそれでもまだ、自分がどこに行かされるのかわからなかった。地理は彼女の弱点だ。ひょっとしたらすでに国名は告げられていたのかもしれない。だとしたら、それは視野から消えて空っぽのスーツケースの中に落ちてしまったのだ。いずれにしても、たいしたことではない。どんなところでも、今のパリよりましなのだから。

「出発はいつごろがいいでしょう?」

「できるだけ早くお願いしたいですね。あと数カ月もすれば内乱があるかもしれない。そうなれば……将軍の死亡記事を書くだけになってしまう」

「死んだ将軍では、あなたがたの役に立つ社会主義者にはなりえないというわけですね」

彼の笑いは、それが笑いと言えるものかどうかわからないが、乾いた喉を引っかいているような音がした。そして丁寧に平目を食べ終え、いまやメニューを見つめる彼の目からは、冗談が天使のように頭上を静かに過ぎ去ったしるしを見つけることはできなかった。「そうそう、さっきも言いましたがね、彼の主張する社会主義はかなり怪しいと思っています。チーズを少しいかがです?」

3

「将軍の死亡記事を書くだけになってしまう」二週間前に〈フーケ〉のメニュー越し

に流行の左翼雑誌の編集者から聞いたこの言葉がマリー＝クレールの脳裏に蘇ったのは、運命を託されて疲れ果てた将軍の目に出会ったときだった。ラテン・アメリカの将軍たちにとって、死は容認された早過ぎる終焉なのだ。それを避けるにはマイアミに行くしかないのかもしれないが、目の前にいる男がマイアミで元大統領やその夫人やその義理の兄弟やいとこといっしょにいる姿など想像できなかった。彼女は前から知っていたが、マイアミは、ここでは「落伍者の谷」として名高い場所だ。将軍はパジャマ姿で、寝室用スリッパを履き、髪はくしゃくしゃになっていて少年のようだが、少年ならこんなに暗い未来を背負った目をしているわけがなかった。将軍が彼女にスペイン語で話す言葉を、軍曹が正確だがかなり堅苦しい英語で伝えた。

「将軍は、共和国によくぞ参られた、とおっしゃっています。あなたがお書きになる新聞についてはまったく知らないものの、セニョール・マルティネスから、フランスではリベラルな見解を載せる新聞として有名だと聞いている、とのことです」

マリー＝クレールは挑発するのがいちばんいい方法だと信じていた。ヘルムート・シュミットは、彼女がいくつか質問するとたちまち怒りと自負を露わにし、その正体を無慈悲なテープに録音されてしまったのだが、今回はテープはレコーダーの中に入ったままだ。「いいえ、リベラルではなく、左翼です。将軍が社会主義への移行をひどく渋っていると批判されているというのは本当でしょうか」と彼女は言った。

そして、それをラテン語風の言葉に置き換えて通訳する軍曹をじっと見つめた。軍曹は彼女の質問を面白がっているかのように目を輝かせた。あるいは彼も同じ意見なのかもしれない。

「私は国民が指し示している場所へ向かう、とのことです」

「指し示しているのはアメリカ人なのでは？」

「もちろんアメリカ人の意見には耳を傾けなければならない、それがわが国のような小国の政治方針である、しかしアメリカ人の考え方をそのままありがたく受け入れる必要はない、とのことです。さらに、立っていてはお疲れでしょうから、肱掛椅子に座ってくつろいだらどうですか、とおっしゃっています」

マリー＝クレールは腰を下ろした。将軍はヘルムート・シュミットより手強い、わたしでもかなわない、と思った。次の質問をひねり出す余裕がまったくなかった。将軍がドアを広々と開け放ち、こちらが思いつく質問に答えてくれるのではないかと期待していたが、そのドアは目の前で勢いよくバタンと閉められてしまったらしい。とても長くてぎこちない沈黙が降りた。将軍が口を開くと、彼女は心からほっとした。

「セニョール・マルティネスが遺漏なくあなたのお役に立っているといいのだが、とおっしゃっています」

「セニョール・マルティネスはご親切にもご自分の車を貸してくださいましたが、運転手はスペイン語しか話さないので、不便な思いをしています」

　その発言をめぐって、将軍と軍曹は顔を寄せてしばらく話し合っていた。将軍は片方の靴を脱いで足の裏をさすった。

「その車と運転手は帰したほうがいい、とのことです。そして、私があなたのお世話をするように言われました。私はグルディアン軍曹。あなたのお望みのところへお連れしますよ」

「セニョール・マルティネスの手紙には、日程表《プログラム》を提出して彼の同意を得るように、とありました」ふたたび、ふたりは顔を寄せて話し合った。

「日程表などないほうがあなたのためだ、日程表は悩ましいものだ、とのことです」

　彼女を見つめる疲れ果てた陰鬱な目には、自分の進めた驚くべき一手に敵がうろたえているのを見て面白がっているチェス・プレーヤーのような表情が浮かんでいた。

「政治の綱領《プログラム》ですら悩ましいのだ、あなたの編集者はそのことを知っておくべきだ、と」

「セニョール・マルティネスは、わたしが訪問したほうがいい場所を……」

「セニョール・マルティネスの助言と正反対のことをしたほうがいい、とのことです」

「でも、あの人は将軍の特別顧問だと聞きました」

軍曹は肩をすくめて笑みを浮かべた。「もちろん顧問たちの意見に耳を傾けるのは私の義務だが、あなたの義務ではない、とのことです」

将軍は低い声で軍曹になにやら話し始めた。マリー＝クレールは、この会見が不運にも両の手からするりと落ちていくような気がした。テープレコーダーを手放したときに、最強の武器を棄てたのだ。

「将軍は、あなたの編集者がマルクス主義者かどうか知りたいそうです」

「ええ、マルクス主義者を支持しています――ある意味では。でも、自分がそうだとは絶対に認めようとしません。戦前では、彼のようなタイプは同調者と呼ばれていました。ここでは共産党は合法ですよね」

「そうだ。だれもが自由に共産主義者になれる。しかしここには政党がない」

「ひとつも？」

「そう、ひとつもない。人は好きなことを自由に考えることができる。党の中でその自由が通じると思うかね？」

彼女は、人は怒ったときにだけ真実を口にする、ということが経験からわかっていたので——あのシュミットですら真実をいくつか語ったのだ——侮辱するつもりであえてこう言ってみた。「将軍はわたしの編集者と同じ、同調者なのでしょうか？」

将軍は励ますような笑みを彼女に向けた。ほんの一瞬、疲労の色が消えて、興味深そうな顔つきになった。「共産主義者とはしばらくのあいだ同じ列車に乗り合わせていた、社会主義者ともだ、しかしその列車を運転しているのはこの私だ、どの駅で止まるかを決めるのもこの私であって乗客ではない」

「乗客は普通、目的地までの切符を持っているものです」

「あなたがこの国をよく見てくれたら、説明がもっとしやすくなる。ヨーロッパにお帰りになる前に、あなたの目を借りてもう一度だけわが国を見てみたいものだ。旅人の目で。あなたの目はとても美しい、とおっしゃっている」

やっぱり編集者の言っていたことは本当だった。将軍は女好きで、女は御しやすく、権力は強力な媚薬だと思っている……。魅力も媚薬となり得る。ジャンにも魅力はたくさんあった。政治家並みの手管を使って魅力をばら撒いていた。でも、彼女は魅力や媚薬とは手を切ったのだ。「将軍は、権力を握ったいまは、女ならだれでもついてくると思っているようですね」と彼女は言った。グルディアン軍曹はにんまりしただけで、通訳しなかった。

「権力を思いのままに操っているのでしょうね」と彼女は言った。もう少しで「愛人たちも」と付け加えそうになった。

そして彼女はもうひとつ、これまでに驚くほどの効果をあげた質問をすることにした。「どんな夢を見ますか？　夜寝ているとき、という意味です。女性の夢でしょうか」彼女は冷笑を浮かべながら続けた。「それともグリンゴと仲良くしたいという夢でしょうか」傷つき疲れ切った目が彼女の後ろの壁を見つめた。その答えとして彼が口にした単語の意味は、彼女でもわかった。「ラ・ムエルテ」

「死ぬ夢だ」軍曹はそうする必要もないのにその言葉を訳した。彼女は、この言葉を軸に記事が書けるかもしれないと考え、自己嫌悪に陥った。

モランとの夜　A Visit to Morin

谷崎由依訳

信仰とは、感情のロジックなのだろうか。神への愛、人への愛。グリーンはときに愛というものを、ひどく特異なかたちで扱う。愛の過剰は愛への恐れに似ているし、ときに愛の欠如とさえ見える。愛を持て余す人間は二重三重にそれを折りたたみ、手に負えるものにしようと苦闘するが、はたから見ればそれは往々にして別の奇妙なものと映る。

短篇としての出来を考えると、些か要素を詰め込みすぎた感もなくはないが、しかし『情事の終り』の読者なら、かならず何か受け取るものがあるに違いない。結末近くで明かされる教会と縁を切ったきっかけの挿話は、二つの物語が同じ根を持つことの証左ではないか。神を信頼するあまりに自分をそこから遠ざける。誰かを愛するあまりに、自分をその人から遠ざける。どちらも自己疎外の極端な表象である。かの傑作への補助線ともなるべき小品だ。

（訳者）

1

『天の悪魔』――その本はコルマール書店の棚から僕に向かって手を伸ばし、二十年も前からの記憶を呼び覚ました。一九五〇年代ともなると、ピエール・モランの著作を見かけることも少なくなっていた。けれどここには彼の、かつて名声を博したその本が二冊も置かれていた。背表紙の並びを追ってゆくと、ほかの著作もあるのがわかった。それはここアルザスの、秘密の酒蔵を思わせた。人びとは戦時中、いずれ訪れる平和のために、敵の目からワインを隠していたのだ。

このごろではすっかり忘れていたけれど、ピエール・モランは少年時代、僕が読みふけった作家だった。当時でさえもすでに古びて、本国では人気をなくしつつあった。英国のパブリックスクールではパリの流行は遅れて届く。僕の学んだコリングワース校にはローマ・カトリック信者の教師がいて、モランの著作を好んで読んだり、あるいは嫌悪を覚えたりした世代に属していた。モランは自国の正統的なカトリック教徒には嫌われ、海の向こうのリベラルなカトリックには好かれたのだ。彼はまた、フランスのプロテスタントたちにも好まれた。モランが示してみせるのと同じくらい強く神を信じていたからだ。非キリスト教徒のあいだにも熱心な読者がいた。この人びとはモランの前提を空想的なものとして捉え、思索の自由のようなものを嗅ぎ取ったのだろう。――それはカトリック信者たちにとってはモランを警戒する理由になっていたわけだが。僕たちの教師の世代には、彼は鮮烈な書き手と映ったに違いない。そして『レ・ミゼラブル』やラマルティーヌの詩で育ってきた僕にとって、モランは革命的な書き手だった。だが革命家にとって、世に受け入れられることほど致命的なことはない。ページからはかつての刺激が消え、彼の本を読むのは正統的信者だけになってしまった。現代では誰もが神を信じる用意があるというのに。だが奇妙なことにモランだけは――いや、先を急ぐのはよそう。僕のささやかな体験は、彼の時代の文学史にあらたな注釈を加えるかもしれない。活字にしても問題はないだろう。モランはそのころには死んでいる――その身体も文学も。そして僕の知る限り、子どもも弟子も残してはいない。

あのフランス語の授業をいまでも懐かしく思い出す。ストレンジウェイズという名前の、チリから来た先生の授業だった。浅黒い肌をしていたので、スペイン人の家系だと陰口を叩かれたり（スペイン内戦のさなかのことで、ラテン的なものはすべてファシズムと見なされた）、あるいは好意を持つ人たち（僕もそのひとりだったが）には、インディオの血が入っていると思われていた。じつのところはどちらでもなく、父親はウォルバーハンプトン出身の技術者で、ルイジアナ生まれの母親の三代前がラテン系というだけだった。上級生向けのその授業では文法はもう習わなかったし、そもそもストレンジウェイズ先生は文法が苦手だった。そこではまず先生がテキストを声に出して読み、続いて生徒が読みあげた。だが始まって五分と経たないうちに文学批評の場になって、若気の至りの大胆さで大物作家をこき下ろし——教師にありがちなことだが、ストレンジウェイズ先生は気が若いままだった——、いまだ名の売れていない作家たちのことは過剰評価するのだった。モランの名は数年前からすでに売れていたのだが、セーヌの岸から五百マイルも離れた煉瓦の檻にいた僕たちには、知るよしもないことだった。学校教科書に載るような作家ではまだなくて、ということはつまり、アシェット社から出版されて標本のような扱いをされることもなかったというわけだ。読んでいてわからない箇所があっても、編集部注に煩わされることなく自由に考えることができた。

「作者はほんとうに、こんなことを信じてるんでしょうか？」あるとき僕は声を張りあげてストレンジウェイズ先生に訊いた。『天の悪魔』のなかで、贖罪《しょくざい》についての身の毛もよだつような台詞に行き当たったときだ。先生は黒いガウンの短い裾を払って言った──「だが私だって信じているよ、ダンロップ」。先生はそこでやめておくことも、また神学的論争に持ち込むこともしなかった。そんな論争を起こせば、僕たちのいたプロテスタントの学校ではクビになりかねない。彼はただ、作者が何を信じていようと関係がないのだと言った。作者は正統的カトリック信者を視点人物に選んだ。だからこの人物の考えは、ローマ教会の正統的信仰に影響されざるを得ない。実際の世界においてもそうであるように。モランの手法では作中に作者が現れることは許されない。皮肉の素振りを見せることさえ欺瞞にあたる。とはいえモランの考えは、たとえばこんなことから読み取ることが可能だ──主人公デュロビエは、その正統的信仰を極限まで押しすすめている。広い砂浜に乗りあげて、進むこともできないし、かといって水に戻ることは降伏を意味するというような、そんな読後感に捕われる。これは真実か、それとも真実ではないのか。モランの信仰はつねに、この問いへの答えに関わるものなのだ。

「つまり」と僕はさらに尋ねた。「モランは信じてはいないだろうと仰りたいのですか？」

「そんなことは言っていない。モランのカトリック信仰を疑った者はこれまでのところ誰もいない。抜け目のなさが取り沙汰されることはあったがね。いずれにしても、そうしたものは真の批評ではない。小説は言葉と登場人物とでできている。言葉が適切に選ばれているか、登場人物が生きているかということだけが問題なのだ。その余はすべてゴシップに属する。きみたちは三文記者になるために授業を受けるわけじゃないだろう？」

それでもなお僕は知りたかった。ストレンジウェイズ先生は、僕がモランに興味を持ったのを知って、ローマ・カトリック教会の文芸誌を貸してくれた。そこに載っていたモランへの寸評は、作家の考えは度外視するべきだという先生の主義とは相容れないものだった。モランはときにジャンセニスト（というのが何か僕はまだ知らなかったが）として糾弾されていた。べつの批評家はモランをアウグスティヌス主義者（こちらも何のことかわからなかった）だと書いていた。印刷のきれいな分厚い評論集には、苦渋の声が聞こえてくるものもあった。――モランの信仰は正しい、これといった間違いを見つけることはできない、けれども……。この作家の登場人物は、カトリックの教義をあまりに真面目に信じており、ときに馬鹿げて見えるほど極端にその含意を解釈している。またべつの登場人物は、憲法の解釈と適用を最小限に抑える憲法学者のごとく、教義を切り縮めようとする。たとえばドュロビエという人物は、聖母被昇天の字義的解釈のためなら命を捨てかねない。つまり紀元一世紀後半のどこかで、聖母マリアの身体は実際に墓から空へと昇っていったと主張する。一方サグランという人物は、あまり知られていない小説、確か『良識』の登場人物だったと思うが、聖なる身体はほかの死体と同様墓場で朽ちたと信じている。二人の人物の考えはカトリックの批評家を苛立たせるのに、いざ教会から布告が出ると、奇妙なことにどちらも等しく教義に合致するのだった。よってこの二人は正統的な信者と断言して構わない。にもかかわらず正統派の批評家は、異端の匂いを嗅ぎ取っていた。どこと言い当てることはできないが、床下で死んでいる鼠の匂いを嗅ぐことによく似ていた。

　こうした批評はもちろん、すべてストレンジウェイズ先生の本棚から引っ張り出してきたものだ。そこにはフランスの古い雑誌がぎっしり詰まっていた。発行日は一九二〇年代後半、先生が長くあてのない逗留をパリで続けていたころに遡る。ソルボンヌで講義を聴き、ル・ドームでビールを飲んでいた日々だ。〝逆説〟という言葉が、そこではしばしば否定のニュアンスで使われた。そうした正統主義の批評家たちが結局正しかったのだろう。というのもその後、モランがどれだけ私生活に逆説を持ち込んでいるか、僕は確かにこの目で見ることになったのだ。

2

僕はもともと母校を訪ねていくような類いの人間ではない。それにそんなことをしたらきっと、退官の年齢に差しかかっているストレンジウェイズ先生を落胆させてしまう。先生は僕が将来、週刊の文芸誌上でフランス文学を論じ、コルネイユについて学術的な伝記をさえ書くような、立派な作家になるだろうと思っていたに違いないのだ。でも実際のところ僕は、取るに足らない戦歴を立てた後、つてを頼ってワインを扱う会社に職を得たにすぎない。ストレンジウェイズ先生は文法を教えてくれなかったが、僕のフランス語は戦争に行ったおかげで上達し、その会社の役に立った。多少の文才があったことも手伝って、時代遅れのパンフレットの文句を書きなおすことができたのだ。上司たちは長いあいだ、ワイン協会の持ってまわった内輪向けの文句でよしとしていた。「ご友人同士の気軽な集まりにうってつけの手頃なワイン」といった調子だ。僕は率直な言葉を使い、博識ぶった言いまわしをまともな知識に置き換えていった――「モン・ソレイユ地方の西の丘、小さな葡萄畑のワインです。ヨーロッパからウラル山脈にまたがる大ジュラ山系の末端に位置する畑で、土壌にはジュラ紀の成分が含まれています。糖度の高い、黒く引き締まった実がなるのはそのためです。丈夫な品種で、名の知れたワインのように気候に左右されることもありません」。いずれにしても〝手頃〟であることには違いない。けれどこんなふうに書いてあると、酒を振る舞う人間はちょっとした知識をひけらかせるのだ。

コルマールには仕事でやってきた。会社はこの町での仲買人を変える必要があると判断した。また独り身のこの僕にはロンドンのクリスマスは寂しすぎた。クリスマス休暇と出張を一緒にしたのはそのためだ。海外旅行の最中ならば孤独を感じることもない。柊で飾られたビヤハウスで飲みながら、煙草の煙に身を隠して祝祭を乗り切るつもりだった。およそクリスマスのなかでもドイツのクリスマスほど素敵なものはない。合唱に情緒、そして美味なる食事。

僕は書店員に話しかけた。「ムッシュ・モランの本をたくさん置いているんだね」

「人気がありますから」

「パリではもう誰も読まないんじゃない?」

「ここはカトリック教徒の土地です」彼女は気を悪くしたようだった。「それにモランさんはコルマールのすぐ近くにお住まいです。この場所を選んでくださって、光栄に思ってます」

「住みはじめて長いのかな」

「戦争が終わってすぐに越していらっしゃいました。いまではすっかりこの土地の人間だとみんな思っています。著作もすべてドイツ語に翻訳されてるんですよ。ほら、そこに揃っています。フランス語よりドイツ語になったほうがずっといいと思う読者もいるくらいです。ドイツ語は」と言いかけたとき、たまたま僕がフランス語のほうの『天の悪魔』を手にしたため、彼女は軽蔑したようにこちらを見た。「深遠さについて、フランス語より上等な語彙を持っていますから」

僕はこの書店員に、モランの小説は学校時代から愛読しているのだと言った。すると途端に態度が優しくなり、僕はモランの住所をもらって店を出たのだった。コルマールから十五マイルほどの村だった。だが僕は彼を訪ねるべきかどうかわからなかった。訪ねることにした場合、この下卑た好奇心を何と言い訳したらよいか。あらゆる芸術のなかで書くことは最も個人的な営みなのに、一部の読者は平気で作家の住まいに侵入する。ポーロック村からの訪問者のせいでコールリッジの詩作が中断した話は誰もが知っている。それなのに日々玄関ベルを鳴らし、電話を掛け、執筆と生活のための秘められた部屋に押し入る読者があとを絶たないのだ。

僕はモランの玄関ベルを鳴らすべきではないと考えた。だがその二日後、偶然彼を見かけた。コルマールから離れた小さな村の、クリスマス前夜のミサだった。それはあの書店で聞いた村ではなかったので、モランがひとりでこんなところまで来ていることに驚いた。真夜中のミサは、信者でない僕にも不思議と心揺さぶられるものだった。暗い道を歩くこと、凍てつく夜、家々の灯り、村のあちこちから沈黙のうちに集まってくる見知らぬ人びと――そうしたものが心動かす大切なものに思えるのは、子ども時代の記憶に通じているからかもしれない。教会の扉をくぐると、左手に飼い葉桶があった。石膏でできた幼きイエスが、同じく石膏のマリアの膝に横たわっていた。牛や羊、羊飼いの影が、蠟燭の光に長く伸びていた。跪《ひざまず》き祈る女たちのなかに、どこかで見た気のする老人がいた。農夫を思わせるまるまるとした顔には腐った林檎みたいな皺が寄り、頭頂部の髪は薄くなっていた。老人は膝をつき、頭を垂れてから立ちあがった。型通りの祈りには足りるだろうが、ちょっと短いのではないかと感じる長さだった。あごには無精髭があり、それは今夜の雪野原のように白かった。光沢のあるきちんとした黒いスーツを着、靴紐のような細いネクタイをしていても、アカデミー・フランセーズの会員らしいところはほとんどなく、老人の目つきに気づかなければ農夫と思いこんだに違いない。だがその目が正体を語っていた。畑で四季の移り変わりをばかり見てきたような目ではない。薄水色の澄んだ瞳はせわしなく動いていた。近くを見たかと思えば遠くを見、機敏で好奇心に溢れると同時に哀しげな目であった。大惨事のさなかにいてそれを記録せねばならないのに、心のほうはこの悲劇に一秒も耐えられない――そんな人間を思わせた。でももちろん、飼い葉桶の前の短い祈りのあいだに、モランを観察する時間があったわけではない。聖体拝領を受ける人びとが祭壇へと集まっていったとき、モランと僕の二人だけが椅子の並びに残された。老人が誰かわかったのはそのときだった。ストレンジウェイズ先生の雑誌で見た写真が蘇ったのだと思う。そして正体がわかると今度は、あらたな疑問が湧いた。カトリック教徒として名高く知られてきたこの人が、ほかの信者と一緒に拝領を受けないのはなぜだろう。一年で最も大切な、ミサのなかのミサにおいて、秘蹟を授かるのを拒んだりするのはなぜだろう？　ミサ前の断食を破ってしまったのか。それともひどく潔癖で、無慈悲と貪欲の罪を犯したと信じ込んでいるのだろうか。八十の声を聞こうという人間に、さほどの誘惑があるとも思えない。でもモランが潔癖だと考えることもできなかった。信仰者のうちにこうした病いがあることを知ったのは他ならぬ彼の本からだが、ドュロビエという人物の創造主が同じ病いに苦しんでいるとは思いたくなかったのだ。とはいえ作家というものは、ときに自分自身の欠点を何より冷静に書くのかもしれない。

僕とモランは教会の後ろの隅に座っていた。空気は冷たく、凍てついた樹木のように動かず、蠟燭は祭壇の上でまっすぐに燃えていた。そして彼らの信仰によれば、神はいままさに聖体拝領台を越えてあらわれた。キリスト教の誕生である。戸外の暗闇は旧弊かつ野蛮なユダヤの地。しかしここでは世界は数分前に生まれたばかりだ。紀元一年がふたたび巡りきた。そして僕はかつて感じたあの願望をまた覚えていた。舌の上で溶けていく聖餅を守るかのように口を閉ざし、両手を胸で十字にしながらひとり、またひとりと拝領台から戻ってくる、あの人びとが持っている――持っているはずの信仰を得たいという感傷的願望を。「教えてください。どうしたら神を信じることができますか?」――そんな問いを彼らに投げたら、どんな答えがあっただろう。僕には多分想像がつく。というのも戦争で死者を見たとき、恐怖と嫌悪に駆られて、カトリックの司祭に同じ問いを発したことがあるからだ。彼は僕の部隊には属しておらず、それに忙しそうだった。そもそも信仰を広めたり、改宗を促したりすることは前線にいる司祭の仕事ではない。僕のような部外者に信仰を与えられなかったからといって責められる言われはない。彼は二冊の本を貸してくれた。一冊は薄っぺらな教理問答集。馬鹿げた問いとその答え、独善的でくだくだしい説明の並ぶ本だった。青酸カリで殺された蝶のように、教理の神秘は硬直し、虫ピンと紙テープで標本箱に押しつけられていた。もう一冊は福音の時代を生真面目に論じた研究書だ。僕はその二冊とも、数日のうちに失くしてしまった。三本のウィスキーと、ジープと下士官もろとも爆弾で吹っ飛んだ。その下士官は僕が名前すら覚えないうちに死んだのだ。傍らの緑色の運河で僕が用を足しているあいだのことだった。いずれにせよその二冊は早晩手放していただろう。僕が欲していたのはそんな答えではなく、またその司祭も僕の助けになる人物ではなかった。僕は司祭にモランの小説を読んだことがあるかと訊いた。すると即座に「モランを読むなど時間の無駄だ」という答えが返ってきた。

僕は言った。「あなたがたの信仰に興味を持ったのは、彼の本がきっかけなんです」

「チェスタトンを読んだほうがマシだっただろうね」と彼は答えた。

そのようなことのあとで、モラン本人と教会の片隅にいるというのは不思議なことだった。彼が建物を出たのでついていった。出ていくことができて僕はほっとした。真夜中のミサの感傷的な魅力は、いつまで続くとも知れない聖体拝領のうちに消え去りつつあったのだ。

「ムッシュ・モラン」と僕は、教会や病院にいるときに使う低い声で話しかけた。

彼はすばやく、そしていささか警戒するように振り向いた。

「こんなふうに話しかけることを許していただけるといいのですが。でもムッシュ・モラン、あなたの本は、僕に大きな喜びを与えてくれました」ポーロック村から来た例の男も、こんな陳腐な台詞を口にしただろうか。

「イギリス人かね」と彼は言った。

「そうです」

するとモランは英語で話しはじめた。「きみも作家なのか？　失礼だが、私はきみの名前も知らないわけだから」

「ダンロップです。作家ではありません。ワインの仲買をしています」

「作家よりずっとまともな仕事だ」とモランは言った。「もし車に乗ってくれるなら、きみがまだ飲んだことのないワインを教えてあげよう。私はここから十キロのところに住んでるんだ」

「でももう遅いですよ、ムッシュ・モラン。それに運転手を待たせているので……」

「運転手は帰しなさい。深夜ミサのあとは寝つけないんだ。一緒に来てくれるとありがたいんだがね」迷っているとさらに言った。「明日になれば、またいつも通りの生活だ。普段は客が来るのを好まない」

ちょっと茶化すように僕が、「じゃあ一度きりのチャンスというわけですね」と言うと、モランはまったく真剣に「そうだ」と答えた。そのとき教会の扉が開いて、霜の輝く戸外へと信者たちがあらわれた。聖水盤に指先を浸し、互いに挨拶を交わしている。秘蹟が遠のいていくにつれて賑やかさが戻ってきた。小さな子どもの泣き声が、夜の更けたことを告げるかのようにどこからか響いてきた。ムッシュ・モランはその場から歩き去り、僕もあとをついていった。

3

モランの運転はひどくぎこちなかった。ギヤを引きちぎらんばかりに捻り、右の生け垣を擦りながら走っていった。車が発明されたばかりの機械で、モランは勇敢にもそれを使ってみせる先駆者といった具合だった。「ではきみは、私の本を読んだことがあるんだね？」

「何冊も読みましたよ。まだ学校にいたころに……」

「私の本は子ども向けだということか」

「そんなこと言ってません」

「子どもが私の本を読んで、いったい何を思うんだろうね？」

「僕はもう十六になってました。子どもとは言えないと思います」

「ふむ、そうか。いまや私の本を読むのは老人ばかりだがね。さもなければ敬虔な信者だ。ダンロップ、きみもそうなのかい？」

「僕はカトリックではありません」

「それはよかった。なら不快にさせる心配もないというわけだ」

「カトリックになろうと思ったこともありました」

「やめておいてよかったな」

「あなたの本を読んでそう思ったんですよ。カトリックに興味を惹かれたのです」

「私の責任じゃあない。私は神学者ではない」小さな線路に行きあたり、車ががくんと揺れた。だがモランは速度を落としもせずに右へとハンドルを切り、壊れかけた門をくぐっていった。玄関先には電灯がともされ、扉はあいたままだった。

「このあたりでは鍵を掛けないいんですか？」

するとモランはこう言った。「十年ほど前のことだ。当時はひどい不況で、ひとりの男がクリスマスの朝、凍死しているのが見つかった。ものすごく腹を空かせていたのに、扉を開けてやる人間がいなかったんだ。吹雪の晩で、村の者たちは全員教会で真夜中のミサに出ていた。さあ、入りなさい」玄関から呼ぶ声は怒っているかのようだった。「なんだい、きみはきょろきょろして、私の住処を探っているのか？　騙したのか？　ほんとうは記者なんだろう」

自分の車で来ていたのだったら、そこで帰っていただろう。「ムッシュ・モラン」と私は言った。「餓えといってもいろいろあります。あなたはまるで、生理的な空腹さえ満たせばいいと思っているかのようだ」彼は僕の先に立ち、小さな書斎へ入っていった。書きもの机とテーブル、座り心地のよさそうな椅子が二脚。小さな本棚もあったが、ろくに整理されていなかった。彼自身の著作は見あたらない。テーブルにはブランデーの瓶があった。吹雪の晩にやってくる訪問者のためなのだろうが、そのような客が今後ここに来るとはあまり思えなかった。

「座りたまえ」と彼は言った。「無礼な態度を許して欲しい。来客には馴れていないんだ。さっき話したワインを探してこよう。楽にしていてくれ」そう言うモランは少しもくつろいで見えなかった。他人の家に居候しているかのようだ。

モランが外しているあいだに、僕は書棚を観察した。どの本も仮綴じのまま放っておかれている。破産した店の在庫処分品の山を思わせた。あちこち破れて埃が溜まり、日光のために褪色している。ほとんどが神学書、あとは詩。小説はほんの少しだった。モランはワインとサラミの皿を手にして戻ってきた。そして味を確かめてから僕のグラスにワインを注いだ。「悪くないだろう」

「素晴らしいですよ。とても美味しい」

「ここから二十マイルのところの小さなワイナリーだ。あとで住所を教えてあげよう。今夜みたいな晩には、私はブランデーのほうがいい」ではここに用意されたボトルは、客人ではなく彼のためのものだったというわけだ。

「今晩はとても冷えますから」

「いや、天気のことじゃないんだが」

「書棚を拝見してたんです。神学書をずいぶん読まれるんですね」

「最近は読まんがね」

「もしおすすめの神学書があれば……」と僕は言いかけたが、あの司祭に尋ねたときよりも、いっそう奇妙なことになった。

「駄目だ。信仰を得たいならば、やめたほうがいい。信仰など望むことじたい馬鹿げたことに違いないが、けれどもしもそうならば、神学書は絶対読んではいけない」

「仰ることがわかりませんが」

　モランは言った。「いいかね、人間というものは、神学者が聖書の細部についてあれこれ意味を取り沙汰しない限り、神に関わるどんなことも信じることができるんだよ。三位一体だって受け入れることができる。だがいったん論争が始まると……」彼は拒絶の身振りをした。「たとえば微分法において、ある点を見定めるのに九九表を使う者がいるだろうか。そんなことをしたら微分計算法じたいを投げだしてしまうのが落ちだ」モランは二つのグラスをふたたび満たすと、自分のグラスをウォッカのように飲み干した。「私はかつて神を信じた。だが人間の頭というものを信用したことはない」

「かつては、ですか？」

「そうだ。ダンロップ――という名前だったね？　かつては信じた。いまは違う。信仰を求めて来たのなら、帰ったほうが賢明だ。信仰はここには見つからない」

「でもあなたの本には……」

「私の本はここにはない。この本棚には一冊も」

「だけど神学書はありますよね？」

「いいかい」と彼は、ブランデーの瓶を見つめて言った。「不信心というものもまた、裏づけを必要とするんだ」どうやらモランはブランデーに弱いみたいだった。僕への態度だけでなく、眼球が赤くなっていることからもわかる。白い皮膚の下では血液細胞が、いまにも花咲く蕾のように、三杯目のブランデーを待ちかまえていた。彼は言った。「たとえばスコラ哲学における神の存在証明。世のなかにこれほど無茶なものがあるだろうか」

「ええと、それはなんでしょう」

「動因や原因から説き起こす証明だ。知らないか？」

「すみません」

「その証明によれば、すべての変化には二つの要素が存在する。ひとつは変化させられるもの、もうひとつは変化するものだ。変化を引き起こす動因《エージェント》は、それを引き起こすより高次の動因に決定づけられる。そしてその高次の動因もまた、さらに高次の動因に決定づけられるのだ。このようにしてより高次の動因を無限に追ってゆくことはできるか。否、と彼らは言う。人間の思考は最終点を必要とするからだと。だが思考にはほんとうに、そんなものが必要なのか？　動因の連鎖が無限に続いてはなぜいけない？　無限という観念を発明したのは人間だ。人間の思考の要請などを条件とした証明など、どのみちろくなものではない。私やきみや、どこぞのムッシュ・デュポンの思考がなんだというのだ。猿の思考のほうがまだマシじゃないかね。猿の本能はまだ堕落しちゃいない。ゴリラが祈りをあげているのを見たら、私もまた信仰を持てるかもしれないな」

「神の存在証明にはほかのやり方もあるんですよね？」

「トマス・アクィナスによればあと四つある。だが残りはこれよりさらに無茶だ。子どもを連れてきて神学者に尋ねさせてみたいもんだ。どうしてなの？　どうして駄目なの？　原因の連鎖が無限に続いちゃどうして駄目なの？　ってね。善きものが存在し、より善きものが存在することが、なぜ最善のもの、すなわち神の存在を示唆することになるのだろう？　こうしたことは言葉遊びにすぎない。人間は言葉を発明し、そこからさらに神の証明をでっちあげたのだ。より善きもの、とは実在ではない。それはただの言葉であり、人間が決めたものにすぎないんだよ」

「あなたは」と僕は言った。「返答しようのない相手に議論を吹っかけていますね。ムッシュ・モラン、僕だって神が存在するとは信じていないのです。僕はただ知りたい、興味を惹かれているだけです」

「興味」とモランは言った。「さっきもその言葉を使ったね。だが好奇心は大いなる罠だ。以前は読者が大勢ここへ押し寄せてきたものだ。手紙もたくさん貰った。彼らは私の本を読んだのがきっかけでカトリックに改宗したと書いてきた。自分が信仰を失ったあとも、私は長いこと運び屋だったんだ。ちょうど病原菌の保持者が、自身は発症しないままで病気の運び屋になるみたいに。とくに女ども」と彼は、吐き捨てるように言った。「改宗者を増やしたければ、女と寝さえすればよかった。怪僧ラスプーチンなみの生活だ」そして何か言って欲しそうに、充血した目を僕へ向けた。ブランデーのせいで、すっかり出来上がっているようだった。モランはこの家で、信者ではない訪問者が来るのを何年待っていたのだろう。本心を打ち明けられる相手がやってくるのを。

「こうした話を司祭に告白したことはないのですか。僕はあなたが信心深い人だとずっと思っていて……」

「司祭ならいくらでもいたさ。蠅みたいにうようよと群がってきやがった。私や、私の女たちのまわりにね。当初私は証拠物件として重宝がられていたんだ。知識人も信仰を持てるといういい見本だったから。ドミニコ修道会が幅を利かせていたころで、連中はワインとか、文学的雰囲気とかが好きだったんだな。その後本が出なくなると、今度は教会は私の信仰に、なんというかまあ、胡散臭いところがあると感じはじめたんだ。イエズス修道会の時代が来ていて、この連中は人間の魂ってやつをどうしても諦めようとしなかった」

「でもなぜ本を書かなくなったんですか」

「知るもんか。きみは若いころ、好きな女の子に詩を贈ったことがあるか？」

「ありますとも」

「愛の詩を贈ったからといって、その娘と結婚したりはしないだろう？　若者は詩を書くけれど、その詩が書きあがってしまうと、彼を動かしていた愛の感情はどこかへ行ってしまうんだ。この私もきっと彼らのように、神への愛を書くことで殺してしまったのだろう。ただちょっとばかり長くかかったがね。二十年の歳月と、十五冊の本」言ってワインの瓶を持ちあげた。「もう一杯どうだ」

「ブランデーを貰っていいですか」

ワインとは違い、ブランデーはありきたりのつまらない味だった。そこで僕はまた思った――これは腹を空かせたホームレスのためか、それともモラン自身のためのブランデーなのか？　「でもあなたは、ミサへはいらっしゃいますよね」

モランは答えた。「クリスマス前夜のミサには行くさ。カトリック教徒なら、どんな不信心者でも参加する。復活祭に教会へ行かないような奴でもね。それは言わば幼年時代の聖祭《ミサ》だ。そして慈悲の。行かなかったらどう思われることか。醜聞の種を撒きたくはないんだ。私は土地の人間には、今晩きみに応えたようには決して話しかけない。いいかね、私は彼らのカトリシズムを描く作家だ。連中の権威なんだ。私は誰の信仰を手助けする気もないが、かといってそれを無理やり取りあげる気もない……」

「ムッシュ・モラン。あの教会であなたを見かけたとき、驚いたことがひとつあります」

「なんだね」

軽率にも僕は言った。「聖体拝領を受けなかったのは、あの場で僕とあなたの二人きりでした」

「ああ、それが自分の住んでいる村で教会に行かない理由だよ。ひどく目立つし、そうなったらまた醜聞を引き起こす」

「そうでしょうね」言いながらひどく舌がもつれた。恐らくこの僕もまたブランデーに弱いのだろう。「失礼ですがムッシュ・モラン、あなたの年齢では、聖体拝領を拒む理由になるような誘惑などないと思ったのです。でももちろん、いまはその訳がわかります」

「ほう？」とモランは言った。「なあきみ、それはどうだろうな？」彼はグラス越しに、得体の知れない敵意の込もった冷たい目を向けた。「いま話したようなことはきみにはわからない。きみが記者だったとしたら、そこからなんなりと物語をでっちあげるだろう。でもな、そうだとしても、ひと言の真実も捉えることはできない……」

応じる僕の声は強張った。「神を信じられなくなったことを、あなたはこのうえもなくはっきりと仰ったと思いますが」

「そんなことで告解に行けなくなるとでも思うかね？　きみは教会というものも、人間心理というものもまるでわかっていない、ダンロップ。〝神父様、私は神を信じられなくなりました〟。まったく、それは司祭の聴かされるうちで最もありふれた告解だ――姦通の罪と同じくらいありふれている。何より司祭自身が往々にして、聖体を受ける前に祭壇で自分にそう告解しているのだ」

今度は僕のほうが憤っていた。「ではなぜ拝領を受けないのですか？　自尊心のせいですか？　それともラスプーチンもどきの真似をして口説いたどこかの女のせいですか？」

「さっききみが指摘したように、私の年齢では女に煩わされることももうない」モランは言って腕時計を見た。「二時半か。きみをホテルまで送って帰す時間だな」

「嫌です」と僕は答えた。「こんなふうにしてあなたと別れてしまいたくはない。あなたも僕も酒のせいで苛立っているだけなんだ。あなたの本が僕に大切であることには変わりない。僕は無学です。カトリックではないし、今後も信者になることはないでしょう。でもあのころあなたの小説は、僕に少なくとも信じることの可能性を教えてくれた。あれらの本のなかであなたは、いまのように扉を閉ざすことは決してなかったんだ。あなたの描いた人物たちだって。ドュロビエも、サグランも」僕はブランデーの瓶を示した。「さっきも言ったでしょう？　人間というものは、こんなふうに飲み物や食べ物だけで餓えを満たされるわけじゃない。あなたは神への信頼《フェイス》を失ってしまったから……」

モランは険しい口調で僕の言葉を遮った。「そんなことは一度も言っていない」

「ならこれまで話されていたことは、いったい何だったんですか？」

「私は信仰《ビリーフ》を失くしたと言ったのだ。それとこれとはまったく違う。だがきみには決してわかるまいよ」

「理解のきっかけさえ与えてくださらないと？」

彼は努めて感情を抑えているように見えた。「ではこんなふうに喩えるとしよう。きみが医者に薬を出されたとする。この先、生涯にわたってそれを飲むように言われる。きみが医者の忠告を守らずに薬を飲むのをやめてしまい、結果健康が損なわれたら、そうしたらきみはいっそうのこと医者を信頼するようになる。違うかね？」

「そうでしょうけど。でも仰ることがまだわかりません」

「この二十年のあいだ、私は自分自身の意志で教会と縁を切ってきた。告解にも行かずにいる。私はとある女と罪深い間柄になったが、彼女をとても愛していたから、自分を偽り、別れたふりをして告解に行くことはできなかった。カトリックにおける赦しの条件を知っているか？　罪を悔い改めると決意することだ。私はそんな決意はしなかった。五年前、私の情婦は死んだ。そして私の情欲も一緒に死んでしまった」

「ならば教会に戻ることもできたでしょうに」

「怖かったんだ。いまでも怖いさ」

「司祭に何と言われるかがですか？」

「きみは教会を勘違いしているようだね。そんなことは怖くはない。司祭は何も言いはしないさ。いいかい、ダンロップ。何年も教会を離れていたあとでまた戻ること、これほどまでに司祭を喜ばせるものはほかにない。彼はふたたび役に立てると思うことができるんだから。でもわからないかね？　私が信仰を失ったことこそ、教会が正しく、神への信頼こそ真実であることの証明ではないだろうか。私は二十年ものあいだ、恩寵から遠ざかってきた。司祭が予言した通り、私の信仰はその結果萎んでしまったんだ。私は神や、神の子や、天使や聖人を信じない。その理由もわかっている。つまり——教会が正しかった、彼らの言ったことが正しかったからだ。二十年間秘蹟を受けずにきて、その効果がわかったよ。聖餅はただのウエハースじゃない」

「けれど戻ってみたら……」

「戻ってみて信仰が戻らなかったら？　それこそが私の恐れていることだよ、ダンロップ。秘蹟を受けずにいる限り、私が信仰を失くしていることは教会が正しいことの論拠となる。だがもし教会に戻ってみて、それでもなお信仰を回復することができなければ、そのときこそ私はほんとうに、神を信じない人間だということになる。神への信頼を持たないということにね。そんな人間は、さっさと死んで墓場に身を隠すほうがいい。さもなければ、ほかの信者の害になるからな」モランは落ち着かなげな笑みを浮かべた。「逆説的ではないかね」

「あなたの本は、かつてそう形容されていました」

「知っている」

「あなたの描く人物たちは極端に考えすぎて、普通なら思いもつかないような結果に辿りついている。批評家たちはそう言っていましたね」

「作者のこの私もまた同じだと。そう思うか？」

「思います」

彼は目を合わせようとしなかった。僕の背後の虚空に向かって顔をしかめていた。

「少なくとも私はもう、病原菌の保持者ではない。きみは感染せずにすんだのだからな」そして付け加えた。「寝る時間だ、ダンロップ。もう眠らなければ。若者はたくさん寝ないとな」

「僕はもうそれほど若くありません」

「私にはとても若く見えるよ」

モランはホテルまで送ってくれたが、道中はほとんど口を利かなかった。僕は彼の奇妙な信頼について考えていた。信仰を失ってからも彼を捉え続けている神への信頼のことを。戦争であの従軍司祭と話して以来、僕はカトリックへの興味を失くしていた。けれどふたたび不思議でたまらなくなった。自分はもう保菌者ではないとムッシュ・モランは思っているし、その通りであることを僕も願う。モランは僕にワイナリーの住所を教えるのを忘れた。そして僕も忘れたままで、別れの挨拶を交わしたのだった。

見知らぬ地の夢　Dream of a Strange Land

田口俊樹訳

ハンセン病患者の絶望。どこか浮世離れした即席カジノ。その双方に不承不承関わる医師。興味深くも奇態な取り合わせである。

また読みようによっては救いのない話だ。が、平時における軍人の俗っぽさを背景にきわだつハンセン病患者の悲しい無垢と、世の中のひとつのありようを批判も弾劾もせず、淡々と写す語り口が、澄んだ抒情を生んでいる。絶望が苦界を拒む自由にすり変わっている。これぞことばの力、フィクションのマジック。

ついでながら、グリーンは世界各地を舞台にした作品をいくつもものしているが、〝国が中立政策を宣言した一九一四年〟という本文中の記述から察するに、この〝見知らぬ地〟とはスウェーデンのことだろう。

（訳者）

1

教授閣下《ヘル・プロフェッサー》の家は、ごつごつとした灰色の岩のあいだに群生するモミの木に四方を囲まれていた。市《まち》の中心地から車でわずか二十分、幹線道路から北に数分の場所だったが、訪れた者はみな人里離れた田舎に来たかのような印象を持った。カフェや商店、オペラハウスや劇場から何百マイルも離れた場所に来たかのような。

二年前、教授は六十五歳になったときに事実上現役を退いた。病院での職は後任に譲り、市《まち》の診察室もたたんで、今は特恵扱いの患者だけを数人診察していた。その患者たちはわざわざ車で教授の家まで来なくてはならない。貧しい患者は（教授は金持ちの患者だけに執着するつもりはなかった）岩場とモミの森のへりでバスを降り、十分ほど歩いてやってきた。

今、教授の書斎に立って自らの運命に耳を傾けているのは、そんな貧しいほうの患者だった。書斎はヤニマツの折れ戸で隣りの居間と仕切られており、奥の居間を患者が見ることはなかった。書斎の壁ぎわに置かれた黒っぽい重厚な書棚には、黒っぽい重厚な本がひしめいていて、明らかにすべてが医学関連書だった（教授が娯楽文学を手にするのを見た者もいなければ、誰もが知っているような古典作品に関する意見を言うのを聞いた者もいない。ボヴァリー夫人の砒素自殺について尋ねられたとき、教授は作品自体をまったく知らないことを認め、また別のときにはイプセンが『ゆうれい』で梅毒を描いたことについても同じように無知をさらした）。机も書棚と同様、黒っぽくて頑丈なものだった。それほど頑丈な机でなければ、一フィートはあるブロンズの文鎮の重さに耐えられず、壊れてしまっていたかもしれない。文鎮は、岩に鎖で磔にされたプロメテウスを象ったもので、一羽のハゲワシが舞いながらその肝臓をついばんでいた（患者に肝硬変を告知するとき、教授は表情ひとつ変えることなく、ジョークのようにその文鎮を引き合いに出すことがあった）。

今、教授の書斎にいる患者は、上品ながらいささかくたびれた黒っぽいスーツに身を包んでいた。袖はすり切れ、繕われていた。がっしりとしたブーツもまた履き古された期間をそのまま物語っていた。患者のうしろのドアは開かれたままで、奥の廊下には外套と傘が掛けられ、傘の下の細長い鋼鉄製の容器にはオーヴァーシューズが収められていた。その甲の部分には雪がまだ溶けずに残っている。患者は五十過ぎで、大人になってからはずっと銀行の窓口で過ごし、その勤勉さと顧客に対する丁重さで出納係長補佐になった男だった。それでも、出納係長になることはなさそうだった。今の係長は彼より少なくとも五歳は年下だった。

教授は、白いものが交じる短い顎ひげを生やし、近眼の眼には古風な針金ぶちの眼鏡をかけていた。いくぶん毛深い手にはくすんだ染みが散っていた。歯は丈夫で、一本も欠けていなかったが、笑うことがほとんどないので、そのことを知る者はあまりいない。そんな教授がプロメテウスを撫でながらきっぱりとした口調で言った。「初めて診察に見えたときにお伝えしたことですが、発症を食い止めるには治療を始めるのが少し遅すぎたかもしれません。塗抹検査の結果によると……」

「でも、先生はここ何カ月も診てくださいました。そのことは誰も知りません。私はまだまだ銀行で働けます。もう少しだけ治療してもらえませんか？」

「法を破ることになります」教授はチョークをつまむように親指と人差し指を動かしながら説明を続けた。「この伝染病の患者は必ず入院しなきゃなりません」

「でも、教授、あなたがおっしゃったんですよ、この病気が感染することはめったにないって」

「それでもあなたは感染した」

「いったいどこで……」はるか昔から同じ疑問に直面させられてきた男のように患者は自問した。

「海岸沿いで働いていたときのことかもしれませんね。港ではさまざまな接触があるでしょうから」

「接触？」

「そりゃ、あなたも普通の男でしょうから」

「でも、七年もまえの話ですよ」

「発症までに十年かかった例もあります」

「教授、このままだと仕事を失ってしまいます。治っても銀行に戻れるわけがない。年金なんてほんのわずかばかりのものです」

「大げさに考えすぎです。時間をかければ……ハンセン病は治るんですから」

「どうしてそんな名前で呼ぶんです？」

「五年前、国際会議で正式名称が変わったんです」

「でも、世間じゃ変わっちゃいません、教授。病院送りにされれば、私がらいだってことはみんなにばれてしまいます」

「私としてもほかに選択肢はないんです。でも、きっと病院は快適なはずです。それは請け合います。どの病室にもテレビがあるでしょうし、それにゴルフコースだってあるんですから」

一見、教授は少しも苛立っているようには見えなかった。が、椅子に坐るように患者に勧めなかったことが彼のその外見を裏切っていた。彼自身、患者とはプロメテウスとハゲワシをあいだにはさんで、こわばったように背すじを伸ばして突っ立っていることも。

「教授、お願いします。絶対に誰にも言いませんから。病院送りにしないで、ここで同じように治療してもらえませんか？　感染の危険は少ないって、先生自身がおっしゃったんですよ。それに、教授、私には少しばかり貯えがあります――大した額じゃないけど、それを全部……」

「なんということを。私を買収しようだなんて。無礼というだけじゃなく、考えちがいもはなはだしい。申しわけないが、そろそろお引き取りいただきたい。私も忙しくてね」

「病院送りが私にとってどんなにつらいことか、あなたにはわかってないんです。毎日同じことの繰り返しのような人生だけれど、私のような天涯孤独の男はその繰り返しを愛するようになるものなんです。毎日、湖の畔のカフェに七時に行って、八時に店を出る。カフェの人たちはみんな私のことを知ってくれています。たまにチェッカーをしたり、日曜には湖の蒸気船に乗って――」

「そういう日課は一年か二年中断せざるをえないでしょう」と教授はぴしゃりと言った。

「中断？　中断とおっしゃいました？　戻れっこないのに。らい病というのはことばなんです――病気じゃなくて。らい病が治るなんて誰も信じちゃいない。ことばを治すことなんて誰にもできない」

「完治すれば、病院の責任者の署名付きの証明書が発行されます」と教授は言った。

「証明書！　そんなものをもらうくらいなら鈴を持たされるほうがまだましだ（中世のヨーロッパではハンセン病患者は鈴を持ち歩かされた）」

そう言うと、患者は戸口を抜けて傘とオーヴァーシューズのほうへ廊下を歩いた。教授は部屋の外にはほとんど聞こえない小さな安堵のため息をつくと、机について坐った。すると、患者がまた戻ってきた。「もしかして私には秘密が守れないと思ってるんですか、教授？」

「いやいや、あなたのことは信頼していますよ。きっと守るでしょう。自分自身のためにね。しかし、私のような立場にいる医者が法を破ることなど期待しないでください。それも意味のある必要な法を。どこかの誰かがその法律を破ったりしなかったら、あなたも今日こうしてここに立ってはいなかったんですから。では、失敬、ヘル——」患者はもう玄関のドアを閉め、岩とモミの木の森に向かって歩きはじめていた。幹線道路やバス停がある市《まち》の中心地のほうへ。ほんとうに出ていったことを確かめようと、教授は窓辺まで歩いた。患者は木々のあいだに舞い落ちる雪の中を歩いていた。が、はたと立ち止まると、しきりと手を動かしはじめた。まるで新たに何かを思いつき、岩を相手にその議論の練習をしているかのように。それからまた雪の中を歩きだし、やがて視界からいなくなった。

教授は居間の折れ戸を開けると、書斎の机同様、頑丈な造りの食器棚のほうへまっすぐに向かった。プロメテウス像のかわりに、そこには大きな銀の細口壜《フラゴン》が置かれていた。その壜はフェンシング大会のトロフィーで、教授の名前と四十年以上前の日付が刻まれていた。その横には大きな銀の飾り台《イパーン》があり、それにも彼の名前が刻まれていた。引退したときに病院の同僚たちから贈られたものだ。教授は実の硬い青リンゴをひとつ手に取ると、書斎に戻ってまた机について坐った。彼の歯がリンゴを齧り取って嚙む音が聞こえた。サク、サク、サク、サク。

2

その日の午《ひる》近く、教授にはまた別の訪問客があった。こちらのほうは家のまえにメルセデス・ベンツを乗りつけた。この客に対しては教授自ら玄関で出迎え、中に招き入れた。

「大佐閣下《ヘル・カーネル》」と教授は言い、書斎でただひとつ、いくらかは坐り心地のいい椅子をまえに引っぱってきて大佐に勧めた。「今日は友人として見えたのならいいですが。医者の私に会いにきたのではなくて」

「体はどこも悪くありませんよ」教授のことばに苛立ちながらも同時に愉しむような表情も浮かべて大佐は言った。「血圧も正常、体重も理想的、心臓も頑丈。まったく、まるで機械ですな。実のところ、この機械が故障するところなど想像もつかない。心配事もなし、神経も異常なし……」

「それを聞いて安心しました、大佐。では、今日はただ顔を見せにこられたんですね」

「軍人というのは――」英国製のツイードに包まれた細長い脚を組んで、大佐は言った。「世の中でもっとも健康的な職業と言ってもいいですな――当然ながら、わが国のような中立国であれば、という意味だけれど。年次演習というのは実に健康にいいものです。体を鍛え直し、血を清め……」

「そういうことを患者たちに勧められれば、とつくづく思います」

「いや、体の弱い者は軍には無用です」そう言って、大佐はユーモアのかけらもない笑い声とともにつけ加えた。「もっとも、戦争をやってる国はそうも言っていられないでしょうが。しかし、だからそういう国はわれわれのような効率性が持てないんですよ」

教授が葉巻を勧めると、大佐は革の小さなケースからカッターを取り出し、葉先をカットして尋ねた。「将軍閣下《ヘル・ジェネラル》に会ったことは?」

「何かの機会に一、二度」

「今夜、七十歳の誕生日を祝われる」

「ほう、ずいぶんとお若く見えます」

「ええ、もちろん。それで将軍のために友人たちで――私がその音頭取りなんですが

――特別な催しを準備してきたんです。もちろん、将軍のお気に入りの趣味のことは教授もご存知ですよね？」

「いや、知っているとは……」

「ギャンブルですよ。ここ五十年、休暇の大半をモンテカルロで過ごしてこられたくらいなんだから」

「将軍は神経のほうもお強いんですね」

「もちろん。ただ、たまたまお加減が悪くて、今年はモンテカルロで誕生日を過ごせない。そこでみんなで考えたんです。そういうことなら、言うなればギャンブルのほうを将軍のところに持ってこようと」

「そんなことができるんですか？」

「すべて申し分なく手配できました。カンヌからクルピエをひとり、アシスタントをふたり呼び寄せたんです。必要な道具もすべてそろえました。場所は私の友人が田舎の家を貸してくれることになっていました。しかし、おわかりいただけると思うが、どんなこともいたって慎重に進めなくてはいけない。馬鹿げた法律がありますからね。こういうことには警察も眼をつぶってくれると思いたいところだが、高級官僚のあいだには少なからず軍への嫉妬がある。実際、警察庁長官があるパーティの席で――そもそもあんな男が招待されていたこと自体、驚きだが――こんなことを言ったのを聞いたことがあります。〝わが国が参加した真の戦争は私の部下によって戦われてきた〟とね」

「どういう意味です？」

「彼は〝犯罪〟のことを言ってるんです。馬鹿げた比較です。犯罪と戦争とどんな関係があるんです？」

教授は言った。「すべて申し分なく手配できたと言われましたね……？」

「ええ、私の友人――国立銀行総裁《ヘル・ジェネラル・ディレクター》の家を借りる件も含めてすべて。ところが、今日になって急にその彼が電話をしてきたんです。お子さんが――女の子だろうと思うが――猩紅熱にかかったというんです。それで家族も屋敷も隔離されることになってしまったんですよ」

「将軍はさぞがっかりなさることでしょう」

「将軍はまだ何もご存知ない。将軍がご存知なのは誕生日を祝うパーティが田舎で開かれることになっていること。ただそれだけですから」

「それで私のところにいらしたんですね」教授は戸惑いを隠して――戸惑いは医者には弱点になると考えているので――言った。「私なら何かいい案を……」

「いや、教授、私が参上したのは、今夜このお屋敷をお借りできないかと思ったからです。問題は簡単に要約できます。つまるところ、家が田舎にあればいいんです。理由はもう説明したと思いますが。ただ、ある程度の大きさの応接室《サロン》が要ります。ルーレット台が置けるくらいのね。それも少なくとも三台は欲しい。招待客が百人ほどになるもんで。それに当然、家主は将軍閣下に見合う人物でなくてはなりません。お宅よりもっとずっと大きな屋敷もありますが、将軍を招くにはどうにもふさわしくない家ばかりなんです。まさかこのことのために徴発するわけにもいきませんし」

「大佐、とても光栄なことです。言うまでもありませんが。しかし……」

「ここのドアは折れ戸になってるんですね。であれば、広さは充分です……」

「それはそうですが……」

「何か？　何か問題でも？」

「パーティは今夜ということでしたね？」

「ええ」

「だったら、とても準備が間に合わないんじゃ……」

「それは兵站の問題です、教授。兵站のことは軍に任せてください」彼はポケットから手帳を取り出すと〝照明〟と書きつけ、説明を続けた。「シャンデリアを吊るすことになります。シャンデリアのないカジノなど考えられません。向こうの部屋も見せてもらえるでしょうか？」

そう言うと、彼はツイードをまとった脚でつかつかと歩いた。「折り戸を開けて、シャンデリアをこの――失敬ながら――いささか平凡なセンターライトのかわりに吊るせば、立派なカジノの個室《サル・プリヴェ》になります。家具は階上《うえ》に運び上げてもいいですよね？　椅子がはいりますからね。この食器棚はバーカウンターとして使えそうだ。そうそう、教授は若い頃フェンシングをなさってたんですよね？」

「ええ」

「将軍もフェンシングにとても熱心だったんです。さて。オーケストラはどこがいいと思われます？」

「オーケストラ？」

「連隊の音楽隊が来ることになってるんです。まあ、最悪の場合、どうしても無理なら階段で演奏することもできなくはないけれど」彼は応接室《サロン》の窓辺で立ち止まると、黒々としたモミの木に囲まれた冬の庭を眺めた。「あれは東屋ですか？」

「ええ」

「東洋風なところがカジノにうってつけだ。あそこで演奏して、ここの窓を少し開けておけば、音はかすかにでもきっと……」

「寒いんじゃ……」

「立派なストーヴもあるし、分厚いカーテンもあるじゃないですか」

「東屋にはストーヴも何もありませんが」

「軍の外套を着れば問題ありません。それに、ヴァイオリン弾きは指を動かせば……

…」

「すべて今夜ということですよね？」

「今夜ということです」

「生まれてこの方、私は法を破ったことがないんですが」と教授は言い、反射的につくり笑いを浮かべて度胸のないところを隠した。

「だったら、これ以上の機会はありませんな」と大佐は言った。

3

日も暮れないうちから、家具を積んだトラックが続々と到着しはじめた。まずはワイングラスとシャンデリアが運び込まれたが、シャンデリアのほうは電気技師が来るまで木箱に入れられたまま廊下に置かれた。次に給仕たちがやってきて、金メッキされた小さな椅子を七十四脚積んだトラックも一緒にやってきた。運送業者の男たちは、台所で教授の使用人とビールを飲みながら、ルーレット台を三台載せたトラックの到着を待った。続いて、洒落た車が来着し、黒いスーツ姿の真面目くさったクルピエが三人降りてきた。同じ車から、ルーレット盤、フェルトの布、額によって異なる色と大きさのプラスティック製チップを入れた箱も運び出された。教授にしても自分の家のまえにこれほど多くの車が停まるのを見るのは初めてのことで、部外者か招待客にでもなった気分で寝室の窓辺にいつづけた。階段で作業員たちと顔を合わせるのが嫌だったのだ。部屋の外の長い廊下には、階下《した》から運ばれた家具ががらくたのように置かれていた。

午後早く、漆黒のモミの木の奥に真っ赤な冬の太陽が沈むと、家のまえの車が見る見る増えた。まずタクシーの一群が次から次に到着した。まばゆい黄色の車列がまるで琥珀の首飾りのように見えた。そうしたタクシーの中から、立派な体軀を軍の外套で包んだ男たちが楽器を手にぞろぞろと降りてきた。楽器はしょっちゅう車のドアに引っかかり、そのたびに大切そうにそっと持ち出された。そもそも、チェロをどうやってタクシーに押し込んだのか、想像しがたかった――仕立屋のマネキンのようなチェロの首《ネック》を最初に出すことはできても、肩《ショルダー》が大きすぎることはすぐにわかった。外套姿の男たちは、ライフルを構えるように弦楽器の弓を持ったままあたりにただ突っ立っていたが、そのうちトライアングルを持った小男が大声で指示を出した。すると、みんなすぐに家のまえから姿を消した。ほどなく東洋風の東屋から、積もった雪越しにチューニングの不協和音が聞こえてきた。何かが壊れる音が廊下から聞こえ、教授は部屋の外をのぞいてみた。大佐が平凡だと言ったセンターライトのひとつだった。補助テーブルの上に寄せ集められていたのがそこから落ちたのだ。廊下は書斎から持ち出された家具――大きな机、ガラス扉の書棚、三つのファイリング・キャビネット――でほぼ占領されていた。教授はプロメテウスを救出して寝室に運び入れた。もっとも、プロメテウス像は家で一番頑丈なものだったが。階下《した》からハンマーの音が響き、大佐の命令も聞こえてきた。教授は寝室に戻ってベッドに腰かけ、ショーペンハウアーを少しばかり読んで心を静めようとした。

それから四十五分ほど経って、大佐が軽快な足取りで部屋にやってきた。軍の夜会服姿の大佐の脚が覚えているより細く長く見えた。「そろそろ開始時刻《ゼロ・アワー》ですな」と彼は言った。「準備はほぼ整いました。教授、きっと別の家かとまちがわれるんじゃないかな。将軍も陽光の降り注ぐ自然豊かなところに来たとでも思われることでしょう。オーケストラの演目は、シュトラウスとオッフェンバックのメドレー、それとレハールも少々。将軍にはきっと馴染みがあるでしょうから。今夜の宴にふさわしい絵も壁に飾りました。あなたも階下《した》の個室《サル・プリヴェ》を見たら、それがそんじょそこらの軍の仕事ではないとおわかりいただけると思います。細部への心づかい。それがすぐれた兵士をつくるのです。教授、これで今夜あなたの家はカジノです。地中海沿岸のカジノ。庭の木をなんとか隠せないものかと思ったんですがね。ちょっと無理でした。雪がやまないもので」

「お見事です」と教授は言った。「実にお見事」離れた東屋からは『美しきエレーヌ』の旋律が漂い、家のまえからは車のブレーキ音が立てつづけに聞こえていた。教授はわが家から遠く離れた見知らぬ国に迷い込んだような気分になって言った。

「申しわけありませんが、今夜のことはすべてあなたにお任せします。将軍のことはほとんど存じ上げないもので。私は部屋で静かにサンドウィッチでも食べてます」

「それはいけません」と大佐は言った。「今夜のホストはあなたなんですから。将軍の耳にも今頃はあなたの名前が届いていることでしょう。もちろん、あなたの家がこんなことになっているとは想像だにしていないでしょうが……おっと、招待客が到着しはじめたようだ。早めに来るように言っておいたんです。将軍が見える頃には宴たけなわになるように。ルーレットがまわり、チップが飛び交い、クルピエの声が響き渡っているように……戦場が将軍の眼のまえに広がっているように。赤か黒《ルージュ・エ・ノワール》か。さあ、教授閣下、あなたも賭けを愉しんでください——われわれふたりが先陣を切らないと」

4

新雪がうっすらと積もった道路は走りにくかった。市《まち》の中心地からのバスはそんな道をのろのろと進んでいた。大きな競走をまえにしてむやみに筋肉を使いたくないと思っているランナーのように。靴の上にオーヴァーシューズをつけているにもかかわらず、患者は足が冷たかった。あるいは、それは自らの行動に——愚かな行動に——悪寒を覚えるせいかもしれなかった。その夜、道は混んでいた。黄色いタクシーがバスを次々と追い抜き、軍服や夜会服姿の若い男たちを乗せた小型のスポーツカーが何台も通り過ぎた。男たちはみな笑い、歌っていた。一度、警察車両か救急車か、けたたましい緊急サイレンが鳴った。バスはずるずると道路脇に寄って、青白い雪だまりの脇に停車した。大型のメルセデス・ベンツが一台走り過ぎた。その車には老人がひとり背すじをしゃんと伸ばして坐っていた。老人がたくわえている灰色の長い口ひげは、国が中立政策を宣言した一九一四年から伸ばしていそうな代物だった。昔ながらの軍服を着て、毛皮の帽子を耳のところまで引き下げてかぶっていた。

患者は道路脇の停留所でバスを降りた。満月に近い月が出ていたが、森の中を抜けるには、持ってきた懐中電灯の明かりが必要だった。教授の家へと続く私道でも車のヘッドライトをあてにすることはできなかった。私道のへりの危うい雪の上を歩きながら、患者は教授に伝える最後のことばを練習した。今度失敗したら、もう病院送りになるしかない。凍てつく湖に入水《じゅすい》して、二度と戻らないと思えるだけの勇気を奮い起こせたら話は別だが。望みはないに等しかった。机についた教授の姿――遅い時間の来客にひどく腹を立てている教授の姿――を思い描こうとすると、なぜかブロンズのハゲワシの半分広げた羽と、囚われ人の内臓に突き刺さる細長い嘴だけが瞼に浮かんだ。

木々の下で彼は懇願して囁いた。「教授、誰にも迷惑なんてかけませんから。私はずっとひとりぼっちでした。両親もいないし、ただひとりの姉も去年亡くしました。

銀行の客以外、誰に会うことも誰と話すこともありません。時々、カフェでチェッカーをするくらいのことです。それだけなんです。そのほうが賢明と先生が思われるなら、今以上にひとりきりで暮らします。それに、銀行では紙幣を扱うときはいつも手袋をするようにしてるんです。紙幣は汚れてるのも多いですから。治療を続けてくださるなら、言われたとおりあらゆる予防策を講じます。私は法律に従う人間です。でも、大切なのは法律の文字ではありません。精神です。私は法律の精神に従います」

ハゲワシは容赦のない嘴でプロメテウスをとらえていた。二度聞くには耐えないことばをさえぎるかのように、患者は悲しげに言った。「私はテレビなんかも好きじゃありません、教授。まぶしくて涙が出てくるんです。ゴルフなんかはしたこともありません」

木々の下でふと立ち止まると、重みに耐えかねた枝から雪の塊が傘にどさりと落ちてきた。ありえないことながら、遠くから一陣の風に運ばれて音楽の旋律が聞こえ、また去っていったような気がした。その旋律には聞き覚えさえある気がした。オペラの『巴里の生活《ラ・ヴィ・パリジエンヌ》』の中の曲だろうか、あたり一面の闇と雪の彼方からワルツの旋律が一瞬響き渡ってきたのだ。この場所は、午《ひる》の光の中でしか見たことがなかったが、今は雪がひらひらと舞い、頭上のモミの木々のあいだに星がまたたいていた。彼は思った。いや、道に迷ったのだ。舞踏会が催されている見知らぬ屋敷に迷い込んでしまったのだ……

しかし、家のまえの車まわしにたどり着くと、記憶にある玄関《ポルチコ》が眼にはいった。窓の形やとんがった屋根にも見覚えがあった。屋根からは時折、リンゴを齧るようなサクサクという音とともに雪がすべり落ちていた。しかし、見覚えがあるのはそれだけだった。光輝き、騒がしい話し声が響く教授の家など見たことがなかった。もしかすると、両隣りの屋敷も同じ建築家の設計で、森のどこかで道を誤ったのかもしれない。彼は窓に近づいて確かめてみた。硬くなった雪がオーヴァーシューズの下でビスケットのように割れた。

明らかに酩酊した若い将校がふたり、開けられたままのドアからふらふらと出てきた。「19にやられた」と将校のひとりが言った。「あのくそいまいましい19に」

「おれはゼロだ。一時間ずっとゼロに賭けつづけたのに、なのに一度も……」

初めの若い男が腰のホルスターからリヴォルヴァーを抜き、月明かりにかざして言った。「今のおれには自殺しかない。自殺にはもってこいの雰囲気だ」

「気をつけろよ。弾丸《たま》がはいってるかもしれないだろうが」

「もちろん、はいってるさ。あれは誰だ？」

「さあな。庭師じゃないか？　いいから銃をおもちゃにするのはやめろ」

「もっとシャンパンを飲もう」と初めの男は言い、リヴォルヴァーをホルスターに戻そうとして、雪の上に落とした。が、男は気づきもせず、空《から》のホルスターのボタンをしっかりとめて繰り返した。「もっとシャンパンだ。夢が泡と消えるまえに」ふたりはまた千鳥足で中に戻っていった。黒っぽい銃は雪の中に埋もれていた。

　患者は窓のところまで歩いた。道をまちがえていなければ、書斎の窓のはずだったが、暗闇で道に迷い、別の家に来てしまったことにはもはや疑問の余地がなかった。窓の向こうに見えたのは、大きな机と書棚、鋼鉄製のファイリング・キャビネットのある正方形の小部屋ではなく、切り子ガラスのシャンデリアが華やかに輝く細長い部屋だった。壁には趣味の悪い絵が飾られていた――透けたネグリジェ姿で滝をのぞき込むようにして立っている若い女や、まえかがみになって、水蓮が浮かぶ池の水を手で掻き分けている若い女の絵。軍服や夜会服を着た男たちが三つのルーレット台のまわりに群がっていた。クルピエのかけ声が外まで聞こえてきた――「さあ、賭けてください《フェット・ヴォ・ジュ》、みなさん《メシュー》。どうぞお賭けください《フェット・ヴォ・ジュ》」暗い庭のどこかからオーケストラが奏でる『美しく青きドナウ』が聞こえていた。患者は雪の上に突っ立ったまま窓ガラスに顔を押しつけた。別の家だろうか？　いや、これは別の家ではない。別の国だ。患者はもう帰り道さえ見つけられない気がした。遠くに来すぎた気がした。

　テーブルのひとつ、クルピエの右側に、メルセデス・ベンツに乗って通り過ぎた男が坐っていた。ボールがまわり、飛び跳ね、またまわるあいだ、片手で口ひげを弄び、もう片方の手で眼のまえのチップの山を数えたり重ね直したりしながら、『メリー・ウィドウ』の曲に合わせ、片足で床を踏み鳴らしていた。バーカウンターから斜めに飛び出したシャンパンのコルクがシャンデリアにこつんとぶつかった。クルピエはまた呼ばわった――「さあ、賭けてください《フェット・ヴォ・ジュ》、みなさん《メシュー》」誰かの指の中でグラスのステムがぽきっと折れた。

　患者は教授を見つけた。ふたつめのシャンデリアの向こう、大部屋の一番奥の窓に背を向けて立っていた。笑い声と叫び声、燦々と輝く光を越えて、ふたりの視線が交わった。

　教授には患者がはっきりと見えたわけではなかった。窓ガラスに押しつけられた顔の輪郭がわかっただけだった。患者のほうは、テーブルの奥、シャンデリアの光の中に、教授の姿をしっかりととらえていた。その表情さえ。場ちがいなパーティに迷い込んでしまった人の途方に暮れた顔をしていた。患者は片手を上げた。自分も道に迷って途方に暮れていることを示すかのように。しかし、もちろん暗闇の中のそのジェスチャーが教授に届くことはなかった。患者はそのときはっきりと悟った気がした。かつては見知ったふたりではあったが、もう会うことはおそらく不可能なのだろう。ふたりともなんらかの奇妙な出来事に導かれ、迷い込んでしまったこの家では。ここには診察室がなかった。患者のカルテも、机も。プロメテウスもいなかった。懇願できる医者さえ。「さあ、賭けてください《フェット・ヴォ・ジュ》、みなさん《メシュー》」クルピエたちが呼ばわっていた。「どうぞお賭けください《フェット・ヴォ・ジュ》」

5

「親愛なる教授閣下、なんといってもあなたがホストなんだから、一度は賭けてみなくちゃ」と大佐は言って教授の袖をつかむと、将軍のテーブルまで連れていった。将軍はレハールの曲に合わせて、まだ足で拍子を取っていた。トントントンと。

「教授も将軍のご運にあやかりたいと思っておられるようです、閣下」

「今夜はあまりついてないが、まあ、ご随意に……」と将軍はテーブルのフェルトの模様を指でなぞりながら言った。「ただ、保険がわりにゼロにも賭けたほうがいいと思うね」

ボールがまわり、飛び跳ね、またまわって止まった。「ゼロ」とクルピエが宣すると、ゼロ以外のチップを掻き寄せ集めた。

「少なくとも、負けはしなかったでしょう、教授閣下」と将軍は言った。そのとき、男たちのざわめきをしのいで遠くからかすかな炸裂音が聞こえてきた。

「シャンパンが景気よく抜かれてますね」と大佐が言った。「将軍、もう一杯いかがです？」

「今のが銃声だったらねえ」と将軍はいかにも冷酷な笑みを浮かべて言った。「そう、昔のことだが……こんなことがあった。モンテカルロで一度……」

教授は窓を――さきほど誰かが外に立っていると思った窓を――見やった。その誰かは自分と同じくらい途方に暮れたような顔をしていた。しかし、今はもうそこには誰もいなかった。

森で見つけたもの

A Discovery in the Woods

桃尾美佳訳

山あいの村で暮らす子どもたちが、黒いちごを摘むために村はずれへの遠征を試みる。初めて足を踏み入れる未知の領域に対する不安と興奮が、幼い少年の目を通して瑞々しく描かれている――のだが、そこはグリーンのこと、単なる幼年期の冒険譚に終わるはずがない。物語は初めから、老人と雲にまつわる童遊びや、夜の廃墟を徘徊する巨人の伝説、由来の判然としない誓いの儀式などの奇妙な謎に彩られている。折々に挟まれる暴力と鮮血のイメージも、微笑ましいはずの子どもたちの冒険に不穏な影を落とす。主旋律を乱す不協和音のように混入する不可解な要素は、徐々に一つの解に向かって収斂してゆき、幕切れ近くの一瞬の視点変更で全ての謎が鮮やかに符合する。ストーリーテラーの面目躍如の美事な手際を堪能されたあとは、ぜひ再読を。隠された主題の意外な現代性と、作者の周到な語りの技術に圧倒されること請け合いである。

（訳者）

1

その村は海抜千フィートの高みにあった。周りはごつごつした赤い岩に囲まれている。海辺からは五マイルほど離れていて、村までは細い小道が一本きり、いくつもの山や丘を越えてうねうねと続いている。ピートの村の者は誰一人、その先へ行ったことがない。一度だけ、ピートの父親が漁に出て、別の小さな村から来た男たちに出会ったことがあった。二十マイルほど東へ行くと海に岬が突き出しており、彼らの村はその向こうにあるという話だった。子どもたちは、父親にくっついて船を繋いだ砂利浜へ行かない日は、もっと高いところまで山を登り、村の家を睥睨《へいげい》する赤い岩の下に集まって、さまざまな遊び――「ノウじいさん」だとか「あの雲に気をつけろ」だとか――に興じる。村から数百フィートも登ってゆくと、低木の茂みが終わって森林地帯が始まる。ここの木々はまるで、にっちもさっちもいかなくなった登山者が張り付いているみたいな姿で、山の岩肌にしがみついている。こういう木の合間には、黒いちごが生えている。日の当たらない枝の陰に、決まって一番立派な実が隠れているのである。旬の季節に摘んだ黒いちごは、魚ばかりで代わり映えのしない食事に、爽やかな甘味を添えた。総じてみれば、つつましくて簡素だったけれども、幸福な村の暮らしであった。

ピートの母親は背丈が五フィート足らず、目はやぶにらみで、歩き方もよろよろしていたが、どれほどぎこちない動きをしても、ピートの目には母の仕草が、人として最高に優雅なものと映った。彼女は週の五日目になるとよくピートにお話をしてくれた。どもりがちな口調には、どこか魔法めいた音楽的魅力があった。ピートをとりわけ魅了したのは、「じゅ、じゅ、じゅ、樹木」という言葉だ。「それなあに？」と尋ねると、母親は説明しようとした。「オークのことなの？」「じゅ、じゅ、樹木というのは、オークじゃないわ。でもオークはじゅ、じゅ、樹木だし、か、か、樺もそうよ」「でも樺とオークは全然違うよ。誰だって知ってるもん。どんなに遠くから見たって、犬と猫みたいに違うよ」「犬と、ね、ね、猫だったら、どちらも動物ね」ピートと父親には到底できないことだったけれど、母親は何代も過去の祖先から、ものごとを帰納的に語るという力を受け継いでいたのである。

もちろんピートだって、経験から学ぶことのできない馬鹿な子どもではない。いくらか大変ではあったけれども、頑張ればここ四年ほどの冬がどんなだったかを思い返すこともできた。それでも思い出せる一番古い記憶は、まるで海霧のようにぼんやりしている。風に吹き散らされると岩や木立の姿が一瞬垣間見えたような気がするのだが、またすぐにもやもやとすべてが覆われてしまう、あんな具合だ。母親は彼が七歳だと主張していたが、父親の話では九歳ということだった。それだとあと一冬越せば、彼も父親が親戚の者たちと（親戚といっても、村の住民は全員縁続きのようなものだが）共有している船《ボート》に乗り組むことができる。もしかすると母親の方は、ピートが大人の男たちに交じって漁に出なくてはならない時期を遅らせるために、わざと年齢を間違えていたのかもしれない。漁に出るのが危険なのは無論である——実際、冬が来るたびに村の誰かしらが海で死んだ。そのため村人の数は、蟻の集団と似たようなものので、増えるということはほとんどなかった。だがそれとは別に、母親にとってもう一つ大問題だったのは、ピートが一人っ子ということだった（二人以上の子持ちといえばトート家とフォックス家の二軒ばかりで、トート家には三つ子までいた）。ピートが父親と漁に出るようになったら、秋の黒いちごを摘む作業は、他の家の子どもたちに頼るほかなくなってしまう。もちろん、いちごは無くて困るというほどのものではなかったけれど、山羊の乳をかけた黒いちごは、母親の何よりの好物だったのである。

というわけで、陸で秋を過ごすのはきっとこれが最後の年だということは、ピートにもよくわかってはいた。けれども彼はこういうことをあまり気にしなかった。年齢の件についてはおそらく、父親の方が正しかったようだ。現在のピートは、遊び仲間の間では向かうところ敵なしの親分格として、羽振りをきかせている。自分よりも強い敵を求めて、体がうずうずするほどだった。その年の十月、彼の率いる一味には四人の仲間がいた。ピートはそのうち三人を番号で呼ぶことに決めた。その方が命令がきびきびして聞こえるし、訓練もやりやすい。四人目の団員は七歳のリズという少女で、女の子を入れたくはなかったのだが、いろいろ役に立つからというので、仕方なく入団させた子だった。

村はずれの廃墟の袂が彼らの集合場所だ。この廃墟は古いもので、大人はともかく子どもたちは、夜になるとここに巨人の幽霊が出現すると信じていた。ピートの母親は、どういうわけか村のどの女性よりも物知りで、自分の祖母から聞いたという話をしてくれた。それによると、ノウという人物は、何千年も前に地上を見舞った、大きな災厄に関わった人物らしい。空から雷が落とされたのか、大波が押し寄せたか（この村を押し流すには少なくとも千フィートの大波が必要だけれど）、あるいは疫病か、伝説はさまざまな話を伝えている。ともかくそれによって住民は全滅し、後に残された遺跡は緩やかな時の流れによって、徐々に朽ちていったのだという。巨人は果たして殺戮した側の幽霊なのか、殺された側の幽霊なのか、そこのところははっきりしないままであった。

その年の黒いちごは、もうほとんどおしまいだった。いずれにしても、村の周囲一マイル以内の茂みは――赤い岩の根元にあるせいか、ここは底《ボトム》の村と呼ばれていた――実を摘み尽くされて丸裸になっていた。仲間たちがいつもの場所に集まってくると、ピートは前代未聞の提案をしてやった――黒いちごを摘むために、新しい領地に踏み込もう、と言い出したのだ。

一号が気の乗らない様子で言った。「今までそんなの、やったことないじゃないか」彼は何をするにつけても保守的な子どもだった。まるで雨だれが石に穿った穴みたいな、落ち窪んだ小さな目をしており、頭には髪の毛らしいものがほとんどないために、萎びきった老人のように見えた。

「たいへんなことになっちゃうわ」リズが言った。「そんなことやったら」

「誰にも言わなきゃいいだろ」ピートは言った。「誓いを立てればいい」

村の長年の慣習で、一番村はずれの家から三マイル先までの半円形の土地は、この村のものだと考えられていた――村はずれの家といっても、実際は土台しか残っていない廃墟に過ぎない。海についても、はっきりしてはいないものの、さらに少し遠く、約十二マイルあたりまでの沖合は、この村のものということになっていた。こうした主張は、岬の向こうからやってきた船に出くわした際に、衝突の火種となった。その時はピートの父親が、地平線の上にむくむく湧き出した雲を指さして、うまく場をおさめた。途方もない大きさの不気味な黒雲が湧いているのを見て、どちらの村も矛を収めて陸に戻ることにした。岬の向こうの村の漁師はその後二度とそこまで遠出をしてくることはなかった(灰色のどんよりした曇り空の日も、きれいに晴れ上がった青空の日も、月がなく星明かりが見えない晩にさえ、漁には出るものと決まっていた。ただ、雲の形がはっきり見分けられる時だけは、皆の暗黙の了解で、船出を控えることになっていた)。

「でもさ、もし誰かに会っちゃったらどうするの?」二号が訊いた。

「会うわけないだろ」ピートは言った。

「行っちゃいけないことになってるのは」リズが言った。「何か理由があるんじゃないの」

「理由なんかないよ」ピートが言った。「掟で決まってるってだけだ」

「なんだい、掟で決まってるだけなのか」三号が言って、掟など屁でもないといわんばかりに小石を蹴っ飛ばした。

「あっち側って、誰の土地なの？」リズが訊いた。

「誰の土地でもないよ」ピートは言った。

「ということはつまり、権利を持っている者もいないわけだ」落ち窪んで潤んだ目を伏せて、一号がしかつめらしい言い方をした。

「そのとおり」ピートが言った。「誰にも権利なんかないんだよ」

「待てよ、そういう意味で言ったんじゃないぞ」一号が言い返した。

「黒いちご、あると思う？　ずっと上の方にも？」二号が尋ねた。彼は合理的な子どもで、危険を冒すだけの価値があるかどうかだけは確かめたいと思っていた。

「森の中までずっと、茂みが続いてるよ」ピートは言った。

「なんでわかるの？」

「そうに決まってるからさ」

その日に限ってみんながなかなか自分の言うことを聞き入れないのは、なんだか妙な気がした。黒いちごの茂みが、うちの村の領地の切れ目で、突然生えるのをやめるだなんて、そんな馬鹿なことがあるだろうか。黒いちごはボトム村だけで使うために創られたわけじゃないのに。ピートは言った。「お前たち、冬が来る前にもう一度黒いちごを摘みたくないのか？」子どもたちは赤土の地面を見ていれば答えが見つかりでもするかのように、そっと項垂《うなだ》れた。だが地面では、石から石へと蟻が道を作っているだけだった。やがて一号が言った。「誰もあっちへ行ったことはないんだぞ」まるでそれこそが、思いつく限り最大の切り札とでも言わんばかりだった。

「それならなおさらうまい黒いちごがあるはずだ」ピートは言った。

しばらく考えていた二号が言った。「上の方は森が深いよね。黒いちごは日陰が好きだもんね」

三号があくびをした。「黒いちごのことなんかどうでもいいよ。いちごを摘むよりも面白いことがありそうだ。なにしろ初めて行くところなんだし。なんでもいいから見に行こうぜ。何が起きるか誰にもわからないんだから……」

「誰にもわからないの？」リズがこわごわ言って、最初にピートを、それから三号を、彼らにならあちら側がどうなっているのかわかるのではないかと言いたげに見つめた。

「よし、行く気がある奴は手を挙げろ」ピートは指揮官のように高々と手を挙げた。

一秒と遅れずに三号が続き、しばらく迷ってから二号も彼らに倣った。大勢は行く側に傾いたとみて、リズも恐る恐る手を挙げ、一号の様子をちらりと目で窺った。「じゃあお前は家へ帰るんだな？」軽蔑と安堵が入り混じるのを感じながら、ピートは一号に言った。

「こいつにも誓いは立ててもらおうよ」三号が言った。「でないとさ……」

「僕は家に帰るんだから誓いなんか立てる必要ないね」

「立てなきゃだめだ、でないと喋っちゃうじゃないか」

「誓いなんて馬鹿馬鹿しい、そんなものどうでもいいよ。全然意味ない。誓いを立てたって、喋ろうと思ったらいくらでも喋れるんだぜ」

沈黙が下りた。他の三人の子どもはピートを窺った。仲間同士の信頼関係が、いまや土台から崩れようとしている。誓いを破ると言い出す者など、これまで誰一人いなかったのに。しばらくして三号が口を開いた。「こいつをぶちのめそう」

「だめだ」ピートは言った。暴力では解決にならないとわかっていた。ぶちのめしたところで、一号は家に駆け戻って、何もかも喋ってしまう。家に戻ったらお仕置きが待っていると思ったら、黒いちご摘みの楽しさも台無しになってしまうだろう。

「あーあ」二号が言った。「もういいよ、黒いちごのことなんか忘れて、『ノウじいさん』をして遊ぼう」

リズは女の子だけに、しくしく泣き出した。「黒いちご、摘みに行きたいよ」

その隙に、ピートも心を決めた。彼は言った。「こいつにも誓いを立てさせよう。黒いちご摘みにも連れて行くぞ。手を縛れ」

一号は逃げようとしたが、すかさず二号が足をはらった。リズが髪に結ぶリボンを使って彼の手首を縛った。彼女しか知らない特別の結び方だ。彼女が仲間に入れてもらえたのは、こういう特殊な技術のおかげであった。一号は廃墟の石塊に座り込んで、仲間たちをせせら笑った。「手を縛られてるのにどうやって黒いちごを摘めっていうんだよ」

「お前はいやしんぼで、摘んだ分を全部食べちゃったってことにする。一粒も家に持って帰らないで、一人で食べて、服がいちごの染みだらけになってるって寸法さ」

「ああ、きっとめちゃくちゃにひっぱたかれるね！」リズがうっとりと言った。「服がびりびりに破けて、裸になるまでひっぱたかれるんじゃゃない！」

「四人がかりかよ」

「さあ、誓いを立てろ」ピートが言って、小枝を二本折ると十文字に組み合わせた。後の三人は口の中に唾をためて、十文字の先端四か所に塗り付けた。それからピートが、べとべとと濡れた先端部分を一号の唇の間に突っ込んだ。言葉は必要なかった。こうすればみんなの頭には同じ文句が浮かんでくるに決まっているのだ。「もし喋ったら、ぶち殺せ」一号の誓いを無理やり済ませた後、全員が同じ儀式に従った（この誓いの起源については誰も知らなかった。彼らのような子どもたちの間で、数世代にわたって伝えられてきた誓いなのだ。ピートは以前――おそらくは他の者たちも似たようなことをしているに違いない――暗い寝床の中で、この誓いの儀式がいったいどういう意味を持つのか解き明かそうと、考えを巡らしたことがある。唾を混ぜ合わすのは血を混ぜるのと一緒で、つまりお互いの命を共にするということなのだろう。十文字を使うのは儀式を神聖なものにするためで、これはどういうわけだか、十字の形が恥辱に満ちた死を意味するとされてきたためであった）。

「紐を持ってる者はないか」ピートは言った。

彼らはリズのリボンに紐を結びつけると、一号を引きずり起こした。二号が紐を握り、三号は後ろから押した。ピートは先頭に立って、森へ分け入り道を登っていった。リズは少し離れて後ろから足を引きずってついてきた。がに股のせいであまり早く歩けないのだ。もはやなすすべがないとわかると、一号はおとなしくなった。せめてもの反撃のつもりか時折せせら笑いを浮かべたり、ぐずぐず歩いたりしたので、紐はぴんと張りっぱなしだった。このため行軍は遅れに遅れ、村の縄張りの端までたどり着いてボトムの森から小さな谷間の縁に出たときには、二時間近くが経過していた。谷の向こう側では、こちら側と同じように、赤い岩が積み重なる崖になっていた。岩と岩の間にはどこも樺の木が根付いて、山の稜線に至るまで生い茂っている。ボトムの村の誰一人、その稜線まで向こう側を登ったことはない。木の根や岩の隙間には、至るところに黒いちごが茂っていた。今たたずんでいるこちら側からでも、葉陰にふんだんに実っている黒いちごの、誰の手にもまだ触れられていないすばらしく甘美な実から、秋空にたなびくようなぼんやりした青い靄が立ち上ってゆくさまが、目に見えるように思われた。

2

それでもやはり、彼らはすぐに下へ降りてゆく気になれなかった。まるで、一号が何か邪悪な力を発揮して、彼につけた紐に他のみんなも繋がれてしまったみたいだった。一号は地面に座り込むと、鼻で笑った。「そらみろ、やっぱり怖いんじゃないか

「……」

「何が怖いって？」ピートはぴしゃりと言い返した。一号の言葉をここで振り払っておかないといけない。二号や三号やリズが不信感を抱きはじめたら、ピートが保ってきた威信がますますぐらついてしまう。

「あの黒いちごは僕らのものじゃない」一号は言った。

「じゃあ誰のものだっていうんだ？」ピートは訊き返した。傍らで二号が、一号の答えを期待するような面持ちで見つめているのに気付いた。

三号が馬鹿にしたように「見つけた奴の物に決まってる」と言い放ち、小石を渓谷に蹴りこんだ。

「あれは隣村の黒いちごだろ。わかってるくせに」

「じゃあ隣村ってどこにあるんだよ？」ピートは追及した。

「どこかにあるさ」

「隣村なんて、どこにもないのかもしれないぜ」

「ないはずないよ。考えたらわかるだろ。僕らの他に誰もいないなんてこと、あるわけない――僕らと二つ河村《トゥーリヴァーズ》の奴らしかいないなんて」これは岬の向こうにある村の呼び名だ。

「だけど、なんでそんなことがお前にわかるんだよ？」ピートは言った。頭が回転しはじめる。「もしかすると俺たちの他に誰もいやしないのかもしれない。もしかすると向こうへ登ったら、いくらでも遠くまで行くことができるのかもしれない。もしかすると世界には、他に誰もいないのかもしれない」二号とリズはピートの話にひきこまれかけている。三号の奴についてはお手上げだ、あいつは何にも考えちゃいないんだから。だがそうはいっても彼は、後継者を選ぶ段になれば、三号の無頓着な性格の方が、一号が引きずっている時代遅れの規則だとか、冒険を嫌う二号の堅実さよりはましだと思っていた。

一号が言った。「お前らはほんとどうかしてる」彼は渓谷に唾を吐き棄てた。「僕たちの他に誰一人この世にいないなんてことあるわけないのに。考えたらわかるだろ」

「なんでだよ？」ピートは言った。「誰にもそんなことわかるもんか」

「もしかしたら、あの黒いちごには毒があるかも」リズが言い出した。「あたしたちみんなお腹が痛くなっちゃうかも。あっちには野蛮人がいるかもしれないし、もしかしたら、巨人がいるのかも」

「自分の目で見るまでは巨人なんか信じないね」ピートは言った。リズは大して怖がっているわけではない。誰か自分よりしっかりした者に安心させてほしいだけなのだ。

「お前は口ばっかりで」一号が言った。「ちゃんと準備もしてやいないじゃないか。いちごを摘みに行く気ならなんで籠を持って来いって先に言わなかったんだよ？」

「籠なんかいらないからさ。リズのスカートを使うんだ」

「ああそうかい、それじゃスカートが染みだらけになって、リズは帰ったらお仕置きだな」

「黒いちごを山ほど入れて帰ったらお仕置きなんかされないさ。スカートを括れよ、リズ」

リズはスカートをからげてお腹側に荷籠《パニエ》のような形をこしらえた。両端を後ろに回し、ぷるんとした小さなお尻の割れ目の上あたりで結わえる。彼女が身仕舞する様子を少年たちは興味を持って眺めた。「そんなんじゃいちごは全部落っこっちゃうだろうな」一号が言った。「全部脱いで袋を作らなきゃ無理だよ」

「袋なんか持ってたらあたし登れないじゃないの。一号ったら何にもわかってないのね。ちゃんとうまくできるんだから」リズは剝き出しのお尻を踵の上に乗せて地面にしゃがみ込むと、あれこれやり直した挙句、どうにかこれで良しという具合にしっかりと結び目を締めた。

「よし、じゃあ行こうぜ」三号が言った。

「俺が命令してからだ。一号、暴れたりしないと約束したら解放してやるぞ」

「思いっきり暴れてやるよ」

「二号と三号、一号の身柄はあずける。お前らは後衛だ。迅速に退却する必要が生じた場合は、捕虜を捨てていけ。リズと俺は先へ行って偵察だ」

「なんでリズなんだよ？」三号が言った。「女の子なんか役立たずなのに」

「スパイを使う場合に備えるんだ。スパイには昔から女の子が向いてるからな。それに、女の子なら打《ぶ》たれないし」

「父ちゃんは打つわよ」お尻をぴくりと震わせてリズが言った。

「俺だって前衛をやりたい」三号が言った。

「どっちが前衛になるのか、まだわからないんだぞ。こうして喋ってる間にも、奴らに見張られてるかもしれない。俺たちをおびき出しておいて、後方部隊から攻撃してくるかもしれないじゃないか」

「怖いんだろ」一号が言った。「弱虫毛虫！」

「怖くなんかない。だけど俺はボスだから、お前たちの責任者だ。みんなよく聞け。万が一危険なことが起きたら、口笛を短く一回吹け。その場に留まって身動きするな、息もするな。短い口笛二回で捕虜を放棄、大急ぎで退却だ。長い口笛一回で、お宝発見、万事ぬかりなし、できるだけ早く集合、の合図。わかったか？」

「うん大丈夫」二号が言った。「じゃあ、ただ単に迷子になったらどうすればいい？」

「その場に留まって口笛の合図を待て」

「こ、こいつが口笛を吹いたらどうする――混乱させようとしてさ」一号を爪先で突つきながら二号が訊いた。

「そのときは猿轡《さるぐつわ》をかませろ。思い切り締め上げて歯をがたがた言わせてやれ」

ピートは崖の縁へ行って下を眺め、低木の合間をどのように進むべきか考えた。岩場は三十フィートも下れば途切れてしまう。後ろにリズが寄ってきて、彼のシャツの端を引いた。「奴らって、誰のこと？」リズが囁いた。

「俺たちの知らない奴らさ」

「巨人のこと、信じてないの？」

「ああ」

「あたしは巨人のこと考えると、ぞおっとするの――ここが」リズは荷籠《パニエ》の形にしたスカートの下に手を伸ばし、剝き出しの小さな恥丘を押さえた。

ピートは言った。「そこのハリエニシダの茂みの間から降りていこう。気をつけろよ。石はぐらぐらするから、絶対音を立てないようにするんだぞ」後ろを振り向くと、仲間たちは称賛と羨望と憎悪（これは一号だ）の目で、ピートを見守っていた。「俺たちがあっち側を登り出すまで待って、それから下りはじめるんだぞ」彼は空を見やった。「侵攻を正午に開始」世界の姿を一変させた大事件を記録する歴史家のような正確無比の口ぶりで、彼は出発を宣言した。

3

「もう口笛を吹いてもいいんじゃない」リズが言い出した。二人はすでに渓谷の斜面を半分ほど登っており、登攀の疲れに息を切らしていた。リズは黒いちごを口に入れると、言い足した。「これ、甘いよ。あたしたちの村のより甘い。摘みはじめない？」太腿や尻が茨に引っ掻かれて、黒いちごの汁のような色の血がにじんでいる。

ピートは言った。「何言ってるんだ、俺たちの縄張りにだってこれより甘いのくらいあったよ。それよりリズ、気づいたか？　ここの黒いちごはまだ一粒も摘まれてない。つまり、今まで誰も来たことがないんだよ。もっと向こうに、これよりずっと凄いのがあるはずだ。こいつら、ここで何年も何年も何年も育ってきたんだ——これから先、木みたいに高く茂った藪だとかリンゴみたいに大きないちごの実があっても、俺は驚かないぞ。ちっちゃいのは後の奴らが摘みたければ摘めるように放っておこう。俺たちはもっと上へ登って、ほんもののお宝を見つけるんだ」こう言っている間にも、他の三人の靴が擦れる音や石が転がる音が聞こえてきたが、木々の周りにはこんもりと藪が生い茂っていたために、姿は一切見えなかった。「来いよ。先にお宝を見つけたら、俺たちのものになるんだ」

「ほんとうの宝物だったらいいのにな、ただの黒いちごなんかじゃなくって」

「ほんもののお宝があるかもしれないぞ。ここを探検するのは俺たちが初めてなんだから」

「巨人は？」リズがぞくりと身を震わせながら尋ねた。

「あれは子ども向けのお話だろ。ノウじいさんや、ノウの船と一緒だよ。巨人なんてはじめっからいないんだ」

「ノウもほんとはいなかったの？」

「君ってまだまだ赤ちゃんみたいだな」

二人は樺の木立と藪の間をずんずん登っていった。他の者たちの足音は次第に遠ざかってゆく。あたりにはそれまでと異なる臭いが立ちこめていた。塩気のある海の匂いはもはや遠く、ここでは熱く湿って鉄気《かなけ》を含んだような臭いがした。やがて木々も藪もまばらになり、二人は丘の頂上にたどり着いた。後ろを振り返ると、ボトムの村は尾根にさえぎられて、もうどこにあるのかわからなくなっていた。それでも木々を透かして、青い水平線が見えた。まるで何か途方もない痙攣を起こして、彼らのいる高さにまで海が迫り上がってきたみたいだった。言いようのない心もとなさを感じて、彼らは海から目を逸らし、前方に広がる未知の土地を見やった。

4

「家だわ」リズが言った。「すごく大きな家」

「まさか。こんな大きさの家なんか見たことがないよ――こんな形してるのも見たことない」そうは言いながら、ピートにもリズが言うとおりなのはわかっていた。これはどう見ても、自然ではなく人の手によって造られたものだ。この中に人間が住んでいたことがあるのだ。

「巨人の家じゃない」リズがおびえた様子で言った。

ピートは崖っぷちに腹這いになって下を覗いてみた。百フィートほど下の赤岩に囲まれたところに細長い建物があり、生い茂る藪や苔に埋もれながら、ところどころきらきらと光を反射している。向こう側の端が見えないほど長い建物だ。両側面には木々が這い登り、屋根にも新しい若木が根を生やして、二本の巨大な煙突のてっぺんまで、蔦やラッパ型の花をつけた蔓草が絡みついている。煙は上がっておらず、住人の気配はまったくなかった。鳥だけが、おそらくは彼らの声を聞きつけたものとみえて、木々の間で警告を発するように鳴き交わしている。一方の煙突から椋鳥の群れがぱっと舞い上がり、散り散りに飛び去っていった。

「戻ろうよ」リズが囁いた。

「今戻るわけにはいかない」ピートは言った。「怖がるなよ。廃墟は初めてじゃないだろ。どうってことないじゃないか。俺たちはいつも廃墟で遊んでるんだから」

「怖いわ。ボトムの廃墟と感じが違うもの」

「ボトムの外には俺たちが知らない世界があるのさ」これこそはピートが自分一人でずっと信じ続けてきたことだった。

大きな建物は斜めに傾いでいたので、二人は巨大な煙突の片方を、奥の方まで覗き込むことができた。まるで世界がぽっかりと口を開いたようだった。「下を見に行ってみる」ピートは言った。「でもまず外側の様子を窺ってくるよ」

「あたし口笛を吹こうか？」

「まだいい。他の奴が来るかもしれないから、そこにじっとしてろ」

彼は慎重に尾根を伝っていった。背後にはあの奇妙な建物が――材質は石でも木でもない――百ヤードかもっと長く伸びていて、あちらこちらが樹木に隠れたり、陰になったりしている。ただ彼の進む先では崖に植物がはびこっておらず、大きな壁面を下まで見下ろすことができた。壁は垂直ではなく、奇妙に湾曲していて、まるで何かの腹のようだった。魚の腹とか、あるいは……。ピートはしばし立ちすくんで壁をまじまじと見つめた。その曲面のカーブが、よく見知っている何かをものすごく拡大したもののように思えたのである。それから物思いに耽りながら先へ進んだ。自分たちのする遊びにまつわる古い伝説のことが頻りに頭に浮かんできた。百ヤード近く進んでから、彼は再び立ち止まった。家はそこで、まるで何か巨大な手に摑まれて引き裂かれたように、ぱっくりと割れていた。二つに割れた裂け目を覗き込んでみると、階ごとの中のようすが露わになっているのが見えた。――五階、六階、全部で七階もある。藪が茂った箇所で鳥の翼らしきものが時折はためくのを除けば、なにもかもが微動だにせず静まり返っていた。暗い奥の方に、大きな部屋がいくつもあるらしいことは想像がついた。ボトムの住民全員だって、この建物のたった一つの階、たった一つの部屋の中にすっぽり収まって住めるんじゃないだろうか。家畜や家財道具まで一緒にしたって、十分な広さがありそうだった。いったいこの巨大の家には、とピートは思いを巡らした。何千人の人間が住んでいたのだろう。世界にそんなに人がたくさんいたなんて、今まで思ってもみなかった。

この家が二つに割れたとき——どうやって割れたんだろうか？——片方は衝撃で少し斜めに飛ばされたものとみえ、ピートが今立っているところからわずか五十ヤードほど先で、端の部分が尾根にめり込んでいた。もう少し先まで探検するつもりなら、ほんの数ヤード下へ降りれば、屋根の上に出ることができる。そのあたりでは再び木が密集していて、楽に降りられそうだった。ぐずぐずしている理由はない。自分の孤独と無知、そしてこの家のふしぎさがやおら胸に迫ってきたので、ピートは口に指先を突っ込み、他の皆を呼び集めるために、ぴゅーっと長く口笛を吹き鳴らした。

5

他の子どもたちもやはり、圧倒された。もし一号がさんざん冷やかさなかったら、おそらくみんなこの家のことは秘密として胸にしまいこみ、いつかまた行ってみようと考えながら家に帰る気になったに違いない。だが一号が「いくじなしの弱虫め……」と言い出して、家に向かってぺっと唾を吐きかけると、三号が沈黙を破った。「さっさと行こうぜ?」そこでピートも、ボスの地位を守るためには行動せざるを得なくなった。彼は尾根の下に突き出していた岩場に生えている木を、枝から枝へよじ登り、屋根から六フィートの距離まで近づいてから、ぴょんと飛び降りた。着地して膝をつくと、屋根の表面は卵の殻のように冷たくて、つるつるしていた。四人の子どもたちは彼を見下ろしたまま、じっと待っていた。

屋根の傾斜がきつかったので、彼はぺったり尻をつけたまま、用心深く下へ降りていった。一番下まで来ると、屋根の上にもう一つ家が建っていた。そこからの眺めでやっとわかった。建物全体は一軒の家なのではなく、何層にも重ねられた複数の家の連なりでできているのだ。一番上の家のさらに上に、あの巨大な煙突の先がぬっと突き出していた。この建物がぱっくり二つに割れていることを思い出して、彼は割れ目に墜落しないよう、なるべくゆっくりと用心しながら滑り降りていった。他の子どもたちは誰一人ついて来ようとしない。ピートは今、まったくのひとりぼっちだった。

目の前に、何でできているのかわからない巨大なアーチが現れた。下からせりあがった赤岩が、アーチを真っ二つに断ち割っている。なんだか勝負の末に、大地の力が勝利を収めたようにも見えた。この家を作るのに人間がどれほど硬い物質を使ったにしろ、山の力の方が強かったわけだ。足を岩に乗せて休憩しながら、岩が盛り上がって家を分断した大きな割れ目を覗き込んでみる。割れ目の幅は何ヤードもあった。倒木が倒れ掛かって橋渡しをしており、下の方はあまりよく見えなかったが、尾根から眺めた時と同じで、何か海のように深いものを覗き込んでいるのだという感じがした。底の方は魚が泳いでいるんじゃないかと、思わず考えてしまう。

赤岩の突起に手のひらをついて身を起こしたとき、ふと上を見上げた拍子に、数フィートばかり先から自分を見つめている瞬きもしない二つの目に気づいて、彼はぎょっとした。歩き出してから、それは岩のような色をしたリスの目だとわかった。リスはおびえた様子もなく悠々と踵を返すと、ふわふわした尻尾をぴんと立ててすみやかに立ち去り、前方の広間に跳びこんだ。

広間――これはたしかに広間というやつだと、倒木を越えて近づきながら、ピートは得心した。だが第一印象ではまるで森林のように思われた。人が作った大農園のように木々が規則的に立ち並んでいたからだ。ここでは床は傾いでおらず水平に歩くことができたが、そこかしこで赤岩が硬い床材を突き破って頭をもたげていた。木かと思ったのは実は木材でできた柱で、つやつやした表面はところどころに残っているばかりで、大方は虫食いで穴だらけになっており、緑の襞に覆われていた。天井に開いた巨大な裂け目から外に出ようとする蔦が、五十フィートも上にある屋根を目指して、びっしりと生い茂っているのだ。あたりには植物と湿気の匂いが立ちこめていた。広間を先へ進んでゆくと、まるで森の墓場のように、こんもりした小さな緑の塚がいくつも現れた。

塚は湿った苔に分厚く覆われている。試しに一つ蹴飛ばしてみると、苔の下の中身がぐずぐずと崩れ落ちた。じっとりした緑色の中におっかなびっくり手を突っ込む。引っ張りだしてみると、それは腐った板切れだった。先へ進んで今度は、胸ほどまでの高さがある、丸みを帯びた細長い緑の塚を蹴ってみた——普通の墓とは様子が違ったから——すると爪先が硬いものにぶつかって、思わぬ痛みにたじろいだ。そのあたりにはびこっているのは蔓草だったから、根を張らずに塚から瘤へと一面に広がっているだけだったので、巻きひげや葉っぱを造作なく引きはがすことができた。下から現れたのは分厚い石の板だった。緑色や薔薇色、血のような赤などで、美しく彩られている。彼はその周りをぐるぐる回って、表面の汚れをこすり落としてみた。やがてついにほんもののお宝が現れた。半透明の物体を見ても、しばらくの間は何に使うものか見当もつかなかった。それらは割れたパネルの後ろに並んでいて、ほとんどは砕けて緑の破片になっていたが、いくつかは時を経て色が褪せているものの、元の形を保っていた。形から考えて、飲み物を入れるのに使った容器に違いないとわかった。彼が見知っている器はざらざらした土でできていたけれど、こちらはまったく違うもので作られているらしかった。もっと下の床の上には硬くて丸い物が何百となく散らばっていた。それぞれ人間の頭部が刻印してあって、彼の祖父母がボトムの廃墟で掘り出したものと似ていた。何の役にも立たない代物だが、これを使うときれいな円を描ける。それから「あの雲に気をつけろ」の遊びをするときに、小石の代わりに賭札として使うこともある。小石よりもこれを使う方が盛り上がる。人間によって作られた古いものはなんでもそうだが、この賭札も立派で、貴重な感じがするのだ——年寄りよりももっと古いものなど、この世界にはほとんどないからか。ピートは一瞬、この掘り出し物のことを自分だけの秘密にしたいという誘惑に駆られた。でも使うことができなければ持っていても仕方がないじゃないか？　賭札を穴の中に隠しておいたところで、何の価値もない。そこで彼は指を口に突っ込み、もう一度長い口笛を吹いた。

仲間たちがやってくるのを待つ間、ピートは石板に腰を下ろして深く物思いに沈んだ。今日見てきたいろいろな物、とりわけ魚の腹みたいなあの大壁のことが頭を離れなかった。この巨大な家全体が、岩場に打ち上げられて死に瀕している途方もなく大きな魚のように思えた。だけどそんな魚ってあるだろうか。それにこんな高いところまで魚を打ち上げるなんて、いったいどれほどの大波なんだろうか。

他の子どもたちが屋根を滑り降りてきた。一号はまだ縛られたまま他の子に挟まれていた。興奮と嬉しさで、みんな小さく歓声を上げている。あんなに怖がっていたことはすっかり忘れて、雪でも降ってきたようなはしゃぎ方だった。一同はピートがしたように赤い岩に凭《もた》れて元気を取り戻すと、倒木を跨ぎ越し、茶碗をかぶせて捕まえられた虫のように、広間の中をうろうろと歩き回った。

「お宝を見せてやる」ピートは誇らかに言い放って、彼らが宝物を目にして仰天のあまり言葉をなくす様子をほくほくと眺めた。一号の顔からもいつものせせら笑いが消えている。彼を繋いでいた紐は、もはや忘れられて、地面にだらりと垂れていた。やがて二号が口を開いた。「すっげえ！　黒いちごよりすごいや」

「賭札をリズのスカートに入れろ。あとで山分けにしよう」

「一号にもあげるの？」リズが尋ねる。

「みんなに行き渡るだけあるからな」ピートは答えた。「紐を解いてやれ」寛容さを見せつけてやるのにちょうどいい。それにいずれにしても全員の両手がほしいところだった。賭札をかき集めている間、ピートは壁に開いた大きな割れ目に近づいていった。おそらくこれはかつて窓だったもので、きっと昔は、ボトムの家の窓と同じように、麦藁のむしろをかぶせられていたんだろう。窓から身を乗り出してみる。山々がうねうねと連なり、荒波の立つ茶色の海のように見えた。村らしいものの姿はなく、廃墟さえ見当たらない。眼下には黒い大壁のカーブが延々と続いていた。地面に接する部分は下の谷間に生えている木々の梢に覆い隠されている。ピートは古い伝説と、ボトムの廃墟でする遊びのことを思い出した。「ノウじいさんが船《ボート》を作った。どんな船？　けだものぜんぶにブリジットまで乗せる船。どんなけだもの？　熊みたいような大きなけだもの、それにビーバーにブリジットまで……」

突然、ぽーんというかん高い音色が鳴り響いた。続けてため息のような音が聞こえ、徐々に静寂に溶けていった。ピートは振り向いて、三号が広間で二番目に大きな塚を相手に、なにやらごそごそしているのに気づいた。彼は長い箱を掘り出したところだった。中には彼らがふだんドミノと呼んでいる長方形の板がいっぱいに並んでいた。三号が板に触れるたびに音が鳴る。違う板に触ると違う音が鳴るのだ。だがそれも最初だけで、同じ板に再び触れてみても、もう音は鳴らない。もっと宝物があるかもしれないと、二号もその塚の中身を探っていたが、錆びた針金が出てきて手を引っ掻いただけだった。やがて箱は、いじくりまわしても音を出さなくなった。いったいぜんたいどうしてこの箱が、最初は自分たちに歌いかけてくれたのか、彼らにはさっぱりわからないままだった。

6

真夏の盛りのときだって、今日ほど長い一日を過ごしたことはなかったのではないか？　高い山の上にいるために、太陽も沈むのが遅く、下の森や谷間ではどこまで夜が迫っているのか、彼らにはよくわかっていなかった。家の中には細長い廊下が二本走っており、ここで駆けっこになった。ときどき床の割れ目に足をとられた子どもが転んでしまう――リズはスカートに入れた賭札をこぼすのを恐れて速く走れなかったので、いつでもしんがりだった。廊下に並んでいる部屋は、どれもボトムの村のひと家族がゆうに収まるくらい大きかった。部屋にはくねくねして錆びた奇妙なものが作りつけてあったが、何に使うものなのかちっともわからなかった。さらに先へゆくとまた大きな広間に突き当たった。今度は柱が一本もなく、かわりに床が大きな四角の形に窪んでおり、縁の部分には色のついた石が敷き詰めてある。窪みの底はなだらかに傾斜している。一方の端は深さが十フィートもあるのに、もう一方の端はとても浅くなっていて、跳びこもうと思えば跳びこめるくらいだった。中には冬の風に吹き寄せられた枯葉や小枝の類が溜まっており、そこらじゅうに鳥の糞が落ちていて、汚れた雪が飛び散っているように見えた。

さらに進んで三つめの広間の端まで来たところで、彼らはびくりとして立ちすくんだ。目の前にずたずたの姿をした子どもが五人現れて、じっとこっちを見つめていたのだ。顔が半分しかない者もいれば、肉屋の包丁でぶったぎられたように頭が二つに割れている者、膝が足元から裂けている者もいた。見たことのない奇妙な姿をした相手を、彼らはまじまじと眺めた。両者はしばらくにらみ合っていたが、一人が――三号である――拳を振りかざして威嚇した。間髪入れずに目の前の平べったい姿の子どもの一人も、応戦の拳を挙げてきた。戦闘開始だ。人っ子一人いないからっぽな世界と思っていたところに、ちゃんと戦える相手がいたので、彼らもちょっとほっとして、用心深い猫のようにじりじりと距離を詰めていった。リズは少し後ろに下がったが、相手側にも女の子が一人いて、リズと同じようにスカートをからげて、同じような賭札を入れていた。お腹の下の恥丘に小さな割れ目があるところまでおんなじだったが、向こうの顔には緑色のおできが吹き出して、しかも片方の目がなかった。敵も手足を動かしていたが、相変わらず平べったく壁にぴったり張り付いたままである。相手と鼻を突き合わすほどに近づいたところではっと気づくと、どういうわけか目の前には冷たいつるつるした壁しかなくなっていた。彼らは後ずさりをし、それからまた近づき、もう一度後ろに下がってみた。誰一人、何が起きているのか理解することができなかった。だから誰も一言も口をきかずに、ひそかに怯えながらその場を離れ、下の階に続く階段の方へ急いだ。そこまで行ってから、先へ進むのを少しためらった。耳をすましたり向こうを覗き込んでみたりして、ぼそぼそと話し合ってみたが、相変わらずあたりは森閑と静まり返っている。とはいえ、山の腹が日の光をまったくさえぎってしまっているので、下の方は闇に沈んでおり、その暗がりは恐ろしかった。そこで彼らはその場から駆け出し、鬨の声を上げながら、夕日がわずかに斜めに差し込んでいる長い廊下を走り抜けた。大階段が上へ伸びているところまでたどり着いて、ようやく息をつく。この階段を登れば巨大な煙突が立っているところまで行けるし、あそこならまだ日差しも強い。

「もう帰ろう」一号が言った。「帰らないと、じき暗くなる」

「やあい弱虫」三号が言った。

「結局、ただの家だったじゃないか。でっかいかもしれないけど、家は家だ」

ピートは言った。「これは家じゃない」みんなは彼を振り向いて、いぶかしげな顔をした。

「家じゃないって、どういう意味さ」二号が尋ねる。

「これは船《ボート》だ」ピートは言った。

「ふざけんな。こんなでかい船《ボート》なんか、見たことあるか？」

「こんな大きな家だって、見たことないよ？」リズが言い返す。

「だいたいどうして山のてっぺんに船《ボート》があるんだよ？　なんで船《ボート》に煙突がついてるんだよ？　なんで船《ボート》に賭札なんか置いてあるんだよ？　部屋だの廊下だののある船《ボート》なんて、見たことないぞ」ピートを正気に戻そうとして、みなつぶてでも投げるようにするどい質問を浴びせてきた。

「これはノウの船《ボート》なんだよ」ピートは言った。

「ばーか」一号が言った。「ノウは遊びだろ。ノウなんて奴はほんとにはいなかったんだ」

「どうしてわかる？　きっとノウは、何百年も前に実在した人なんだ。ありとあらゆるけだものを乗せる船《ボート》なら、絶対に檻がたくさん必要になる。廊下のところにあったのはきっと部屋じゃなくて、けだものを入れる檻だったんだ」

「じゃあ床に開いていた穴はなに？」リズが訊いた。「何に使ったの？」

「そのことは俺も考えてた。あれはたぶん水を溜めておく水槽だったんじゃないかな。だってほら、ノウは水棲ネズミやおたまじゃくしなんかも、乗せなくちゃならなかったんだから」

「僕は信じないね」一号が言った。「どうやったらこんな高いところに船《ボート》を持ち上げられるのさ」

「そんなことというなら、どうやったらこんな大きい家をこんな高いところに建てられる？　ノウの話を思い出せよ。この船は水に浮かんでここまで持ち上がってきたんだ、そのあと水が引いて、船だけここに残ったんだよ」

「じゃあ、ボトムの村は昔は海の底だったってこと？」リズが訊いた。口をあんぐり開けて、茨に刺され岩で擦り、鳥の糞で汚れた尻をしきりに掻いている。

「そのころはボトムの村なんてなかっただろうけどな。ずっとずっと昔のことだから……」

「ピートの言うとおりかもしれない」二号が言い出した。三号は何も言わず、屋根に出る階段を上りはじめた。ピートもすぐに後に続き、三号を追い越した。波のようにうねる山々の向こうに、太陽が沈みかけていた。世界中に、自分たちのほか誰もいないような気がした。頭上にそそり立つ巨大な煙突が、大きな黒い道のような影を落としている。頭越しに崖の方まで斜めに伸びた影のあまりの大きさと迫力に、二人は固唾を飲んでだまりこんだまま、その場に立ち尽くした。三号が言った。「さっきの話、ほんとに信じてるのか」

「ああ、そう思ってる」

「他の遊びはどうなんだ？　『あの雲に気をつけろ』とかは？」

「ノウを怖がらせた雲のことかもしれない」

「だけど、それなら、そいつらみんなどこへ行ってしまったんだよ？　死体なんかここに一つも残ってないぞ」

「そりゃなくって当たり前だ。覚えてるだろ、あの遊びでは、水が引いた後、みんな二人組になって、船《ボート》から逃げ出すじゃないか」

「水棲ネズミ以外はな。水が引くのが速すぎたから、一匹取り残されたはずだろ。そいつの死骸がないのはおかしいよ」

「何百年も前の話なんだぜ。蟻が食い尽くしちまったんだ」

「骨は残るだろ。蟻は骨まで食わない」

「あそこの檻の中に何がいたか、教えてやるよ——リズが怖がるかもしれないから、みんなには言わなかったけど」

「何がいたのさ」

「蛇だ」

「嘘だ!」

「嘘じゃない。でもみんな石になってた。床の上にとぐろを巻いてたから一つ蹴ってみたんだ、そしたら硬かった。ボトムの村の裏山で見つかる石の魚とおんなじだった」

「なるほどな」三号は言った。「そんならお前の言うとおりなのかもな」再び沈黙が降りた。自分たちの見つけたものの重大さに打ちのめされたように、二人はだまっていた。もっと上の方には、煙突と彼らとの間に、さらにもう一つ家がそびえ立っていて、そちらへ登ってゆくための梯子が二人のすぐそばから伸びていた。二十フィートばかり上にあるその家の前面には、なんだかわけのわからない模様が、色の褪せたような黄色で描かれていた。ピートはその形をしっかり記憶に焼き付けた。後で家に帰ったら、父親の前で砂の上にこの模様を描いてみせよう。父はきっと自分たちの話をまったく信じようとしないだろうし、たった一つの証拠となる賭札だって、ボトムの村はずれの廃墟で掘り返してきたに違いないと考えるだろうが。模様はこんな形をしていた。

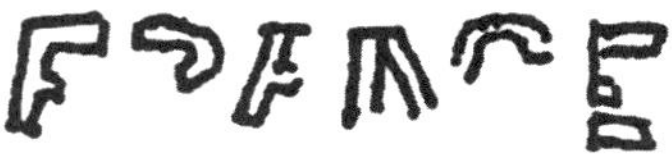

「きっとノウはあそこに住んでたんだな」三号が囁いた。模様の中に伝説の時代の秘密を知る手がかりが隠されてでもいるように、じっと見つめていた。それから二人ともおしだまったまま、梯子を上りはじめた。他の子どもたちはちょうど彼らの下の屋根までやってきたところだった。

「どこに行くの?」リズが声をかけたが、二人は返事をしようともしなかった。上へ上へと登ってゆくと、分厚い黄色の錆が剝がれて手のひらを汚した。

後の三人も喋りながら段を上ってきた。だが目の前に男の姿が現れた瞬間、みんなだまりこんだ。

「ノウだ」ピートは言った。

「巨人だわ」リズが言った。

真っ白できれいな骸骨だった。頭蓋骨は肩の骨の上に転がったまま、棚の上にでも載せたようにその場に留まっていた。周りには広間にあったものよりももっとぴかぴかの分厚い賭札が散らばっており、落ち葉が風に吹き寄せられていた。そのためか、彼はまるで、緑の草原で長々と寝そべっているように見えた。色褪せた青い布の切れ端が、慎みを示すかのように、まだ腰の上にかかっていた。巣作りの材料を探す鳥たちも、この布切れは見逃したようだった。リズが指でつまみあげると、布切れはぱらぱらと崩れて粉になった。三号が骸骨の体長を歩幅で測って、言った。「こいつ、六フィート近くもあるぞ」

「じゃあ、やっぱり巨人はいたんだ」リズが言った。

「それで、賭札で遊んでいたんだね」二号も言った。巨人も人間らしいところがあるとわかって、少しは安心したとでもいうように。

「ムーンに見せてやりたいな」一号が言った。「ぎゃふんと言わせてやれるのにな」ムーンというのはボトムで一番背が高い男だったが、それでもこの白骨の身長と比べれば、たっぷり一フィートは低かった。子どもたちは何かに恥じ入るような気持ちで目を伏せたまま、骸骨の周りに立ち尽くしていた。

二号が突然声を上げた。「もう遅いから、家へ帰るよ」そして彼はいつものように片足でぴょこぴょこ跳ねるような足取りで梯子の方へ向かった。一瞬ためらってから、一号と三号も、足を引きずって後に続いた。彼らの足の下で賭札がパリンと音を立てた。床の上の賭札を、誰も拾い上げようとしなかった。枯葉の合間できらきら光っている見たこともない品々にも、手を出す者はなかった。ここにあるものは掘り出し物のお宝とはわけが違う。何もかも、死んだ巨人の所有物だったのだから。

梯子の下り口まできて、ピートは後ろに残っていたリズの方を振り返った。彼女は骸骨の腿の骨の上にしゃがみ込んでいた。剝き出しのお尻が物に憑かれたように前後に揺れていた。傍へ近づいてみると、彼女はすすり泣いていた。

「どうしたんだい、リズ」ピートは尋ねた。

リズは骸骨のぽっかりと空いた口に向かって身をかがめた。「このひと、きれいね」彼女は言った。「とってもきれい。巨人なのにね。どうして巨人っていなくなっちゃったんだろう？」まるで葬式にやってきた小さな老婆のように、リズは骸骨を前においおいと泣き出した。「六フィートも背があるなんて」リズは泣きながらも、背丈を少しばかり誇張した。「それにこんなにまっすぐできれいな脚。脚がまっすぐな人なんてボトムには一人もいないのに。巨人はなんでいなくなっちゃったんだろう。このすてきな口を見てよ、歯が全部そろってる。こんなきれいな歯をした人、ボトムにいる？」

「君だってきれいだよ、リズ」足を引きずって彼女の前をうろうろしながら、ピートは慰めた。自分の背骨も骸骨のそれと同じようにしゃんと伸ばしてリズの気を引こうとしてみたが、無理だった。ピートは床の上に横たわるすらりとした白骨に嫉妬を感じた。そして、体を揺すって泣きじゃくっているがに股の少女に対して、愛情が湧き上がってくるのを初めて意識した。

「巨人はどうしていなくなっちゃったんだろう？」リズは三度目の問いを繰り返した。床の上の鳥の糞の合間に、涙のしずくがはらはらと落ちた。ピートはうちひしがれ、窓辺へ近寄って、外を眺めた。眼下には床を突き破って姿を現した赤岩が見える。あの三人が長々と続く屋根の傾斜の上を、崖に向かってよじ登っていた。短い不揃いの手足をぎこちなく動かしてよちよちと上ってゆく姿は、まるで小さな蟹だった。視線を落として自分の体を眺める。そこにもまた、発育不良の不揃いな足がついている。彼の後ろで、リズが再び、この世の何もかもが失われたような悲痛な声で泣きじゃくりはじめた。

「六フィートも背があるなんて。それに、こんなにまっすぐできれいな脚をして！」

国境の向こう側 The Other Side of the Border

木村政則訳

モロー青年が告白する常軌を逸した出来事とは何か。ビリングズとコリーはどうなってしまったのか。なぜ大勢の黒人が死んだのか。ハンズはいまどこにいるのか——残念ながら、これらの謎が解かれることはない。なぜなら、「前書き」に記されているとおり、グリーンが執筆を途中で断念してしまったからである。長篇『英国が私をつくった』の中でハンズに似た人物を登場させてしまったのがその理由の一つだという。なるほどアントニー・ファラントとハンズには重なる部分が少なくない。たとえば父親への反発がそうだ。面白いことに、類似点は主人公の人物造形や挿話にとどまらず、文章の単位でも散見される。関心のある読者には『英国が私をつくった』の一読をお勧めしたい。読み比べることで、両作品への理解がきっと深まるだろう。

（訳者）

前書き

大半の小説家が作家としてたどってきた道には、書きかけの小説が散乱しているのではあるまいか。物語や作中人物に興味がなくなって放棄した場合もあれば、ほかにどうしても書きたい作品が出てきたからという場合もあるだろう。つい先日のことである。机の引き出しを探っていたら、そういう書きかけの小説の原稿がたまたま見つかった。読んでみると、登場人物も場面も展開しかけの物語も面白く、一冊の本となって世に送り出された自分の作品の多くと比べても遜色がないように思えた。なぜこの小説は本にならなかったのかと不思議に感じたものだ。執筆を開始したのはたしか一九三六年のことで、西アフリカのリベリアを旅して戻ったあとだった。とにかく、ほかに取り柄はなくとも、この小説に一九三〇年代半ばの雰囲気が刻みつけられているのだけは間違いない。ヒトラーはまだ新参者であり、独裁政治はヨーロッパから吹いてくる微風にそれとなく感じられるものでしかなかった。イギリスにあるのは不景気といわゆるメトロランド――ロンドン北西部の郊外地域――の文化だけだった。

不思議なことに、この小説に登場する人物たち――ハンズ、モロー青年、ビリングズ――のことはよく覚えているのだが、彼らをどうするつもりでいたのかは思い出すことができない。なぜ途中で書くのをやめたのか。大きな理由が二つ考えられる――『ブライトン・ロック』という別の小説が書きたくなったうえ、『英国が私をつくった』という小説で似たような主人公を扱っていたことに気づいたのだ。ハンズのもとをたどれば、『英国が私をつくった』のアントニー・ファラントに行き着く。

ほかにも興味深い点がある。私はのちに、この小説の第二部に登場する西アフリカの港町を再訪した。だから、港町の描写、言うなれば雰囲気全体がまるで「違う」ということがわかるのだ。一九三六年にその港町で一週間を過ごし、そのあとでこの小説を書きはじめたわけだが、のちに一年を過ごした経験から、その港町のことがいまならよく理解できる。小説で描かれているように、怪しくて、陰気で、味気のない場所であるのは間違いない。ただ、それはまったく別の意味においてなのである。一方、第一部に登場するデントンは、私が生まれ育ったロンドン近郊の町だということもあり、間違っているという気はしない。つまり、この二つの場所はパスポート写真と家族写真くらいかけ離れているのである。

第一部　地図

待合室に入ったモロー青年が最初に気づいたのは地図である。ニュー・シンジケート社の新しいオフィスのいかにもありそうな場所に掛かっていた。海岸地帯が描かれており、内陸から並行して走る数本の黒い線は川を、北部国境を飾る羽毛のような形は山脈を、全体に散在する緑の点は森林を表わしている。ただモローの目には、それが曖昧な心理状態そのもの、自分がようやく逃げ出せたと思っている不可解な状況を表わしているようにも見えた。いま彼は祖国にいる。状況は理解できた。映画《ムーヴィーズ》が鮮明になっている。モローは「祖国」という言葉で急に感傷的な気分になった。「活動写真《ピクチャーズ》」「学校」「バス」という言葉も同じだ。ワニスが塗られて輝いているこの部屋にも、削岩機や鉱石粉砕機の広告を満載した専門雑誌がテーブルに山積みされた状態にもまったく曖昧さはない。マージー川からタグボートが鳴らす警笛が聞こえた。モローの若々しい顔には、「乾杯」「戻れてうれしい」というような表情が浮かんでいる。女性がドアを開け、「ダンヴァーズ社長がお目にかかるそうです」と言った。社長の秘書だろうとは思ったが、雰囲気は秘書というよりも看護婦に近い。声が優しくて気さくでありながら毅然としており、そばを通るときには冷徹な視線を向けられた。モローは奥の部屋に入った。

デスクに向かっていたダンヴァーズ氏が立ち上がり、片手を差し出した。この二年で氏はまったく変わっていなかった。本国は時間の進み方が違うのだ。握手の力強さもモローが船で旅立った日と同じだった。印章付きの指輪《シグネットリング》が当たって痛い。それに率直な態度もあいかわらずである。モローはいつも、学校で習った「知らぬ者なきあの白髪頭」の詩を思い出した。ダンヴァーズ氏は言った。「いや、モロー君、また会えてうれしいよ。じつにうれしい。さあ、かけて。煙草は好きにやってくれたまえ」ダンヴァーズ氏はボタンホールに挿した花みたいにもてなしを身につけているものだから、嗅いでみてくださいと言われているような気がした。「この二年、ずっと君のことは気にかけていた。仕事に関する報告が届いている。それもたいへんに好意的な報告がね。ハンズからだ」

その名前が口にされるのは早すぎたようだった。茶会でカップが落ちたときのように、二人のあいだに気まずい空気を生み出したのだ。二人とも黙り込んでしまったが、しばらくしてダンヴァーズ氏が気詰まりな沈黙からじりじりという感じで抜け出した。

「君の昇給が理事会で決定された」

「私の手紙をお読みになっていないんですか？」モローは尋ねた。

「あれは問題外だな」ダンヴァーズ氏は穏やかな声で答えた。

「でも辞めたというのは本当です」

「父親みたいに聞こえたら申し訳ない」ダンヴァーズ氏は言った。「もっとも、君の父君のことは実際に存じあげていたわけだが。よく説教を拝聴した」それから、いつもの――漠然と敬意を示し、静かに思い出し、優しくからかうような――口調で、簡単に牧師館の話をした。その牧師館は、ダンヴァーズ氏がめったに戻らない自身の地所の隣にある。その話が終わると、氏は言った。「この会社を辞めるとして、どうするつもりだね？」

「何か見つけます」モローはそう答えると、少し体を震わせた。朝も早い時間に風が吹きすさぶ鉛色のアイリッシュ海をタグボートで渡り、寒くてたまらない思いをしたのだ。

「君は病気のようだ」ダンヴァーズ氏が指摘する。「そのせいだろう」そして、今度はあまり露骨にならない形で例の名前をはさみ込もうとして、「彼が手紙で書いていた」と言い、すぐに「その鏡で顔を見てみるといい」とつけ加えた。

鏡なら見えていた。ダンヴァーズ氏の机の後ろに掛かっているので、いやでも目に入るのだ。そこに映る自分の顔が昔と同じように見えるのは、ずっとその顔で生きてきたからである。もし変わっていたのだとしても、少しずつ変わったのでまったく気づくことがなかった。手持ちの鏡をハンズにわざと壊され、ひげを剃るときにはビスケットの缶のふたを鏡の代わりにしていたからだ。自分の顔から大陸をふるい落とせていないのだと思い、モローはいやな気持ちになった。

「熱病で顔がずいぶん黄ばんでいる」ダンヴァーズ氏は言った。「まるで骸骨だな。赤痢にやられたんではつらかっただろう。熱帯病の専門病院に行って診てもらったほうがいい。血液検査を受けることだ。あとは」軽くジャスチャーを交えながら、「おいしいものを食べることだよ。体に肉をつけたまえ」

秘書――こう忠告されたあとだけに、いっそう看護婦に見える――がドアから顔をのぞかせ、「フレデリック氏です」と静かに告げた。

「二分だけ待っていただくように」ダンヴァーズ氏は椅子から立ち上がって机の前にまわってくると、威圧感のある手を差し出した。「理事会としても社員の世話ができるのはうれしい」

「しかし、ぜひとも聞いていただきたいことがあるんです」モローは言った。「すべてが常軌を逸していました。黄金も、ハンズ自身も、大量の死も、コリーも。それからビリングズも」

「ビリングズ?」

「ビリングズの件は彼が報告したと思いますが。彼が国境のイギリス領のほうで拾った男です。最悪なことに……」

「ああ、ビリングズか。もちろんビリングズのことなら覚えている。理解してもらわないと困るが」ダンヴァーズ氏は非難するような声を出した。「私はハンズの判断に全幅の信頼を置いている」

「だから私は辞めたんです。信頼のしすぎはよくありません。わかっていただきたいのは――つまり、理事会のみなさんにわかっていただきたいのは――」モローは急に悪寒を感じた。午前中ずっとこうなる予感がしていた。上下の歯がビリヤードのボールみたいにかちかちと鳴る。秘書がドアを完全に閉めていなかったせいで、すきま風が入ってきたのだ。

「そら、見たまえ」ダンヴァーズ氏は満足そうに言ってから呼び鈴を鳴らし、姿を見せた秘書にこう告げた。「車を呼んで、モロー君をホテルまで送るように」それからモローのそばまで来て肩に手を置き、「そういう妄想はこれくらいにして」と言った。「君がよくなってからまた話をしようじゃないか」

「せめて」モローは言った。「報告書を書かせてくれませんか？」

「もちろんだとも。君が書きたいというのであれば」ダンヴァーズ氏は言った。「会社はいつでも関心を持って……」秘書はしばらく来なかった。待合室にいたモローは、ぼんやりとした悲しみに包まれながら、ふらふらと地図に近づいた。こっちに戻ればすべてが簡単になるはずだった。すでに会社は辞めている。あとは義務を果たすだけだ。若いのに黄ばんでいるその顔は、いわば義務が沈み彫りされた宝石《インタリオ》だった。印章付きの指輪にはめ込むためなのだろうか。忠誠と義務――この二つこそが彼の拠り所とすべき価値観なのであり、仕事を辞めたいまとなってはハンズに忠誠を誓う必要はなかった。ハンズは自分の目の前にいた――そう、地図の上に。赤い丸で囲まれているところだ。ジギタの少し左、ニカブーズの上。

2

ハンズは窓ガラスから煤と蒸気を拭うと、目を凝らすようにしてウィルズデン・ジャンクション駅を見つめた。ユーストン駅で切符に鋏を入れてもらえば一等に乗っていても大丈夫だが、完全に安心というわけではない。寒々しい軽食堂を眺めながら、彼は大胆な気持ちになっていた。数々の失敗が両肩から滑り落ちていく。そんな感覚だった。自分ほどの経験があれば可能性は無限に広がっている。アフリカ、中央アメリカ、そしてロンドン・ミッドランド・アンド・スコティッシュ鉄道沿線を知る男なのだから。彼はしばらくのあいだ一等車を一人占めにしながら思った。自分は失敗などしたことはない。これまでは試行錯誤を繰り返しながら世間を見てきただけだ。

検札係が通り過ぎる瞬間、ハンズの人相が変わった。口元がゆるみ、あまりにも子供っぽいハンサムな顔がむっつりした表情になったかと思うと、急に驚くほど老け、しわまで現われたのだ。しばらくすると列車が動きだした。これで安心できる。彼は煙草入れを取り出し、煙草に火を点けた。窓の外ではロンドン・ミッドランド・アンド・スコティッシュ鉄道沿いの歴史が流れていく——古城の遺跡、即位記念祭に建設された運河橋、戦前の公営住宅。

この沿線のことはデントン駅までならよく知っていた。彼の人生そのものだと言ってもいい。この路線を使って、歯医者にもクリスマスのパントマイムにも眼医者にも学校にも行った。船に乗るため利用することもあり、家にも同じ路線で戻るのだ。労働者用住宅の電灯が灯った。自転車の男が停まってライトを点ける。はしけを曳く老朽馬が鈴の音を響かせながら闇の中へと消えていく。この情景を見た瞬間、あの考えが思い浮かんだのである。いつもこんなふうに——汚れた外気に当たっているとき、風呂に入っているとき、ひげを剃っているとき——何かが閃く。それはいわば聖者の声といってよかった。しかし、その声が原則として善悪どちらかの行動につながることはない。今回も、とくに何かを期待したわけではなく、父親に状況を伝えるきっかけにすぎなかった。「いろんな会社とつながりができてきたよ」そういうふうに謎かしてもったいぶるのだ。本来はモローもダンヴァーズもビリングズも、そして百人近くの黒人たちもまったく関係はなかった。モローの計算によると、一九三六年から一九三八年のあいだにそれだけの数が死んだという。

三等の切符を手にしたハンズは、軽い足取りでデントン駅に降り立った。改札係、二人の赤帽、手荷物室の男と、誰彼かまわず陽気に声をかけていく。彼は封建的な雰囲気を想像するのが好きだった。つまり「ハンズ坊ちゃまのお帰り」というわけである。だから、父親が銀行の元支店長でしかないのが癪だった。一台だけ停まっているタクシーの運転手に「こんばんは」と声をかけたとき、ふと思った。タクシーを使って何が悪い。毎晩、家まで歩いて帰るのでは示しがつかないではないか。

父親は狭くて暗い食堂で夕食——骨付き肉を食べた翌日なのでリッソール——を食べていたが、タクシーの停まる音が聞こえたのだろうか、怪しむように目を上げた。父親の訝しげな顔に期待の表情が浮かぶのをハンズは見逃さなかった。父親がタクシーを使うのは大きな行事があるときだけだからだ。父親は言った。「今日はどうだった？　何か見つかったかい？」部屋にあるのは、彫刻の施されたマホガニーの家具と金メッキの額縁と淡い水彩画だけである。窓のすぐそばにはツツジがあり、低い庭の向こうには傾きかけた墓石がいくつも見える。古い墓場があるのだ。いまではそこに埋められる者もいない。消えかかった墓碑銘だけが死の眠りと平穏と再生の希望を語っていた。猫が一匹、のぞき込むような姿勢で平べったい墓石にうずくまっている。

「いろいろとコネができたよ」ハンズはそう言いながら椅子に座り、リッソールに不快そうな目を向けた。「どれも大企業でね。話せば長くなるけど」

「先方に関心があるということかい？　つまり、従業員の募集があるのかということだが」

「そういう仕事じゃないんだ」ハンズは言った。「これはもっと——」話しているうちに夢がふくらんでいく。「管理職というのかな。部下が何人かいてね。そういう仕事がずっとやりたかったし――」

ハンズ氏は話を聞いていなかった。リッソールを食べていたのだ。老いてやつれた青白い顔には、なんとも言えない高貴な雰囲気が漂っている。およそ七十年のあいだ、何があろうとも人間を信じてきた。だから銀行で出世できなかったのだ。彼は自由党支持者であり、人間は放っておいても自分で身を処することができて、富は人を堕落させず、政治家は愛国者だと信じていた。そういう信念が彼の顔を作り、そしてその顔が、自分の信じる世界を表わすまでになったのである。しかし、その顔が崩れつつあった。妻が死に、息子が頻繁に戻ってきては、言い訳をしたり、他愛もない嘘をついたり、意味もなく人を小馬鹿にした態度を見せるからだ。それなりに長生きしたら、その顔はもっと現実的になり、ほかの人たちの世界に近くなるのかもしれない。彼は疲れたように言った。「大変な一日だったようだ。ブルゴーニュを少しどうだい？」

「いや、いい」ハンズは答えた。「いまトレーニング中だから」

「ブルゴーニュの新酒なら害はないだろう」

「いや、本当にけっこう。じつを言うと酒は飲まないんだ」ハンズはキャベツを見てため息をついた。部屋にはウイスキーの臭いがかすかに漂っている。自分までウイスキーの臭いがする。ハンズは激昂した。こんな父親を持つ男がどうして成功できるというのか。自分の息を嗅ぎ、タクシーにも乗らず、人の話は信じない。ハンズはむきになった。「ずっと証明したいと思っていたんだ。自分が人の上に立てる人間だということをね」

「おまえが？」ハンズ氏は言った。

時計が鳴りだした。彫刻の施された黒いマホガニーの炉棚の上に掛かっている。「まあ、いまにわかるさ」そう応じたハンズは、ある古い言い伝えを思い出していた。時計が鳴っているあいだの表情が自分の表情になる——それも、永遠に。ハンズは固く口を結んだ。

「どうやら最近は」ハンズ氏は嘆息を漏らした。「誰でも簡単に指導者になれるらしい」そう言って、キャベツの残りに手をつける。息子の夢については尋ねようともしない。「今日の《マンチェスター・ガーディアン》紙に……」その高貴な顔立ちの背後から憎しみが見えてきそうになる。「ファシストの連中が……」

「いまどき自由党支持なんて流行らないよ」そう切り出したハンズは、父親を相手に講義を始めた。「こんなデントンみたいなところじゃわからないだろうな。これまで世界をまわって……」

ハンズ氏は何も言わなかった。食事の皿を脇に寄せ、呼び鈴を鳴らした。息子には目もくれず、部屋の反対側を見ている。さりげない視線の先には、亡き妻の引き伸ばした彩色写真があった――鯨のひげの高いカラー、グレーのドレス、長い髪、蠟のようなピンク色の頰、スパニエル犬みたいな愛情深い茶色の目。夫への愛情ではない。夫は妻の愛情がどこに向かっていたのか知っている。ハンズ氏はぼんやりとしながら言った。「求人があると思うのかい？」

ハンズは激しい勢いで立ち上がった。「出かけてくる」

「デザートのブラマンジュは？」

「いらないよ。考えごとがしたいんだ。外の空気を吸ってくる」背中を押してくれる人間が必要なのに、母親が死んでからというもの、誰にもそんなことをされた覚えはない。ハンズはそう思った。「散歩してくる」

ハンズは、ツツジと打ち捨てられた墓場のそばを通ってメトロランドに入った。デントンは丘の斜面に広がっている。赤レンガの郊外住宅ばかりだが、長い大通り沿いにはいまなお、不動産業者やカフェや大型映画館にはさまれるようにして、昔の市場町の面影がかろうじて残っていた。教会には十字軍に加わった騎士の兜さえある。場所が人を作るとするなら、この町こそがハンズを形成した。彼自身、この町を「故郷」と呼んでいる。夏の夜に赤レンガの住宅地に入り込むと、なんとも言えない感傷的な気分が湧き起こってくるが、それで本当に心を動かされる人間はいない。誰もが都心にある職場へ定期で通っているのだ。写真館の後ろから煙が立ち上っている。ということは、八時五十二分の列車が到着したのだろう。手紙を書こう……もしかということも……あれは存在するんだから。とにかく、自分はあると思っている。こんな場所で生きていけるわけがない。七時五十分か八時五十二分の列車で帰ってきて、ベッドに潜り込むか、リッソールを食べるだけ。昔はここで人々が生活を営み、遠征軍に加わった証明として足を組んだ状態で息を引き取ったものなのに、それがいまは……ハンズは写真館の窓の奥を眺めた。色あせた写真が外を向くようにして置かれている。エリザベス女王時代のダイアモンド型のガラスにはめ込まれていた。本物のガラス板だが、通りの反対側にあるチューダー・カフェのせいでそうは見えない。結婚式の記念写真にハンズの知る顔があった。しかし、撮影は五年前である。道理でベストが古めかしいわけだ。いまは都心に出る列車が一時間に一本あるから、ここで写真を撮る必要がない。もちろん、急いでパスポート用の写真を用意する場合は別だが。自分はこれまでミレットに何枚のパスポート写真を撮影してもらったのだろう。

ハンズは写真館のドアを押した（ミレットは決して鍵をかけない）。鈴がちりんちりんと鳴る。店の中に入ると薬品の臭いがした。薄暗い裸電球の下に、ベルベットを敷いた古い石膏の肘乗せ台があった。覆いの付いたものが部屋の隅に立っている。鉄製の万力のようなものは、首を固定するのに使うのだろう。最新の設備が整ったスタジオではない。けれども、若い頃のミレット老人には人物を見抜く特技があった。あの十字軍の騎士と同じように、彼もまたデントンが生活の場所であった時代の遺物なのだ。ミレットが奥の部屋から出てきた。痩せていて洗練されており、鼻眼鏡を掛け、ベルベットの上着を着ている。かつてはデントンの芸術を代表していた。グレーの髪はとても細く艶やかで、背中を丸めるようにして歩く。夜間学校か専門学校の教師という感じである。

ミレットは言った。「おや、ハンズさん。今日もパスポートの写真ですか？」

「いや、そうじゃないんだ。それはまたいずれ。今日はちょっと話でもと思ってね」

「まあ、おかけください」ミレットはそう勧めたが、座れるところといったら撮影用の椅子しかない。ごつごつとした彫刻入りの立派な椅子だ。ミレットは肘乗せ台にもたれながら尋ねた。「またお休みですか？」奥の部屋のドアが開いている。「ハンズさんは世界を旅してまわっておられるんだよ。これまで行った場所について本をお書きになったらいかがですか？」ミレットは説明した。「奥に姪がおりましてね。足を挫いたせいで出てこられません。今度はどちらです？」ミレットは体験談が聞きたくて仕方がなかったのだ。

「アフリカなんだ」ハンズは答えた。「西海岸」

「いつお発ちに？」

「まだはっきりとは」

「未開の地域ですか？」

「まあ、たしかに象牙はあるかな」ハンズは言った。「あとダイアモンドも。それに金。万一に備えて、頼りになる連中を集めないと」ハンズはもう現実のつもりで考えているようだった。「たとえばコリーのような」ハンズはようやく観客を手に入れた。奥の部屋で話を聞いている若い女の顔が見える。美人ではなかった。たいして若くもない。もう少しましなほうがいいとは思ったが、これも観客ではあった。「ああいう地域は、黒人のことをよく知る人間にはチャンスだから」

「向こうの連中は、扱うのが難しいですか？」ミレットは言った。

「誰が偉いのかを教える必要はあるかな。昔、こんなことがあったんだ」そう切り出したハンズは、偽の話を滔々と語っているうちにうれしくなり、自分は何でもできるという気になった。なぜなら、最近の仕事についても、借金についても、挫折の連続についても、ここの住民は何も知らないからだ。全世界が自分の足下にあった。ミレット老人は肘乗せ台に身をもたせかけている。奥の部屋では、読書スタンドの光を浴びた女が、我慢を重ねた従順そうな顔を上げた。瑣末な痛みばかりを経験したのだと思わせる顔。足首の捻挫、地元のダンスパーティでの幻滅、静脈瘤というように、小さな屈辱をくり返し耐えてきたのだろう。「山奥だった」とハンズは言った。「タピの奥」まるでオセロのように、硬くてごつごつした玉座に座ったまま、ピグミー族や毒矢、野生の象や豹《レパード》、岩場に隠された宝物について、ミレット老人とデズデモーナに語っていく。心をしっかり捉えて離すことはない。ハンズには二人の夢中な様子が自分への賞賛のように思えた。その間、仕事帰りの人たちが歩道を行き過ぎ、非情な教会とチューダー・カフェの上に月が浮かび上がった。

3

手紙の返事は朝と夕方の郵便で定期的に届くか、さもなければまったく届かなかった。封筒の企業名は好印象を与えた。これだけ手紙をやりとりしていると、仕事を探したらどうだと責められることもない。返事はだいたい同じだった。弊社に関心をお寄せいただきハンズ様には感謝を申し上げます。まことに残念ではありますが、目下、弊社に業務を追加する予定はございません。面接をしても有益な結果は生じないと先方は思ったわけだ。最初の手紙を出すときにタイプライターを借りた手前、ときどき恰好をつけるために二十分ほど返事の手紙を打つふりをした。「ハンズ」と打つ。「ハンズ。ハンズ。ハンズ」何行も「ハンズ」と打って、たまに日付を入れる。「3月2日。3月2日。三月二日。三月二日」それが終わるとぼさぼさの頭で一階に下りていき、ブルゴーニュの新酒を一杯もらうのだった。

大手企業から返事が届くことは決してなく、これにはハンズもさすがだと思った。しばらくすると、何々社と書かれた封筒をいちいち開けることはせず、静まり返った自室で封筒ごとびりびりに破くようになった。そのあとは一人で散歩へ出かける。公営住宅、ノルマン様式の城（城壁のごく一部が残っており、史跡として保存指定されている）、クレソンの水田を見ながら、途方もない夢想にふけるのだ。ミレットの姪がコフェチュア王の乞食娘となって現われ、彼の寵愛を恭しく受け入れることもあれば、みずから勇敢な死を遂げて向こうの世界に行くと、母親から賞賛の眼差しで迎えられるということもあった。母親と一緒に栄光の地から下界を見下ろせば、老いた父親——あるいは首相——が記念碑を建立している。言うなればハンズは、いきなり肉体の老化という呪いをかけられた青年だった。夢想しているあいだに卑しい歳月が口元をゆるめたわけだ。

ニュー・シンジケート社からの手紙も危うく読まずに破り捨てるところだった。しかし、同じような厚さに慣れた指が、これはいつもよりも厚そうだと判断した。中を開けてみると、実際は紙が厚いだけだったので、見慣れた数行のタイプ文字を見ながら破ろうとした瞬間、次の文章が目に入り、破ってしまえばよかったと後悔したのだった。「去る二月十二日付の貴殿の手紙の件に関し、当社としましては、さらに話を進めたいと思っております。つきましては、来る三月五日水曜日、午後二時から五時のあいだに当社へお越し願えれば幸いです……」

ポーカーではったりをかけ、それを見破られてしまったような気分だった。提案を真に受けた人間がいるのだ。詳細、標本、地理的事実を聞かせてほしいと言われるだろう。辱めを受けるのだと思い、ハンズは顔が真っ赤になった。怖いとさえ思った。朝食に来た父親にこの手紙を見られていなかったら破いていたかもしれない。だがいずれにせよ、手紙のせいで彼の夢想は台無しになる。手紙のことは無視して、荒れ野のハリエニシダの茂みのあいだに座り、車が下等な生き物のように丘のふもとを走り過ぎるのを見ながら、ああ素晴らしい眺めだ、などと思えるわけがないからだ。だから公立図書館に行き、読める限りの本を読んだ。たいした量ではない。「シエラレオネの地勢」、仏領ギアナの食人集団《レパード・ソサイアティ》に関する本、メイジー・ウィットフィールド著『食人族の中の白人女性』。この未知なる共和国に関して詳しいことを知りたいと思ったが、そういう本はまったくなかった。そこでアフリカの地図をのぞいてみた——何の意味もなかった。彼は現実に直面していたのである。手紙に署名しているダンヴァーズという男に憎しみを覚え、返事の中には皮肉を読み取った。「ちきしょう」ハンズは何となく思った。「連中に交通費を払わせてやる」

リヴァプールはどんよりとしていて、まるで中年のようだった（老年には決して見えない）。マージー川から風が吹いてくるので、雲が垂れ込めて荒れた空の下のどこにいても、汽船の汽笛が聞こえてくる。雨が貧相な街角に吹きつけたかと思うと急に止んだ。薄くて弱い日差しが、誰かの投げた紙テープのように、激しく揺れる鉛色の水面を照らす。少し経つとまた霧雨が降った。誰もニュー・シンジケート社の場所を知らなかった。道を聞いても、「このへんの人間じゃないから」という答えしか返ってこない。ここは、やってきた余所者がタグボートや列車を捕まえてすぐに出ていってしまう街なのだ。道には行き止まりがない。だから、どこまでも広がる小さな町という印象がある。マージー川を中心として珊瑚礁みたいに自然形成しているかのようだった。小さな新聞販売店の庭に二本のリンゴの木がある。丸裸なのが寒々しく、煤をかぶり、不毛に見えた。

ようやくニュー・シンジケート社が見つかった。ドックに近い脇道にあった。赤レンガの建物で、一階にはステンドグラスの窓があり、ドアの上のレンガには一八七三年という年号が刻まれている。そばに立つ黄色い石に、「定礎一八七三年二月十四日リヴァプール市長ジョナス・E・ウォールブルック」とあった。一階は保険会社、三階は郵政代理店で、二階がニュー・シンジケート社である。エレベーターはとても狭く、ロープ式だった。

ハンズは一張羅のスーツを着て、ミル・ヒルにある学校のネクタイをしている。ウイスキーを少し飲んだせいで舌が滑らかになっていた。「あまり天気がよくないですね」とエレベーターの運転係に声をかける。エレベーターが大儀そうに上昇していく。

「リヴァプールはこんなもんですよ」運転係が答えた。

踊り場で腹の調子がおかしくなった。ごろごろと鳴っている。昼食のときにものを食べなかったせいで、ウイスキーとソーダ水が腹の中で樽みたいに動いていた。「失礼します」ハンズはすりガラスのドアを開けた女に言った。

「ダンヴァーズ社長とのお約束でしょうか？」

「はい、そうです。ハンズと申します」ハンズは自信たっぷりの笑みを浮かべた。女の扱いなら心得ている。しかし、腹がごろごろ鳴るので、不機嫌な顔つきになった。

待合室は狭かった。ワニスを塗って仕上げた小さなテーブルと硬い椅子が二脚のほか、《鉄工》と《パンチ》、それから《タトラー》の一九三二年一月号があった。《タトラー》を適当に開いてみると、一枚の写真が現われた。写っているのはデッキチェアとパラソル、水着を着た三人の男たち、そして一人の女。「〝ジミー〟ダンヴァーズ氏」と書いてある。「創業まもないニュー・リーフ・シンジケート社の話題の社長、ジュアン・レ・パンにてバカンス」禿げかけた頭、腹のぜい肉……。この雑誌を長いあいだ大切に取っておいたのだ。誰もが陽光の下で満面の笑顔を浮かべ、四歳若く、希望に満ちあふれている。このときからシンジケート社は成長していないらしい。ハンズは窓のそばに寄って外を眺めた。路面電車が火花を散らしながらゆっくりと走っている。倉庫と倉庫の隙間から、右に左にと揺れる数インチ分の暗い川が見える。煙があちこちに流れ、煤がマージー川に、ロイヤル・アデルフィ・ホテルに、どこかの裏庭のリンゴの木に降りかかっていた。

「社長がお会いになります」

ハンズは四年前の写真と挨拶を交わした。ダンヴァーズ氏はまったく変わっていなかったのだ。「遠路はるばるおいでいただき、ありがとうございます」そう言うと、ダンヴァーズ氏は葉巻入れを取り出した。「当社ではたいへん興味を持ちました」ハンズは相手を見つめながら具体的な質問を待ち受けていたが、午後の時間がいくら過ぎても質問されることはなかった。「金《きん》」という単語さえ出てこない。ダンヴァーズ氏は「それ」としか言わなかった。

「一緒に行っていただく相手を見つけておきました」ダンヴァーズ氏は言った。「じつに頼もしい青年です。こちらとしても一肌脱いでやろうと思いましてね。名前はモロー。そちらにも当てはあると思いますが」リヴァプール一帯に明かりが灯った。歯にはブース、コドリングの咳止め、とある。カモメが空から急降下してきて、ブルゴーニュの新酒が入った巨大なグラスのそばを通り過ぎると、急上昇してから旋回し、マージー川のほうへ飛んでいった。どこかでサイレンが鳴り響いている。ハンズは困惑と孤独と恐怖の気持ちをにじませながら答えた。「コリーという知り合いがいまして……彼を連れていくつもりです」どうも理解できない。話の進み方が早すぎる。ストランド街の劇場で使われている偽物の金塊をオーストラリア人に売りつけているわけではないのだから。ハンズは戸惑ったような声を出した。「実際に見ていただいて……」

「現物ならあります」ダンヴァーズ氏は言った。「出所は違いますが。見つけたのはオランダ人です。気の毒なことに、黄熱病で亡くなりました。つまり、いいタイミングで手紙をいただいたわけです。ぜひともバトンをつなぎたい」

「黄熱病ですか」ハンズは言った。

「最高のものには危険が付き物です」ダンヴァーズ氏は机の引き出しを開けると、もともとエジプト製の煙草が入っていたボール紙の箱を取り出し、中から灰色がかった小さな石をつまみ出した。「見ていただけばわかるでしょう。ここにちゃんとあります。間違いありません。さあ、手に取ってご覧ください。層が見えます」

ハンズは小さな灰色の塊を手に載せながら思った。捕まってしまったか。もうあとには引けない。だが同時に、ふと気持ちが軽くなった。やけに簡単だな。ダンヴァーズみたいな商売人を騙すのは。これからしばらくは騙しておけるだろう。ばれてもいいさ。どうせ数週間分の賃金はいただいているはずだから。

ハンズは石をいじくった。金なのだろうか。見当もつかなかった。

4

長距離バスの巨大ターミナルにたたずむコリーは、悲しみと不安を感じていた。旅に出るときはいつもこうなる。針だけのモダンな時計、クロムめっきのミルクスタンド、ガソリンの微かな臭い。これだけにすぎないものから、石造りの波止場、打ちつける波の音、油、海のカモメを思い出し、孤独な気分になった。行き先は数百マイル北の場所でしかない。ところが、見知らぬ土地に見知らぬ人間がいるというだけで、そういう気分になるのだ。出発までの三十分をぶらぶらしていても仕方がなかった。出入りするバスのギアの音が耳障りだ。スチールの車体の側面が光を照り返す。バスの座席が劇場の高価な特別席であるかのように深々と身を沈める乗客たちが、コリーをじっと見つめている。ときどきチョコレートをかじる者もいた。誰もが暖かくて眠そうな顔をしており、その満足げな様子は、これからヴィクトリア駅を出て煤煙の舞う夜の闇に入り、どこかすごい場所に向かうとでもいわんばかりだ。その厳かな雰囲気は、豪華客船が岸壁を離れる瞬間を思わせた。

見飽きた光景である。コリーは一杯やりたいと思った。自分にはガラス越しにキスをして見つめ合う相手もいない。十七歳のとき、黄熱病で死んだ社員の代わりとしてブラジルに行ったときとなんら変わりはなかった。いつもサリー州で別れのやりとりがあった（回を重ねるごとにおざなりになった）。最初のときでさえ、みんなが紙テープを投げているあいだに郵便船内のバーへ引っ込んでしまったくらいだ。アフリカに行ったときも同じだった。ただ、そのときはバーが開いていなかったので、漫画新聞を持って作りつけの寝台に横たわってしまったのだが。ページをめくる気もなかったから、あのくだらない冗談がいつまでも心から離れなくなってしまった。狩りをしている男がどぶに投げ込まれ、田舎者が垣根から身を乗り出し、よくわからない会話を交わす。新しい仕事を始めたり、なじみ深い場所から離れたりすることに人は慣れると思われるだろうが、どんなときでも孤独感だけは繰り返されるのだ。

コリーはウィルトン・ロードのバーに入り、ソーダ割りのブランデーを注文した。もうスコッチは飲めなくなっていた。アフリカにいたとき、これのせいで具合が悪くなりかけたのだ。それから、ダンディーな男たちが毎食後に出すハッカ入りのリキュールもいけない。ここは鉄道駅のそばでよく見かける名ばかりのバーだった。むやみに広く、鏡板が張り巡らされている。鏡板の格子柄がそれぞれ違い、列車を待つ客がひっきりなしに出たり入ったりしていた。畳んだ傘を手に持ち、ダブルのチョッキを着ているのは、金融と商業の中心地シティで働く青年たちであり、オクステッドかヘイワーズ・ヒースに帰るところなのだろう。ブランデーを二杯飲んで元気になったコリーは、そんな客の一人に「こんばんは」と声をかけた。しかし、客たちは彼をじろじろ見るだけで、ダンロップ社が発表した中間配当の話を続けた。

コリーはもう一杯ブランデーを頼んだ。自分は世界の誰よりもこいつらのことをよく知っているという気がした。十七歳から三十三歳までずっと一緒に働いたのだ。最初は慣れない仕事に就いた同じ新人同士だったのが、しばらくすると向こうは役職に就き、どんどん出世を重ねて、最終的には管理職となり、こちらはお払い箱にされてしまった。仲間うちでは明るくて気さくなのだろう。同じ学校の出身であり、先々週はプリンス・オヴ・ウェールズ劇場で同じ芝居を鑑賞し、奥様同士は親密で、ビジネスの上では互いに信用していない。もちろん彼のことなど信用するはずもなく、それどころか話しかけることさえない。そういう違いがあったのだ。コリーには自分の何がいけないのかわかっていた。服の裾が擦り切れていてもごまかせる。靴下はめったに見えない。シャツは上着で隠しておける。ところが、靴で正体がばれてしまう。だから娼婦は靴を見るのである。

さて、そろそろ行くか。バスの出発は八時半。早朝にはリヴァプールに着くだろう。これ以上ブランデーをやる持ち合わせはない。それに飲んだら眠れなくなる。ブランデーを三杯やり、別れを告げる勇気は十分に得た。とくにロンドンが楽しかったわけではない。しかし、チェーンの喫茶店にいる客でもいいから、人とのつながりを持たずにはいられなかった。そのうえ、この時期になるときまって、多少の期待を胸にアキレス像とマーブルアーチのあいだをうろついてしまう。たくましいラッパズイセンのように、希望が懲りずに湧いてくるのだ。欲望や利害とは無縁の人間関係という希望が。

コリーは世界を憎んでいた。その気持ちは不変であり、彼にとっては第一の信条だった。だから飲まずにはいられない。じっとしていられない。けれども、旅立ちがいつも悲しく思えるなら、どこかに何か——名づけようのない何か——があるのだろう……。コリーはカウンターを滑らせるようにして小銭を渡し、寒くて煤けた冬の夜へと出ていった。バタシー発電所の上空が霞みで覆われたように青白い。ターミナルの外で誰かが花を売っている。一台のバスが夜の闇へと消えていった。

花の香りとガソリン、そしてピムリコの煙突から出ている煙。それらが混じり合った茫漠たる春の空気が、コンクリートの敷石と敷石の隙間から生えてくる雑草のように、しつこく無防備に迫ってきた。すると、コリーの頭に希望の文字が浮かんだ。これまで得体の知れない大陸に行き、怪しげな奥地や僻地でさまざまな仕事をしてきた。この季節になると、そのときに残された印象が思い浮かび、さらに不満な心へと忍び込んで悲しい気持ちになるのだ。そればかりか、不思議と美しさまで感じてしまう。たとえば、一九三一年に乗った郵便船の缶焚《かまた》きの顔とイタリア人の子供の顔。空気を吸いに三等客室のデッキに出てきた二人は、とぐろを巻いた縄の上に並んで腰掛け、重たい夜の中で息を喘がせていた。そのときランプに照らし出されていた我慢強そうな顔をコリーは思い出す。あるいは、シエラレオネにあるブリキ板の教会では、片腕の少年がひざまずいて祝福の祈りを受けていた。片腕なのは、パームナッツを集めているときに折った腕をナイフで切り落としたからである。それから、アフリカのある小さな村では、住民の全員が黄熱病で死んで無残な姿をさらしていたが、絶対的な忠誠を誓い合うかのように、それぞれが家族と一緒に自分の小屋で横たわっていた。そんなことを思い出していると、山高帽の男がスーツケースを持って、後ろの誰かに「遅れる、遅れる」と言いながら走り過ぎていった。

どうやら同じように北へ向かうらしい。初老の男で、ディーゼルエンジンに関する大事な商談があるようだが（これみよがしの態度からわかる）、それも汽車賃を払うほど重要というわけではないのだろう。この長距離バスの乗客はさほどの人物ではないのだ。最前列には司祭が座っている。この先、フロントガラスに迫る闇夜しか目に入るまい。年のわりには若そうな太った男で、網棚に小さな黒いスーツケースと傘を載せている。夜通し祈禱書を読むための準備をしていた。重要な商談を抱えた例の男は、瘦せて貧相な事務員タイプの連れと並んで座っており、大きな声でディーゼルエンジンの話をしている。

コリーはバスの中央通路を歩いていき、唯一空いている並びの二席に着いた。サンドイッチとフルーツの入ったバスケットを持つ初老の女が、年下の女に向かって、「テッドにばれたら面倒なことになるから覚悟しておかないと」と言った。若者の一団（おそらくはサッカーチーム）が後部座席をスーツケースや紙袋で占領し、ドアの前に立ちふさがって大声で笑っている。ごま塩の口髭にツイードの縁なし帽という見送りが二人いて、「おまえたち、覚えとくんだぞ――」と何度も何度も言うからだ。若者たちは二人の背中を叩き、あばら骨にパンチを繰り出すふりをしながら、「もちろん」と答えた。少し酔っているらしく、呼び子の音を聞いて通路のほうを振り返った瞬間、周囲にビールの饐えた臭いが広がった。誰もドアに近づくことができない。一人の青年が外にいて、悲しげな青白い顔を窓ガラスに押しつけながら指で何かを書いている。泣いている黒い服の娘に愛のこもった優しい言葉を伝えようとしているのだ。返事をしようにも窓を下げられず、娘はドアのほうに目を向けた。すると、「おまえたち、覚えとくんだぞ――」と、外にいる二人の男が言って、「ボールに食らいつけ」というような言葉をつけ加えた。コリーは学生の前をさえぎるように手を伸ばし、娘のそばの窓を開けてやった。娘からも外の青年からも礼の言葉はない。すでに呼び子が鳴って時間がなかったからだ。お互いに身を乗り出し、自分の気持ちを急いで伝えようとするが、間に合わなかった。バスがきしむような音を立てながら停車用の白線を離れ、大きく旋回してミルクスタンドとスロットマシンのそばを通っていく。「あっ、動いてる」座席に向から若者たちが大声を上げた。彼らもまた列車に乗れるほどの大物ではない。リーグに所属するチームではないのだ。

いつもと変わらぬ夜の船出だった。遠ざかる外灯と振り返る顔。グロブナー・ガーデンズに入り、岸壁のように高くそびえる外壁の近くで大きく方向を変えてから、ハイド・パーク・コーナーのそばで大小の乗り物が行き交う波に乗る。後部座席の若者たちまでもがしばらく静かになった。ロンドンがゆっくりと後退していく。流れる景色は言うなればロンドンの縮図だった。アキレス像、リーガル劇場の前に並ぶ人の列、警官、コーヒースタンド、近衛兵、タクシーの若い女性におずおずと声をかける夜会服の紳士、それから傷だらけの長いフィンチリー・ロード、郊外住宅とフラットと続き、ヘンドンの先には草地と山積みになったじゃがいもの皮、さらに郊外住宅とより広い草地がある。野原の穴には、自転車の古タイヤと車の一部が山積みになっていた。

田舎に入ったのだ。

黒い服の娘は目をつぶり、口をきつく閉じている。「わたしは眠ってる、わたしは眠ってる」と自分に言い聞かせているかのようだ。学生はチョコレートを食べていた。最前列の近くから声が聞こえてくる。甲高くてもったいぶった声が、「五十馬力だ」と責めるように言った。イングランドは磁力を失った磁石のようだった。イングランドにはもはや人を引きつける力がない。人を振り払ってしまう。コリーは思った。立派な推薦状が欲しくて、それなりに耐えてきた。また海の外へ飛び出して何が悪い。ただ、今回はどんな仕事なのかも知らなかった。ハンズは、「おまえにぴったりかもしれない」としか書いていなかったのだ。

コリーは二つの席を占領していた。そんなことをしているのは彼だけである。自分の外見には人を寄せつけないところがあるのだろうか（靴は見えていなかった。もっとも、ほかの乗客もたいした靴は履いていない）。コリーはそう思ったが、すぐに理由が判明した。座席が車輪の上だったのである。グレート・ノース・ロードを走っているあいだ、でこぼこした部分を通るたびがたがたと揺れた。ほかの乗客のほうが賢かったというわけだ。どんなことでも最初のときは、新人は「やられて」しまう。そう言えば、ブラジルに行ったときも、デッキにキャンバスチェアを置こうとしたら最悪の場所しか残っていなかった。その経験を生かして、いまはいつも最初に場所を決めてしまう。ほかの乗客が別れの挨拶をしているあいだに、いちばん日が当たる場所やいちばん日陰になる場所を確保してしまうのだ。ほんの小さな快適さを求めて争わねばならない場合、誰よりも素早く行動した。「石油燃焼、と言ったんだ」初老の男が声を張り上げたのは、ギアを最低速に入れたバスが騒音を響かせながらチルターン丘陵の長い坂道を這うように進んでいたからである。司祭は静かに祈りを捧げていた。ぽってりとした唇をほとんど動かさず、エンジンの振動に身をまかせている。ヘッドライトに浮かび上がる春の夜は花々でいっぱいだった。白亜の斜面から突き出ている芽吹きかけたブナの枝が車窓を引っかく。コリーは、惨めな気持ちと死ぬほど激しい愛を邪魔されたような気持ちになりながら、「競争だ。奴らに競争させてやる。頼りは自分だけだぞ」と思った。自分はブラジルとアフリカで勝負に負けなかったかのように。

5

「すぐにぴんときましたよ」ダンヴァーズ氏は記者に言った。「ハンズが並はずれた精神の持ち主であるのは。葉巻をどうぞ。ええ、そうです。もう一本、お持ち帰り用に。どこまで話しましたかな？　そう、彼は古いタイプの冒険家です。サー・ウォルター・ローリーにちょっと似ていると言いますか」

「しかし、ローリーは金を発見していません」記者は言った。

「たしかに」ダンヴァーズ氏はすぐに応じた。「ですが、それは彼に適切な後ろ盾がなかったからでしょう。嘘ではなく、向こうに金はあります。きちんとした現物も見ている」

「ハンズはどんなふうに接触してきたのですか？」

「正直に申し上げましょう」ダンヴァーズ氏は言った。「遠回しなことを言って、せっかくの夢物語を台無しにしたくはありませんから。さきほども言ったと思いますが、ハンズは冒険家です。山師というような意味ではなく、真の意味において」

「ローリーのようだった」記者は言った。

「ハンズはいろいろ話してくれました。一言で言えば、転がる石。だから苔が生えることはない。むろん、何よりも大事な友情は別ですが。会社で働いていました。旅に出たくなれば仕事を辞め、外に飛び出し、そうやって世界を見る。あらゆる種類の人間を相手にした。ストライキを鎮めたこともある。それもたった一人で。家に帰るのは、そう、一、二カ月に一度。戻っても、すぐに腰が落ち着かなくなった。怠惰を嫌う男です。自分の経験を生かす道はないか。そこで思い出したのが、西アフリカで出会った金。この金に関して政府は何もする様子がない。そこは混血たちの政府です。まだまだ中世と言うべきでしょう。うろうろしているのも、金鉱目当てのオランダ人が数人のみ。つまり、権利獲得の大チャンスです。そこで彼はいくつかの企業に手紙を書き、自分が一役買ってもいいと伝えた。向こうの国については詳しく、現地人のことも理解しており、国境を渡ったイギリス領で仕事をした経験もある。政府の人間ともつながりがあった。彼が向こうで何をしていたのかはわかりません。何よりも彼は黒人の扱いに慣れている。ああいう国では、その点がもっとも肝心です。開発は遅れ、道らしい道もない。すべてを一から始めなくてはならない。それには機械ではなく、人間が必要です。イギリス領から向こうへ渡ると、時間を百年さかのぼる。スタンリーやリヴィングストンがいた時代に」ダンヴァーズ氏はおぼつかなげに言いながら、ちらっとメモを見た。

「ほかの企業はどうしたのですか？」

「その点も正直にお話ししましょう」ダンヴァーズ氏は言った。「どの企業も彼の話を信用しなかった。面接さえしていない。私自身、本人と話してみるまで半信半疑だったくらいですから。ほかに二社から返事が来たとか。自社の活動をそこまで広げることは考えていないという正式な返答ですが」

「当然——資金調達のために——」

「普通株を二十万株、新たに発行しました。明日、おたくの新聞の一面に出ます。ご存じでしょうが」

「ハンズ自身が行くわけですか？」

「もちろんですとも。ただの採掘とはわけが違いますから。これは開拓であり、冒険なのです。その点を記事で強調していただきたい。ウイスキーソーダはいかがです？」

「酒は飲みません」記者は答えた。

「それでは」ダンヴァーズ氏は言った。「私は失礼して、レジェンドを。おたくの宣伝部長と話をしましたから、スペースがあるはずです。ハンズを——ひとかどの人物にしていただきたい。株を売るためだけではありません。そんなふうに考えてもらっては困ります。これは政治の問題なのです。向こうの黒人たちに違いを見せつけなければいけない。この遠征隊を率いる人物は大使だと言っていいでしょう。ヨーロッパの大使、文明の大使」

「彼には採掘の専門知識がありますか？」

「それは彼の仕事ではありません。彼の仕事は先頭に立ち、部下を管理し、森を切り開き、道路を作ることです。なんという冒険でしょう」ダンヴァーズ氏は声を張り上げた。「もし若ければ自分で行くところです」

「彼に専門家はつきますか？」

「彼のあとについてはいきます」

「地図を拝見したいのですが」

ダンヴァーズ氏は机の上に大きな白い紙を広げた。空白ばかりが目立つ。

「いまのところ信頼できる地図がありません」ダンヴァーズ氏は言った。「自分たちで作るしかないのです」地図には「アメリカ合衆国陸軍省」とある。記者はメモを片手に、地図の上に屈み込んだ。その地図は彼にとってなんの意味も持っていなかった。新聞の段を埋めるための記事でしかない。彼は右のほうの余白に食人族と書かれているところを想像した。メンディとかブージーとか、そんな変わった名前を二つ、三つ入れたら紙面もにぎやかになるだろう。彼は段の下部と中見出しを思い浮かべた。

ダンヴァーズ氏は一緒になって身を乗り出した。自信たっぷりの笑顔を浮かべ、山岳地帯をぎゅっと親指で押さえながら、「ここです」と言った。「おそらく金があるのは。問題はですね」親指を海のほうへ走らせ、「それをここまで運ぶか、それとも国境を越えてイギリス領へ運び込むか。そしてここが」親指が北へ移動する。「フランス領です」記者がメモをするあいだ、ダンヴァーズ氏は黙っていた。地図というのは水晶のようなものである。その中に人はさまざまなものを見る。成功と失敗。二流のホテルでの自殺と政府契約、ねじれた愛と見知らぬ家、トイレの蛇。ダンヴァーズ氏が見ていたのは、オフィスビルとドリス様式の円柱、象眼模様で装飾した家具、電気時計、六つのフロアである。二十万の普通株が額面以上になるのを想像した。金《きん》のことなど頭にはない。

6

ハンズ氏は言った。「百科事典を持ってこよう」

とにかく知りたくて西アフリカの地図を開いた。とても小さな国である。フランス領との国境から海までが二百五十マイルだろうか。海岸線が三百マイル。縮尺は一インチが二百マイルになっている。個別の地図はない。記されている町は六つのみ。ハンズ氏はラトビア、ルクセンブルク、国際連盟、ブリュッセル市庁舎の絵葉書のことを考えた。熱、乾燥、荒廃のことは見当もつかなかった。

ハンズは言った。「もちろん、連中は国民をごみのように扱ってる」

ハンズ氏は世界中で苦しんでいる少数民族のこと、そしてヴェルサイユ条約について考え、それから地図に向けた視線を下のほうへ走らせながら思った。これは仕事なんだ。息子がふたたび仕事を手に入れた。もしかすると今回はすべてうまくいくかもしれない。腰を据え、金を稼ぐ。そんな息子を自慢に思って、こんなことを言うのだろう。「息子は責任者で……手紙によると……」心の中に湧き起こった喜びをハンズ氏は少し恥ずかしく思った。

ハンズ自身はわざわざ見ようともしなかった。目にするものならわかっている。その大雑把な矩形は、いわば挑戦されずに済んだはったりだった。手札を見せずにいられれば、たまった賭け金が手に入る。勝利となるのだ。世界中が自分の存在を知ることになるだろう。頭のいい男だ。まったく、なかなかやるじゃないか。ハンズは怖くなった。彼は言った。「ミレットさんのところに行って話をしてくる」肩で風を切るようにしてメトロランド・ハイ・ストリートを歩いていく。ムーア式の大型映画館、葬られた十字軍の騎士、チューダー・カフェの前を通り過ぎ、唯一の聞き手がいる場所へ向かった。

第二部　遠征隊

目がくらみそうな西アフリカの暑さにもかかわらず、ビリングズは黒い服を着ていた。亡くなった牧師に弔意を表わすためではない。逆説的なことだが、目立ちたくなかったのだ。ビリングズはインディアンの狩人を思わせる足取りで世間を渡り歩いている。ところが、どうしても枝を踏みつけてしまうのだ。このスーツもイギリスではまったく目立たなかった。それほどなじんでいたので、アフリカへ向かう船の上で白いスーツに着替えたらかえって目立つのではないか、鳩胸、斑点の浮いたかさかさの肌、血走った目にいっそうの注目が集まるのではないか、と思ったほどだ。けれども、くすんだ黒い服を着たまま上陸すると、夏用のスーツ《パーム・ビーチ・スーツ》を着た通行人たちにじろじろと見られた。それでも着替えることだけは自尊心が許さなかった。「よそ者が」そう言われているような気がしたものである。「あらかじめ白人の服装を調べもしないで、もう俺たちのまねか」

いまビリングズはトタン屋根の教会の中にたたずみ、周囲を見回していた。十字架も何もない小さな聖餐台、黄色っぽいヤニマツ材のベンチ、全身浸礼用の大きなブリキの水槽がある。ここは一種の故郷だった。この場所で彼は権威を持ち、黒人たちに金袋を差し出していたのだ。ノルマン様式をまねた近くの教会から正午の鐘が鳴り響き、太陽がトタン屋根に重くのしかかった。どこかで汽船がむせぶような音を発した。牧師の葬儀のときの讃美歌がまだ置いてある。ビリングズは日曜日に備えて歌を変えた。まるでイギリスに向けた意思表示のようだ。自分が後を継いだというわけである。ビリングズは片手を水槽に浸した。最後の洗礼から空にされていない。干ばつのためである。水はぬるくて埃が浮いていた。

しばらくして表に出たビリングズは、日差しを真上から浴びつつ、トタン屋根の商店が並ぶ貧相な通りに入った。人の姿は見えないが、奥の部屋のほうからハンモックの揺れる音が聞こえ、屋根の上では肉食の鳥たちが鳩みたいにおとなしく座り、間の抜けた小さな顔をきょろきょろさせて死肉を探していた。一羽が立ち上がり、ぎざぎざした埃まみれの羽で真昼の空気をかきまわしながら、屋根をつたって肉屋のほうに向かう。そこで十数羽の仲間たちが七面鳥みたいに地面を掘り返していたのだ。ほかの鳥たちはじっとビリングズを見下ろしている。黒い服に黒い聖職者の帽子という姿で、どこかの葬儀の司祭みたいに慇懃無礼な様子で歩いていたからだ。顔を上げたビリングズの目が、鳥たちの値踏みする目と合った。内緒話をするかのように顔を寄せ合う鳥たちは、こんなことを言っているのかもしれない。「あと二、三年でくたばるんじゃないか。でも、骨と皮ばっかりだな」過酷な日差しを浴びながら、ビリングズは死について、そしてベインズ氏について考えた。先週、自分がベッドのそばで慌てて祈りを捧げているときに亡くなったのだ。イギリスに電報を打ってからもう三日が経つ。ビリングズはふてくされながら、その死の空しさについて考えた。つまり、宗教の慰めである。親睦会で居間のオルガンが鳴らされ、自分は祈りの途中でつかえた。立派な最期だった。そこに虚礼はなかった。

偽ノルマン様式の大聖堂をよけて通る。ドアの上の十字架が邪眼のように思えたのだ。ビリングズは宗教をあからさまに象徴するものが好きではなかった。夏用のスーツと同じで、そういう象徴的なものが自分のことを育ちがよくないといってあざ笑っているように思えたからである。「紳士の宗教」というわけだ。神とは、何もないがらんとした部屋である。神とは、ヤニマツ材と掛け布で覆われていない聖餐台とぱさぱさのパンである。パンと聖餅《せいへい》のあいだには圧倒的な隔たりがある。パンは救済のため喉につかえ、聖餅は永遠の罪のため軽く溶けるのだ。大聖堂から現われた司教から、気さくな調子で「おはようございます」と声をかけられたビリングズは、唸るような声で返事をした。待ってろよ、とビリングズは思った。待ってろよ。三十年後には二人とも「わかる」ことになる。黒い服の下に汗をびっしょりとかきながら、ビリングズは自分だけが救われるのだという密かな満足感で体を震わせた。

ビリングズは郵便局に入った。カウンターに座っている図体の大きな黒人の男がビリングズに生意気そうな目を向けた。この男もまた紳士の宗教を信じているのだ。

ビリングズは言った。「電報が来ているはずなんですが」

染み一つない白のスーツを着た黒人は、ビリングズを上から下までじろじろと見た。毎度のことである。「名前は？」自分の名前と同じくらいよく知っているのに、わざと尋ねているのだ。それから回転椅子の背もたれにふんぞり返り、窓の外にいる少女に一ペニーを渡して、「オレンジ三つ」と言った。「釣りはやるよ」

「ビリングズです」

「ないね」黒人の男はそう応じたが、踵を返したビリングズの背に声をかけた。「いや、ちょっと待ってくれ。何か来てるかもしれない」

男は来ているのを知っていた。イギリスからの電報である。内容も知っていた。だからこそ、電報が来ていることを伝えるとき、満足そうな冷笑を浮かべていたのだ。

ビリングズは封筒を受け取って外に出た。伝道本部に電報を打ったさい、牧師の死を伝えると同時に、自分は教会の会衆をよく知っているから後任を務めてもよいとほのめかしておいた。文章にはたっぷりと時間をかけた。伝えるべきことが多かったのだ——適切な悲しみと奉仕への気持ち。

昼寝《シエスタ》の時間で人気《ひとけ》の絶えた通りを自宅に向かって歩いていく。いや、そこは自宅というよりも礼拝堂だった。機能的で四角い神の住処というわけだ。陽光が黒い帽子と待ち受ける苦痛に激しく照りつけた。

ビリングズの家は地面から一段高くなったところに立っている。ネズミとアリがいるせいだ。家の外には古い写真屋の看板が掛かり、水着姿の美女が熱気と湿気のせいでまだらになっていた。ビリングズは写真の現像ができる。しかし、めったに客は来ない。このイギリスの植民地でたっぷりと時間を費やす観光客などいなかった。ごくまれに、遊覧中の汽船が数時間だけ停泊して、カメラを手にした船客がスナップ写真——ハゲワシ、総督の邸宅、マンチェスター製の綿を着た黒人の女が教会からのそのそと家に帰っていく姿——を撮っていく。だが、そのフィルムはロンドンまで持ち帰ってしまった。「六時間で現像」とうたっていても、ビリングズのことは信用していないのだ。ただし、金探鉱者がフィルムを持ち込むことがある。あとは裕福な黒人がちらほら、ウェルズリー・ストリートの結婚式やクルー地方裁判所の発足式などを写したフィルムを持ってくる。

客はほとんど来ないというのに、定着液《ハイポ》の饐えたような臭いが、いつも家のドアの下から――暗室の洗面器から――漏れていて、市場《いちば》から漂う魚の臭いと混ざり合って消える。もし自分が牧師だとしたら、とビリングズは思った（電報を開くまで、最悪の知らせかどうかはわからない――本国の委員会は何を決定するにも時間を必要とする）。もし自分が牧師だとしたら……。献金で週に約一ポンドが入り、自分の黒い服がいわば正式なものとなる。さらに、結婚式の手数料と洗礼式と権威が自分のものになる。いずれは、この蒸し暑い町を出て、ヨーロッパ伝道本部へ移ることとさえできるかもしれない。

家のドアを開けると、毛が抜けてピンク色の地肌が見えている雑種の子犬が腹這いになり、足下で体をくねらせた。テーブルの下で粗相をして、その許しを乞うているのだ。しかし、いまは相手をしていられなかった。コダックのフィルムとアグファのフィルムの宣伝広告に囲まれて、ビリングズは電報を開いた。そっけないほど短い。「モス師拝命。十六日着。準備されたし」ビリングズは窓の外に目を向けた。タクシーが港に向かってがたごとと走っている。空に点々と見えるノスリは、その暑くて真っ青な空を動いているのかどうかわからない速さで飛んでいる。ビリングズは電報を細かくちぎりだした。指の動きが速まり、すくんでいる太った子犬の周囲に紙片がはらはらと落ちていく。癇癪を起こして気を失いそうになりながら、ビリングズは「くそっ、くそっ」とののしり声を上げ、テーブルの縁をぎゅっと握りしめた。テーブルが揺れる。さらに揺れる。熱気が彼に襲いかかった。しばらくして冷静さを取り戻したビリングズの目の前に現実が戻ってきた。小さなスタンドに置かれた黄ばんだ手製の絵葉書――マンチェスター製の綿を着た黒人女と総督の邸宅。子犬と定着液の臭い。黒い服地の下をだらだらと流れ落ちる汗。一瞬挫折で凝結した人生がふたたび溶解し、ぽたぽたと滴っているのだった。

ふと気がつくと、黒人が戸口にたたずんで自分をじっと見ていた。ビリングズはかっとなった。「何の用だ?」

「写真を」と男は答えた。歯の抜けた虚ろな声が子供のそれを思わせる。

「まだできてない。明日にでもまた来てくれ」

働くことは祈ること。ビリングズはそう思った。また最初から祈らなくてはならない。ビリングズは子犬を蹴飛ばしてから暗室――洗面器、棚、便器、赤いガラス窓――に入った。釘に帽子を引っ掛け、フィルムを箱から取り出し、薬品の入った浅いトレイの上に屈み込む。引き出した黒いフィルムに興味はなかった。フィルムを揺すりながら定着液にくぐらせる。すると、見知らぬ人間の生活がぽつんぽつんと浮かび上がってきた――黒が白に、白が黒になる陰画の人生。自分は陽画の人生に閉じ込められ、不当きわまりない仕打ちを受けている。モス師が寄付金を集めるときに自分の助けを必要とするのかどうかはわからない。別の人間が代わりを務めるかもしれなかった。

フィルムを定着液から取り出すのが早すぎた。透明の虫みたいに見える黒人たちの白い顔がうっすらと光っている。ビリングズはネガを洗いはじめた。窓から差し込む赤い陽光がぎらぎら照りつける中、どこか上の空で作業を進めていく（だから彼の現像した写真は一年も経たないうちに黄ばんでしまうのだ）。誰かが家のドアを叩いているようだったが、ビリングズは気にしなかった。一人で誇りと怒りを胸に秘めていられる場所が二つある――教会と暗室。教会では神に語りかけ、暗室では自分の過去と対面した。水中に投げ込まれて沈んでいるのか泳いでいるのかわからない子供。校庭で怯えている少年。「根暗のビリングズ」と呼ぶ声や、女のぞっとするような笑い声が聞こえた。ビリングズは自分を憐れんだりはしない。いわばイエズス会士が救済者の苦悩を思い出すのと同じで、そういういやな情景を思い出すことで自分を鍛えているのだ。試練だった。その値打ちにいつか気づくことになるだろう。嘲られても傷つくことはなくなる。

またしてもノックの音がした。乾かすためにネガを吊り下げると、ビリングズは店のほうに出ていった。「これは」一瞬、言葉につまる。「誰かと思えば――」

「五年前」入ってきた男は言った。「アンダーソンの店。ビリングズ、忘れたのか？あの夜……」

「ハンズじゃないか」ビリングズはうれしくもなさそうに言った。

「グランドに泊まってる」

「グランド？」

「いまじゃ大金持ちさ」そう答えたハンズは、大きくて軍帽みたいなカーキ色の日よけ帽を脱ぎ、自分の姿――新しい綾織りのスーツとクラブのネクタイ――をひけらかした。それから続けて、「あそこは人の数がすごいな。それに気取ってる。まるで総督の官邸みたいだぞ。まあ、それで思ったわけだ。ちょいと抜け出して、懐かしのビリングズに会いに行くかと。おまえのことだから、どこかに酒瓶を隠してるだろうし」

ビリングズが顔をしかめるようにして奇妙な表情を浮かべた。酸っぱいものを食べたような、幸せな記憶を思い出したような、ありがたくない秘密を抱いているようなな表情だが、そのいずれであるのかはわからない。「五年になるのか」ビリングズは言った。「五年もあればいろいろ起きる」

「また公立図書館の窓が割れてた。アンダーソンの店はベイツの店とやらに変わってる。グラッドストーン・ストリートには郵便ポスト。わからないもんだ。今朝こっちに着いたばかりだが、もうこれだけ気がついた」

「人はいろいろ経験をする」ビリングズは言った。

「そしてここには戸棚がある。さて、何が入っているのやら」ハンズは戸棚の扉を開けた。埃が積もった空っぽの棚が一つある。別の棚には、アグファとコダックのフィルムの束、瓶詰めのフルーツ、ハインツの豆、サーディン、ケンブリッジ産ソーセージの缶詰。「勘弁してくれよ」とハンズは声を上げた。「酒がないなんて」

「キリストを見出したんだ」ビリングズは言った。「グランドで聞かなかったか？」

ハンズの口調が沈む。「何も聞いてない」

「ここに来ると言わなかったせいだ」ビリングズは言った。「道に人がいなかっただろ？　昼寝の時間さ。こっそり急いで来たわけか」

「俺がやましい気持ちでいるというなら――」

「いつもやましい気持ちでいたじゃないか」ビリングズは言った。

「おまえのことはいつでも好きだった」

「心の中でだろう」

「おまえがキリストを好きだったように」ハンズは戸棚を閉め、「くそ」と毒づいた。

「会ってそうそう喧嘩はなしにしよう。俺が来たのは」ここで出まかせを口にする。

「夕食に誘うためだ。コリーに会ってもらいたくてな。覚えてるだろ、コリーは。あとモローっていう新しい……」そこでためらって、「それから女房にも」

「結婚したのか？」ビリングズは尋ねた。

「おまえの言うとおり、人はいろいろ経験をする」

みじめなのか、うれしいのか、得体の知れない表情がビリングズの口元もまたしても歪めた。ビリングズは言った。「それを祝うというのなら問題はないだろう」

「酒があるのか？」

「医療用だが」ビリングズは寝室に行き、ベッドの下に手を突っ込んで安物のブランデーの瓶を引っ張り出した。「歯が痛むんだ」ビリングズは言った。「神経痛さ。歯医者じゃどうにもならない。たまにあんまり痛むんで頭がおかしくなりそうになる。一杯分しかなかったらすまない。あまり客が来ないんでね」

「カドロウはどうした？」

「三五年に黄熱病で死んだ」ビリングズはカップ越しにちらりと目を向けた。「あいつのほうが一足先にキリストを見出したわけさ」

ハンズは不安そうに笑った。

「君の奥さんの健康を祝そうじゃないか。名前は？」

「エセルだ。俺はイシーと呼んでるが」

「ハンズ夫人に」二人とも飲み干したところで、ビリングズは両方のカップをふたたび満たした。

「良家の娘なんだ」ハンズは言った。「おまえもきっと気に入る。共通点が多い。叔父というのが写真家だ」

「その手の写真なら知ってる」ビリングズは言った。「《タトラー》とか《ヴォーグ》の写真だ。モデルを地面に腹這いにさせてから俯瞰で撮る。レコードをかけながら。いまの流行り。上流社会というわけさ」

「そんなようなもんだ」ハンズは言った。「もうちょっともらえるか？　指一本分。悪いな」

「それで、君の資金はどこから出てるんだ？　奥さんか？」

「これから調査するんだ」ハンズは言った。「金《きん》があるかどうか」

「どこで?」

「国境の向こう」

「君の歯を埋めるほどもありはしない」ビリングズは言った。

「それは違う。昔ここに来たオランダ人の爺様を覚えてるか? パンデマイ丘陵に大量にあると言ってた」

「領事が金を出して三等で送り返した男だ」

「俺の場合は資金のつてがある。遠征隊の費用を全額だ。俺とコリー、それからモローとかいう男。従者が必要だな。あと運搬人も。それでおまえのところに来た。黒人たちのことに詳しいからな」

「監督役ならヴァンディがいちばんだろう。ただ、運搬人は向こう側のほうが安く雇える」ビリングズはブランデーを注ぎ足した。「君がうらやましい。こんなところにいるくらいなら、奥地のほうがましだ。働いて、働いて、あげく、モス師が拝命する」

「一緒に来るか? もちろんコリーでもいいんだが、本当に信頼できる人間が欲しい」ハンズは重々しく言った。「リーダーにはいろいろ責任がのしかかる」

「モローというのはどんな奴なんだ？」

「気取り屋だ。人をじっと観察するタイプと言えばいいか」ハンズはブランデーを一口すすった。「それからイシー。彼女なら大丈夫。しかし、男のそばには男がいないとな。ときどき思うんだ。女が欲しがるものは」ここで少し凍りついたような表情になり、「あれしかないんじゃないかって。リーダーは健康管理が必要なのに」

「わからないのは」ビリングズは言った。「なぜ君が選ばれたかだ」

「自分でも不思議に思うときがある」ブランデーが霊感のように働いて舌が滑らかになった。「何年も想像したものさ。でかいことを。これは運命なのかもしれない。男は待たされる場合がある——最高にでかいことが訪れるまで。ヒトラーがそうだ。奴はもともと何をしてた？」

「俺もそんな気がする」ビリングズは言った。「考えるのは、俺たちみんなのことだ。一度たりともまともなチャンスを手に入れたことがない男たち。馬鹿にされ、首を切られる。ところが、突然——その日が来る。そして俺たちこそが——」

「もうちょっとブランデーはあるか？」

「想像することがある。何千人も改宗させることをな。黒人たちの父。奥地にも宣教師はいるが、あいつらは黒人たちに彫像やメダイユを与えて甘やかしてるだけだ。偶像と偶像を交換するだけなら難しくない。でも俺が与えたいのは——神だけなんだ」カップがテーブルにかちんと当たる。「ありのままの神」

「神に誓うが」ハンズは言った。「そういう話なら、これは俺たちにとってでかい山になる」

「みだりに神の名を口にしないでくれ」

「すまん。だがな、おまえといると見えないものまで見えてくる」

「俺たちだけで思うようにできるわけか。かぎまわる役人もいなくて」

「それは昔の話だ」

二人は互いに畏敬の目を向けた。「きっと」ハンズは言った。「それで俺たちが選ばれたんだろう。想像力のある人間が必要なのさ」

「それと信仰心のある人間」ビリングズは言い添えた。

ドアを叩く音がした。ドアを開けたビリングズの前には、まぶしい日光と、屋根のノスリと、小さな町と、終わることない人生があった。コリーだった。「ここにいるかと思ってな」コリーはそう言うと、怪訝な顔を浮かべながらまぶしい昼の光を離れて家の中に入った。そんなコリーが二人には心の中の疑念を表わしているように思えた。

コリーが言う。「奥さんは部屋で寝てるよ、ハンズ。あまり調子がよくなさそうだ」

「暑いからな」ハンズは言った。「知ってのとおり、慣れるには時間がかかる」

「そいつはブランデーか？　喉が渇いた」

「悪いな、相棒。もう空だ」

コリーはボトルを日にかざした。二人の言うことが信じられなかったのだ。コリーのかぶる丸くて白い日よけ帽がもう汗でぐにゃりとしている。コリーは言った。「オレンジジュースを部屋のドアの前に置いてきてやった。起こしたくなかったから」

「悪かったな。モローはどうした？」

「実家に手紙を書いてるよ」コリーは声に憎しみを込めた。「日曜の手紙。パパにだな」

「パパは死んだ」

「それならママだ。あるいは妹。我慢できないことがあるとしたら」とコリーは言った。「それは気取った奴だ。人より自分が偉いと思ってる奴。つまり、俺たち三人は仲間というわけさ」空になったブランデーのボトルをマグカップに傾ける。「なぜなら、三人とも似た者同士だからだ」ハンズとビリングズは困った顔でコリーを見つめている――まるで悪事や嘘を見破られたかのように……。

本書はグレアム・グリーンの四短篇集『二十一の短篇』（*Twenty-One Stories*, The Viking Press, 1962／ハヤカワepi文庫）、『現実的感覚』（*A Sense of Reality*, The Viking Press, 1963／グレアム・グリーン全集18）、『旦那さまを拝借』（*May We Borrow Your Husband?*, The Viking Press, 1967／グレアム・グリーン全集20）、『最後の言葉』（*The Last Word and Other Stories*, Reinhardt Books, 1991／ハヤカワ・ノヴェルズ）とその他の四篇を収めた*Complete Short Stories*（Penguin Books, 2005）を底本とする日本オリジナル短篇集です。同書収録の全五十三篇のうち、『二十一の短篇』収録作と重複しない三十二篇を、『見えない日本の紳士たち』（ハヤカワepi文庫）および本書に収録します。


「国境の向こう側」は*Complete Short Stories*に追加収録された作品で、本邦初訳。

「英語放送」は、《ミステリマガジン》一九八六年二月号に掲載されました（掲載時タイトル「イギリス向け放送」）。

「モランとの夜」「見知らぬ地の夢」「森で見つけたもの」は『現実的感覚』収録、その他の十二篇は『最後の言葉』に収録されていた作品です。

「英語放送」を除く十五篇はすべて新訳です。

本書には、今日では差別的として好ましくない表現が使用されています。

しかし作品が書かれた時代背景、著者が差別助長を意図していないことを考慮し、当時の表現のまま収録いたしました。その点をご理解いただけますよう、お願い申し上げます。

（編集部）

訳者紹介（敬称略，アイウエオ順）

越前敏弥
英米文学翻訳家
訳書『ダ・ヴィンチ・コード』ダン・ブラウン，『夜の真義を』マイケル・コックス，『解錠師』スティーヴ・ハミルトン（ハヤカワ・ミステリ文庫）

加賀山卓朗
英米文学翻訳家
訳書『夜に生きる』デニス・ルヘイン（ハヤカワ・ミステリ），『ヒューマン・ファクター［新訳版］』グレアム・グリーン（ハヤカワepi文庫），『ナイロビの蜂』ジョン・ル・カレ

木村政則
英米文学翻訳家
著書『20世紀末イギリス小説　アポカリプスに向かって』，訳書『マウントドレイゴ卿／パーティの前に』モーム，『バン、バン！　はい死んだ』ミュリエル・スパーク

高橋和久
東京大学教授
著書『エトリックの羊飼い、或いは、羊飼いのレトリック』，訳書『哀れなるものたち』アラスター・グレイ（早川書房），『一九八四年［新訳版］』ジョージ・オーウェル（ハヤカワepi文庫）

田口俊樹
英米文学翻訳家
訳書『卵をめぐる祖父の戦争』デイヴィッド・ベニオフ（ハヤカワ文庫NV），『八百万の死にざま』ローレンス・ブロック，『あなたに似た人〔新訳版〕』ロアルド・ダール（以上ハヤカワ・ミステリ文庫）

谷崎由依
作家，英米文学翻訳家
著書『舞い落ちる村』，訳書『アニマルズ・ピープル』インドラ・シンハ（ハヤカワepiブック・プラネット），『ならずものがやってくる』ジェニファー・イーガン（早川書房）

永富友海
上智大学教授
訳書『売春とヴィクトリア朝社会——女性、階級、国家』ジュディス・R・ウォーコウィッツ

古屋美登里
英米文学翻訳家
訳書『観光』ラッタウット・ラープチャルーンサップ（ハヤカワepi文庫），『森の奥へ』ベンジャミン・パーシー，『双眼鏡からの眺め』イーディス・パールマン（以上早川書房）

桃尾美佳
成蹊大学准教授
訳書『プラハ　都市の肖像』ジョン・バンヴィル（共訳）

若島正
京都大学教授
著書『乱視読者の英米短篇講義』，訳書『告発者』ジョン・モーティマー（ハヤカワ・ミステリ），『ローラのオリジナル』ウラジーミル・ナボコフ

悪童日記

Le Grand Cahier

アゴタ・クリストフ
堀　茂樹訳

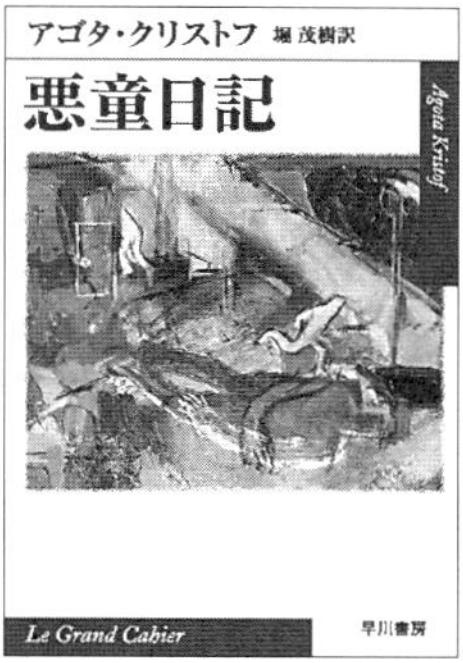

戦争が激しさを増し、ふたごの「ぼくら」は、小さな町に住むおばあちゃんのもとへ疎開した。その日から、ぼくらの過酷な生活が始まる。人間の醜さや哀しさ、世の不条理——非情な現実を目にするたび、ぼくらはそれを克明に日記に記す。戦争が暗い影を落とす中、ぼくらはしたたかに生き抜いていく。圧倒的筆力で人間の内面を描き読書界に旋風を巻き起こしたデビュー作。

ハヤカワepi文庫

夜想曲集

音楽と夕暮れをめぐる五つの物語

Nocturnes

カズオ・イシグロ
土屋政雄訳

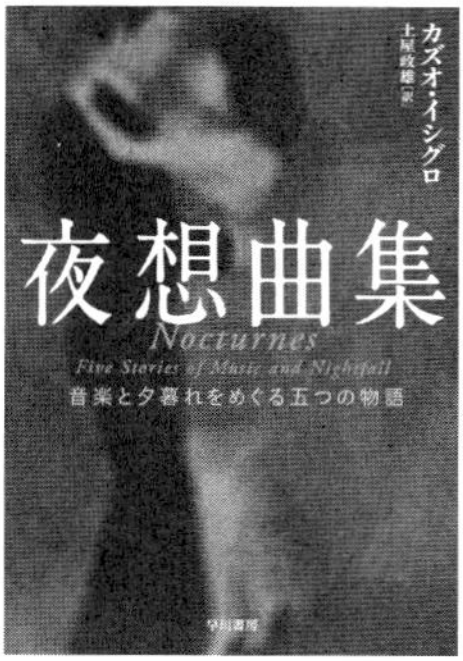

ベネチアのサンマルコ広場で演奏する流しのギタリストが垣間見た、アメリカの大物シンガーの生き方を描く「老歌手」。芽の出ないサックス奏者が、一流ホテルの秘密階でセレブリティと過ごした数夜を回想する「夜想曲」など、書き下ろしの連作五篇を収録。人生の夕暮れに直面した人々の悲哀と揺れる心を、切なくユーモラスに描きだした著者初の短篇集。解説／中島京子

ハヤカワepi文庫

ハヤカワ epi 文庫は、すぐれた文芸の発信源（epicentre）です。

〈グレアム・グリーン・セレクション〉

国境《こっきょう》の向《む》こう側《がわ》

〈epi 75〉

二〇一三年十一月二十日　印刷
二〇一三年十一月二十五日　発行
（定価はカバーに表示してあります）

著者　グレアム・グリーン
訳者　高《たか》橋《はし》和《かず》久《ひさ》・他
発行者　早川浩
発行所　株式会社早川書房
郵便番号　一〇一 - 〇〇四六
東京都千代田区神田多町二ノ二
電話　〇三 - 三二五二 - 三一一一（大代表）
振替　〇〇一六〇 - 三 - 四七七九九
http://www.hayakawa-online.co.jp

乱丁・落丁本は小社制作部宛お送り下さい。
送料小社負担にてお取りかえいたします。

印刷・株式会社精興社　製本・株式会社フォーネット社
Printed and bound in Japan
ISBN978-4-15-120075-5 C0197

本書は活字が大きく読みやすい〈トールサイズ〉です。